Oklahoma Hearts 2

Nathalie C. Kutscher

telegonos-publishing

Oklahoma Hearts 2 – Nathalie C. Kutscher

Eve und Bobby sind seit drei Jahren ein Paar und haben den Plan umgesetzt, straffällig gewordene und aus schlechten Verhältnissen stammende Jugendliche aufzunehmen. Trotz der neuen Aufgabe sehnt sich Eve nach einem eigenen Kind, doch Bobby ist nicht bereit, eine Familie zu gründen und Eve weiß nicht, wie sie ihre Freundin überreden soll, diesen Schritt zu wagen. Überfordert und uneinsichtig zieht sich Bobby zurück. Statt mit Eve offen über ihre Gedanken und Gefühle zu reden, wendet sie sich mehr und mehr der geheimnisvollen Jenny zu, die eines Tages auftaucht und nur Probleme verursacht. Einmal mehr müssen sie um ihre Liebe kämpfen und am Ende wird sich zeigen, ob die beiden Frauen stark genug sind, alle Hindernisse aus dem Weg zu räumen.

Copyright © 2018 Nathalie C. Kutscher – publiziert von telegonos-publishing

www.telegonos.de

(Haftungsausschluss und Verlagsadresse auf der website)

Cover: Kutscherdesign

Herstellung und Verlag: BoD – Books on Demand, Norderstedt

ISBN: 9783748118732

Kontakt zur Autorin über die Verlagshomepage

Bibliografische Information der Deutschen Nationalbibliothek:
Die Deutsche Nationalbibliothek verzeichnet diese Publikation in der Deutschen Nationalbibliografie; detaillierte bibliografische Daten sind über http://dnb.d-nb.de abrufbar.

Danksagung:

Da es immer Menschen gibt, die einem Autor Hilfestellung geben, möchte ich mich an dieser Stelle bei einigen davon bedanken.

Als Erstes bei Thorsten, meinem Mann, der es mit meinen »kreativen« Launen aushält, der sich jeden Klappentext so lange anhören muss, bis er perfekt ist und der sich daran gewöhnt hat, mich mit all den liebgewonnenen Protagonisten zu teilen.

Danke an Emilia und ihrer tollen Gruppe, durch deren Motivation und Feedback Eve und Bobby zu einem zweiten Roman gekommen sind.

Danke an Angela, die ich zu medizinischen Fragen löchern durfte. Und zum Schluss danke ich Anna und ihrer Freundin Lien in Amerika, die mir bei der Recherche zur Gesetzeslage in Oklahoma geholfen haben.

Oklahoma Hearts 2

Nathalie C. Kutscher

telegonos-publishing

Kapitel 1

»Mach's gut, Dex.« Eve nahm den jungen Mann, der bepackt mit Taschen und einem Rucksack auf dem Hof der Bird Creek Ranch stand, in die Arme und wollte ihn gar nicht mehr loslassen. »Ich bin verdammt stolz auf dich.«

»Du wirst ihn noch umbringen, wenn du ihn weiter so drückst«, sagte Bobby, die darauf wartete, dass Dexter endlich seinen Kram im Auto verstaute.

»Schon gut.« Eve schniefte und lächelte Dexter aufmunternd zu. »Wenn du irgendetwas brauchst, ruf uns an, okay? Ich wünsche dir alles Gute auf dem College, du packst das schon.«

Der junge Mann nickte, verabschiedete sich von den beiden Frauen und stieg zu Archie in den Wagen. Winkend sahen Eve und Bobby ihm nach, bis Eve theatralisch seufzte.

»Heul jetzt bloß nicht«, warnte Bobby. »Sie gehen irgendwann, es sind keine Kinder mehr.«

»Ich weiß. Und dennoch fällt es mir jedes Mal schwer, sie fortzulassen.« Eve war bedrückt, wenngleich sie sich für die jungen Leute freute, die sie betreut hatte und die jetzt bereit waren, in ein eigenes Leben zu starten.

Seit zweieinhalb Jahren lebte Eve auf Bird Creek und hatte gemeinsam mit Bobby das Projekt »Eddy« gegründet. Derzeit lebten sechs Jugendliche auf der Ranch und halfen bei der täglichen Arbeit, als Maßnahme zur Resozialisierung, denn einige von ihnen hatten bereits in Jugendhaft gesessen, andere kamen mit erhebliche Drogenproblemen, die sie mit therapeutischer Hilfe aber überwanden. Dexter war einer der Ersten gewesen, die vor zwei Jahren eingezogen waren. Seine Mutter war an einer Überdosis gestorben, der Vater saß im Gefängnis. Durch eine Sozialarbeiterin kam Dexter auf die Ranch, ansonsten wäre er vermutlich wie sein Vater geendet. Vom verschlossenen, verbitterten Sechzehnjährigen hatte er sich zu einem verantwortungsvollen jungen Mann entwickelt, der jetzt sogar auf dem Weg ins College war. Natürlich endete nicht jede Geschichte so erfolgreich, dennoch liebten die Frauen das, was sie taten und Eve neigte dazu, die jungen Menschen wie eine Glucke zu umsorgen.

»Ich kann gar nichts dafür«, sagte sie jetzt, als sie das Stroh im Pferdestall erneuerten. »Meine biologische Uhr tickt. Ich werde bald dreiunddreißig Jahre alt und ja, ich glaube, ich bin bereit für ein Baby.«

Bobby hielt in ihrer Bewegung inne und sah ihre Lebensgefährtin finster an.

»Habe ich vielleicht auch noch ein Wörtchen mitzureden bei deiner Familienplanung? Du weißt, dass ich keine Kinder möchte.«

»Ja, das hast du damals mal erwähnt. Aber ich dachte, jetzt, wo wir schon so lange zusammen sind, hätte sich deine Meinung geändert.«

»Hat sie nicht!« Ärgerlich stieß Bobby die Heugabel ins Stroh. »Es ist perfekt, genau so, wie es ist. Wir können tun und lassen, was wir wollen, ausgehen, Sex haben - das alles geht nicht so spontan, wenn wir ein Baby haben.«

»Tja, und wann tun wir diese Dinge?«, gab Eve schnippisch zurück. »Wann waren wir das letzte Mal aus, Bobby? Und Sex ... hatten wir den nicht erst neulich? Am Neujahrstag? Oh warte, das ist vier Wochen her.«

Bobby warf ihr einen beleidigten Blick zu. Sie fühlte sich nach wie vor zu Eve hingezogen und liebte sie, wie sie noch nie einen Menschen geliebt hatte. Aber dieses pausenlose Geplapper über ein Baby ließ Bobbys Libido schwinden. Warum wollte Eve alles kaputtmachen? Sie hatten ein so schönes, harmonisches Leben oder redete sie sich das nur ein? Für Bobby stand fest, dass sie keine Kinder wollte, und entweder Eve fand sich damit ab, oder ließ es bleiben und musste dann für sich die Konsequenz daraus ziehen.

»Willst du Sex haben? Wir können sofort miteinander schlafen, hier, auf der Stelle«, giftete sie provokant und knöpfte bereits ihre Jacke auf.

»Du spinnst doch«, entgegnete Eve. »So war das gar nicht gemeint. Ich wollte dich nur darauf hinweisen, dass wir längst nicht mehr so spontan sind, wie du es dir einredest. Außerdem geht es nicht immer nur um dich.« Eve belud eine Schubkarre mit altem Stroh und fuhr damit aus dem Stall. Bobby blieb seufzend zurück. Sie musste ganz schnell etwas unternehmen, um ihre Beziehung wieder auf Vordermann zu bringen. Irgendwie reichte zurzeit der kleinste Funke, um aus einer Lappalie einen Streit zu provozieren.

Während Eve das alte Stroh hinter dem Stall entsorgte, schlenderten zwei der Jugendlichen lässig an ihr vorbei und hoben kurz die Hände zum Gruß. Wehmütig schaute Eve ihnen nach, bis sie in den Arbeiterunterkünften verschwunden waren. Sie wusste, warum Bobby sich so gegen das Thema Kinder sperrte. Auch sie war einst eine von diesen Kids gewesen, die alleingelassen auf der Straße lebte und Eltern hatte, die es nicht interessierte, dass sie existierte. Aber Bobby war erwachsen und diese Zeit lag ewig lange hinter ihr. Sie musste doch wissen, welch großartiger und liebenswerter Mensch sie war. Eve war sich aber durchaus bewusst, dass sie das Thema nicht weiter vertiefen durfte, denn je mehr sie auf Bobby einredete, desto mehr verschloss sie sich. Es würde sich sicherlich irgendwann alles von selbst regeln. Sie wollte Bobby auf keinen Fall verlieren, also würde sie warten.

»Eve«, rief jemand ihren Namen und holte sie damit zurück in die Realität. »Doktor Connor ist da.«

Sie nickte, stellte die Schubkarre beiseite und lief auf den Hof. »Danke, Mayla«, sagte sie zu dem dunkelhäutigen Mädchen, welches sie gerufen hatte. »Möchtest du zusehen? Doktor Connor und ich werden jetzt ein Kalb auf die Welt bringen.«

Mayla zog große Augen, unterdrückte einen Würgereiz und lief kopfschüttelnd davon. Eve lachte aus vollster Kehle und begrüßte Matt, der soeben aus seinem Wagen stieg. Es gab eine Zeit, da war er in sie verliebt gewesen und war schwer enttäuscht, als sie sich für Bobby entschieden hatte, weil sie feststellte, dass sie sich zu Frauen hingezogen fühlte. Doch das war Vergangenheit. Mittlerweile waren sie gute Freunde und hin und wieder half Eve ihm in der Praxis aus oder - so wie heute - bei komplizierten oder für sie ungewohnten Eingriffe.

»Na, verschreckst du die Kids? Ich dachte eigentlich, ihr zieht mir hier Nachwuchstierärzte heran«, lachte er und drückte sie kurz an sich.

»Verwöhnte Stadtkinder.« Sie zwinkerte ihm zu. »Die wissen einfach nicht, was gut ist.«

»Wie sieht es aus? Hast du zwischendurch nach Ellen gesehen?«, erkundigte er sich nach dem trächtigen Rind, während er seine Tasche nahm und ihr in den Stall folgte.

»Ja. Sie hat Wehen, aber es tut sich nichts. Das Kalb dreht sich nicht und sie ist mittlerweile so schwach, dass sie es nicht mehr alleine schafft.«

»Dann wollen wir mal sehen, was wir für die werdende Mutter tun können«, antwortete Matt. »Ist bei euch alles in Ordnung?«

»Ja, aber sicher.« Eve lächelte. Warum sollte sie ihre Freunde mit ihren Problemen belasten? »Und bei dir? Wie läuft es mit ... wie hieß sie noch?«

»Kerry. Es läuft ganz toll. Sie ist eine wunderbare Frau, ihr solltet sie kennenlernen«, schwärmte Matt, während er Ellens Bauch abtastete und sie untersuchte. »Wir brauchen den Geburtshelfer, es sollte jetzt schnell gehen, sonst ist das Kalb in Gefahr.«

Eve reichte ihm den gewünschten Gegenstand, eine Art Flaschenzug, mit dem das Kalb bei jeder Wehe ein

Stück herausgezogen wurde. Routiniert ging er ans Werk, während er sich weiter mit Eve über seine neue Freundin unterhielt.

»Ich hätte euch schon längst zu mir eingeladen, aber du weißt ja, wie klein meine Junggesellenbude ist.«

»Dann kommt doch heute Abend zum Essen zu uns«, schlug Eve vor. Ihr war im Moment egal, was Bobby dazu sagte, sie brauchte Gesellschaft. »Ich koche uns was Gutes und du kannst mit Kerry angeben.«

»Klingt nach einem guten Plan«, ächzte er. »So Ellen, noch einmal. Uuuund geschafft.« Das Kalb glitt zu Boden und Eve rubbelte es direkt kräftig mit Stroh ab, damit der Kreislauf angeregt wurde. Bald darauf übernahm die Mutter aber ihre Aufgabe und das Kalb war wohlauf. »Willkommen auf der Welt, junger Mann«, sagte Matt und klopfte dem kleinen Bullen leicht gegen die Flanken. »Heute Abend also. Ich mach noch meinen Rundgang und dann hole ich Kerry von der Arbeit ab.«

»Sehr gut.« Lächelnd verließ Eve den Stall. Sie musste mit Bobby reden. Ein ausgewachsener Streit war das Letzte, was sie jetzt brauchen konnte.

Beth hackte den Gemüsegarten, um schon bald neue Pflanzen auszusäen. Für Eve war es eine Umstellung gewesen, das Klima in Oklahoma war ihr fremd. In Chicago gab es Eiseskälte und Schnee, hier sanken die Temperaturen selbst im Januar meist nicht unter 8 Grad. Auf der anderen Seite war das sehr praktisch, denn so konnten sie das ganze Jahr über Gemüse anbauen, zusätzlich hatten sie sich aber ein Gewächshaus geleistet, damit sie auch bei kühleren Temperaturen frisches Sommergemüse ernten konnten. Aber heute musste Eve nichts ernten, außer ein paar frische Kräuter, die sowieso immer in der Küche standen. Beth und sie hatten im Herbst eingekocht und das würde für die nächsten zwei Jahre reichen. Für den Abend mit Matt und Kerry brauchte sie also im Grunde nur etwas aufwärmen.

Die Frauen hielten ein kurzes Schwätzchen. Die Haushälterin hatte ihre heimliche Beziehung zu Archie, dem Mechaniker, endlich zugegeben und mittlerweile lebten sie auch zusammen in Beths gemütlichen Apartment über der Garage. Durch die vielen Jugendlichen war es den beiden Senioren möglich, sich zwischendurch ein paar Tage freizunehmen und zu entspannen. Darauf war Eve sehr bedacht, denn sie wollte die zwei schonen.

»Hast du Bobby gesehen?«, fragte Eve zum Abschluss ihres Gespräches.

»Sie ist vor etwa einer Stunde ins Haus gegangen. Ist alles gut bei euch?«, wollte Beth besorgt wissen.

»Ja doch.« Eve erzwang sich ein Lächeln. »Kein Grund zur Besorgnis. Sie ist eben Bobby und ich bin Eve. Wir wussten doch alle, dass es nicht leicht werden würde, oder?« Sie zwinkerte Beth zu und lief ins Haus.

Bisher hatten sie alle Streitigkeiten beigelegt, warum sollte es diesmal anders sein?

»Bobby«, rief Eve, als sie die Treppen ins Obergeschoss hochhechtete, wo sich ihr gemeinsames Schlafzimmer befand. »Bobby?« Niemand antwortete. Eve öffnete die Türe zum Bad und fand dort - Bobby, die sich laut zeternd abwendete und Eve fast die Türe vor der Nase zugeknallt hätte. »Was machst du hier?«, fragte Eve amüsiert, als sie ihre Freundin dabei erwischte, wie diese mit heruntergelassener Hose ihre Beine rasierte.

»Verschwinde, du neugieriges Etwas« wetterte Bobby und schrie im selben Moment auf. »Scheiße, jetzt habe ich mich geschnitten.«

Eve schlug sich die Hand vor den Mund, um nicht aufzulachen.

»Was machst du hier?«, wiederholte sie glucksend ihre Frage.

»Wonach sieht es denn aus?«, gab Bobby ärgerlich zurück, doch als sie Eves vor Lachen bebende Schultern sah, ließ sie den Rasierer sinken und lachte ebenfalls. »Es sollte eine Überraschung werden. Ich wollte einfach mal etwas Neues ausprobieren und mich komplett ... na, du weißt schon.«

»Ach ja? Lass mich das machen, sonst schneidest du dich noch mehr.«

»Nein«, quietschte Bobby und es war das erste Mal, dass Eve sah, wie sie errötete.

»Okay, ich dachte ja nur. Weißt du, ich habe damit Erfahrung, schließlich rasierte ich zu meiner praktizierenden Zeit sehr viele Tiere. Ich habe ein Händchen dafür.«

»Könntest du jetzt bitte gehen, Eve?« Bobby verdrehte genervt die Augen. »Wenn du das machst, fühle ich mich wie eine Katze, die du gleich ... Nein, stopp. Verschwinde einfach, okay!«

Lachend verließ Eve das Bad, steckte aber noch mal den Kopf zur Türe hinein.

»Es ginge einfacher, wenn du die Enthaarungscreme benutzt, die in meinem Kulturbeutel steckt.«

Mit Bobbys Gezeter im Ohr, lief Eve wieder ins Untergeschoss, wo sie fröhlich pfeifend die passenden Einmachgläser aus der Vorratskammer heraussuchte. Bobby hatte sich also als Überraschung für sie blank rasiert? Sie kicherte. Ausgerechnet Bobby, die zwar gepflegt war, aber auf solchen Mädchenkram normalerweise gar nicht stand. Diese Geste - wenngleich sie unnötig war - bedeutete Eve sehr viel und sie wusste, dass sie geliebt wurde. Als Bobby in der Küche auftauchte und so tat, als sei nicht geschehen, konnte Eve nicht anders, als sie damit aufzuziehen.

»Und? Darf ich mich heute Abend auf samtweiche Haut freuen?«

»Wenn du weiterhin so neugierig bist, mit Sicherheit nicht«, brummte Bobby, doch Eve ging auf sie zu und küsste sie lang und innig.

»Wegen mir musstest du das nicht tun. Ich hätte so oder so mit dir Sex gehabt.«

»Ach, wirklich? Ohne mich zu fragen?« Bobby spielte die Entrüstete, hatte ihre Hände aber bereits fest um Eves Po geklammert.

»Wozu muss ich fragen? Ich weiß doch, dass du mir einfach nicht widerstehen kannst.« Eve hob provozierend die Brauen. »Oder irre ich mich, Miss Hale?«

»Hätte ich mich sonst glattrasiert wie ein Babyarsch?« Bobby schob eine Hand unter Eves Bluse. »Sie sind die Schärfste aller Tierärztinnen, Doktor Deearing. Lass uns nach oben gehen, ja?«

Eve stöhnte auf, als Bobby ihre Brust berührte. Da war sie, die Leidenschaft, die sie früher verband. Wie sehr hatte sie das vermisst und wie sehr wollte sie dies wiederhaben. Wenn es bedeutete, auf ein Baby zu verzichten, um Bobby zu behalten, dann würde sie es tun. Sie wollte diese Frau nicht verlieren.

»Ich würde nichts lieber als das tun«, erwiderte sie mit rauer Stimme. »Aber ich habe Matt und seine neue Freundin zum Essen eingeladen. Werd nicht sauer«, sagte sie schnell, als Bobby sie enttäuscht ansah. »Wir brauchen mal wieder etwas Ablenkung. Es wird bestimmt schön werden und danach darfst du mit mir machen, was du willst.«

»Ich mag keine fremden Leute«, schmollte Bobby und verzog die Lippen wie ein kleines Kind.

»Ich weiß, Schatz, ich weiß.« Eve tätschelte Bobby die Wange, zog ihre Bluse zurecht und wandte sich dem Herd zu. »Was hältst du von Ratatouille mit selbstgebackenem Brot und als Nachtisch Creme Brulee?«

»Mmh«, machte Bobby. »Egal, was du kochst, es schmeckt doch immer. Brauchst du mich, oder kann ich mir irgendeine andere Arbeit suchen?« Sie grinste verschlagen.

»Du hättest das Esszimmer herrichten können, aber lass nur.« Eve seufzte gekünstelt. »Ich bin dein Heimchen hinterm Herd. Im Grunde bist du ein richtiger Macho, nur mit Brüsten.«

»Mit sehr schönen Brüsten.« Bobby wackelte mit

ihrem Vorbau, sodass Eve laut auflachte. »Verschwinde jetzt, sonst teile ich dich zum Staubputzen ein.«

Das ließ Bobby sich nicht zweimal sagen und verließ schleunigst das Haus. Alles was mit Hausarbeit zu tun hatte, war ihr zutiefst zuwider. Sie hatte es auch nie gelernt. In ihrer Jugend fehlte die weibliche Bezugsperson, denn auch wenn Beth sich sehr um sie bemüht hatte, war ihr Eddy immer näher gewesen. Sie hatte ihr halbes Leben mit Männern verbracht, benahm sich auch oft als solcher. Eve hatte schon ganz recht, sie war ein Macho mit Brüsten. Wie sollte sich eine Frau wie sie um ein Baby kümmern? Wenn Bobby darüber nachdachte, fiel ihr auf, dass sie im Leben noch kein Baby auf dem Arm gehalten hatte. Wenn die Arbeiter mit ihren Frauen mal zu Besuch kamen und ihren Nachwuchs mitbrachten, zog sich Bobby stets gekonnt aus der Affäre. Warum sah Eve denn nicht ein, dass sie einfach nicht die richtige Frau war, um Mutter zu spielen? Die Jugendlichen, die sich jetzt ständig hier tummelten, waren schon Herausforderung genug - jedenfalls was Bobby betraf. Diese pubertierenden Monster, die zuweilen so stur und nervtötend sein konnten, dass Bobby schon oft fast der Kragen geplatzt war. Wie schaffte Eve das nur? Sie war der Fels in der Brandung, es gab scheinbar nichts, was sie aus der Ruhe bringen konnte. Sie schmiss zusammen mit Beth den Haushalt, half den schulpflichtigen Kids bei den Hausaufgaben, lernte mit ihnen, hatte für alle großen und kleinen Probleme ein offenes Ohr und so ganz nebenbei vertrat sie Matt hin und wieder in der Praxis.

Bobby dachte an die Zeit zurück, als Eve auf Bird Creek aufgetaucht war. Ein Stadtmädchen, mit Feenstaub im Hirn und einem winzigen, rosafarbenen Auto. Damals hätte Bobby nie gedacht, dass Eve es länger als ein paar Monate auf der Ranch aushalten würde, doch wider Erwarten war es so, als hätte Eve im Leben nie etwas anderes getan. Ihre Pfunde waren gepurzelt, nicht wahnsinnig viel, aber doch so, dass man es merkte. Sie war insgesamt viel agiler, hatte reiten gelernt und ihren Mini Cooper gegen einen Dodge RAM getauscht - wenn schon, denn schon. Zum Glück gab es dieses Modell nicht in Rosa, sonst hätte Bobby sich wahrscheinlich schreiend aus dem Staub gemacht. Überhaupt schien es, als sei die pinke Phase vorbei. Eve war erwachsen und zu einer Frau geworden, die wusste, was sie wollte.

»Selnik, Cooper - mitkommen«, rief Bobby, als sie zwei der Jungs erspähte, die lässig an der Scheunenwand lehnten und rauchten. Als sie die beiden erreicht hatte, nahm sie ihnen die Kippen aus den Mündern, lief damit zu einem Strohhaufen und warf die Zigaretten dort hinein. Es begann zu qualmen, glühte und beim nächsten Windstoß begann es zu zündeln.

»Wie oft habe ich euch gesagt, ihr sollt in der Nähe der Scheunen nicht rauchen?«, brüllte sie. »Seht zu, dass ihr das Feuer löscht, beim nächsten Mal fliegt ihr raus!«

Die beiden Missetäter nahmen die Beine in die Hand, um das Feuer unter Kontrolle zu bringen, was Bobby mit Genugtuung beobachtete. *Vielleicht wäre ich doch keine so schlechte Mutter?*, überlegte sie, doch als sie bemerkte, dass sich das Feuer ausbreitete, verwarf sie diesen Gedanken.

»Mist, verdammter!«, fluchte sie und eilte zur Hilfe.

»Was ist denn hier los«, rief Archie von Weitem, der die Misere ebenfalls gesehen hatte.

»Bobby hat unsere Zigaretten ins Stroh geworfen«, verteidigte sich Cooper, woraufhin er sich einen strafenden Blick von Bobby einhandelte.

»Ich wollte ihnen eine Lektion erteilen«, sagte sie, während sie einen Schlauch abgerollt hatte und das Feuer erfolgreich löschte. »Geht in eure Zimmer, für heute habt ihr genug angerichtet.«

»Aber ...«, wagte Cooper einen Einspruch, doch Bobbys zorniger Blick brachte ihn zum Schweigen. Betreten dackelten die Übeltäter davon.

»Was sollte das?«, fragte Archie, als sie alleine waren. »Irgendwas stimmt mit dir in letzter Zeit ganz und gar nicht.«

Bobby hustete, bevor sie eine Antwort geben konnte. Der dicke, schwarze Qualm lag schwer in der Luft und brannte in Lunge und Augen.

»Lass uns woanders hingehen«, krächzte sie.

Sie begaben sich in Archies Werkstatt, wo er Bobby ein kaltes Bier reichte, welches sie dankbar an die Lippen setzte und einen kräftigen Schluck nahm.

»Setz dich«, forderte der Alte. »Also, was sollte das?«

»Ich wollte ihnen nur klarmachen, dass sie nicht in der Nähe der Scheunen rauchen sollen, weil Stroh schnell Feuer fängt und dadurch die Tiere in Gefahr geraten. Ich dachte, es sei eine gute Idee, nun, das war es wohl nicht. Diese Bälger sind so dumm und haben nur Blödsinn im Kopf.« Sie trank wieder einen Schluck. »Im Grunde ist das alles Eves Schuld. Sie und ihr Gerede von Kindern. Ich wollte mir selbst beweisen, dass ich dieses Erziehungsgen auch in mir trage. Aber mir ist jetzt noch klarer als vorher, dass ich niemals eine verantwortungsvolle Mutter sein kann.«

»Ach Mädchen.« Archie schüttelte den Kopf. »Du warst genauso, als du damals hier ankamst. Ich habe oft zu Eddy gesagt, dich mitzubringen, war vielleicht die dümmste Idee, die er je hatte. Du warst störrisch wie ein Esel, hattest immer ein Widerwort parat und neigtest dazu, dich selbst zu überschätzen. Wenn ich es mir recht überlege, hast du dich nicht wirklich verändert.« Er lachte verhalten. »Ich kenne aber niemanden, der so viel Verantwortung trägt wie du. Die Ranch wäre längst pleite, wenn du nicht wärst. Merkst du eigentlich, was du leistest, Bobby? Du bist keine Eve, der pausenlos die Sonne aus dem Hintern scheint und der alles zugeflogen kommt. Du musst hart arbeiten und du hast immer wieder bewiesen, dass du es kannst! Ich bin davon überzeugt, dass du und Eve ganz wunderbare Mütter werdet. Du solltest nur darauf verzichten, irgendwas in Brand zu stecken.«

Bobby knibbelte in Gedanken versunken das Etikett der Bierflasche ab.

»Ich liebe sie wirklich«, sagte sie leise. »Aber manchmal wird mir das alles zu viel. Früher war ich mit Eddy auf den Weiden, habe mich ums Vieh gekümmert und wenn wir abends nach Hause kamen, hatte Beth etwas für uns gekocht und das war's. Ich habe mir nie Gedanken gemacht, wie hart Beth schuftet, um uns alle zu versorgen, und das war gut so. Jeder hatte seine Aufgaben. Jetzt mit Eve bekomme ich alles mit, weil wir uns natürlich über alles unterhalten. Sie fragt mich, was ich gerne essen möchte, bespricht mit mir, wenn sie ein Möbelstück verrückt und legt mir meine frisch gebügelte Wäsche raus. Und neuerdings immer dieses Gerede von Kindern. Ich meine, haben wir nicht schon jetzt Kinder genug hier? Was will sie noch, Archie?«

»Eine Familie gründen«, erwiderte Archie schlicht. »Das, was sich normale Menschen wünschen.«

»Normal.« Bobby lachte bitter auf. »Wir leben in einem der bibeltreusten Staaten überhaupt als lesbisches Paar. Wie viel Normalität ist das wohl für die gottgläubigen Christen?«

»Na ja, immerhin dürft ihr heiraten, wenn ihr das wolltet. Du hast doch gewusst, worauf du dich einlässt und Eve hat es auch. Und dennoch lebt ihr zusammen und mal ganz im Ernst, welche Schwierigkeiten musstet ihr bisher überwinden? Gar keine, nur die, die in deinem Kopf sind.«

»Ich weiß nicht, ob ich das kann«, flüsterte Bobby mit Tränen in den Augen.

Sie war ein Mensch, der seine Probleme alleine löste. Emotionen und Gefühlsduselei waren ihr weitestgehend fremd gewesen. Bobby hatte nie in Erwägung gezogen, eine feste Bindung einzugehen, weder wollte sie sich von einem anderen Menschen abhängig machen, noch dafür die Verantwortung übernehmen. Es war alles gut so gewesen, wie es war. Sie hatte lockere Affären und musste niemanden Rechenschaft ablegen. Doch dann war Eve in ihr Leben getreten, und hatte Bobbys Gefühle völlig auf den Kopf gestellt. Am Anfang hatte sie noch gedacht, dass sich die Beziehung irgendwann von selbst erledigen würde, aber Eve war geblieben und Bobby fühlte sich wohl damit. Sie hatte die Verbundenheit mit einem anderen Menschen genossen und wollte nicht, dass dies irgendwann endete. Aber von Zeit zu Zeit quälte sie eine nagende Stimme in ihrem Inneren. Bobby hatte Angst, sich selber zu verlieren. Sie war ruhiger geworden, hatte sich Eve angepasst, und nun wollte Eve den nächsten Schritt wagen und aus ihrer herrlich unkomplizierten Beziehung etwas richtig Kompliziertes machen. Bobby sträubte sich mit jeder Faser ihres Körpers dagegen, denn ihre irrationale Angst, eine ebenso schlechte Mutter zu werden, wie es ihre eigene gewesen war, lähmte sie. Aber mit Eve darüber zu reden kam nicht infrage. Sie würde es nicht verstehen, im Gegenteil. Sie würde mit ihrer positiven und manchmal penetrant fröhlichen Art alles versuchen, um Bobby vom Gegenteil zu überzeugen.

Kapitel 2

Eve deckte pfeifend den Tisch im Wohn/Esszimmer ein. Bei ihrer großen Renovierungsaktion - als sie damals einzog - verbannte sie die abgenutzte braune Cord-couch und die dunklen, schweren Möbel und verwandelte den Raum in eine freundliche Wohlfühloase. Durch die Fensterfront, mit Zugang zum Wintergarten und dem angrenzenden Garten dahinter, schien nun endlich Sonnenlicht. Vorher blockierten dicke Vorhänge die Sicht. Da Eve nicht immer mit den Arbeitern in der Küche essen, sondern hin und wieder etwas Privat-sphäre mit Bobby wollte, hatte sie das Zimmer kurzer-hand aufgeteilt. Nun fügte sich eine hellblaue Wohn-landschaft in eine Nische, daneben Kiefernholzregale mit Eves geliebten Büchern, eingerahmt von zwei Berg-palmen. Davor ein Tisch, ebenfalls aus hellem Kiefern-holz und einem TV-Schrank. Auf der gegenüberlie-genden Seite war Platz für einen Esszimmertisch und einem Buffetschrank, in dem das alte Geschirr von Eves Großeltern stand. Feines, weißes Porzellan, das Eve nur zu besonderen Anlässen rausholte. So wie heute. Sie wollte, dass alles perfekt war. Irgendwie hatte sie das Gefühl, Matts neue Freundin beeindrucken zu müssen und zu zeigen, dass auch sie als Landmenschen durchaus kultiviert waren.

Bobby steckte den Kopf zur Türe hinein und lächelte, als sie Eve in ihrem Element sah.

»Zu viel?«, fragte Eve skeptisch, als sie Bobbys Anwesenheit bemerkte.

»Nein, es ist perfekt.« Sie trat an Eve heran und nahm sie von hinten in die Arme. »Du machst es immer perfekt.«

Eve schmiegte sich an ihre Freundin, doch anstatt sich zu entspannen, stieg ihr ein Geruch in die Nase. Sie schnüffelte und drehte sich zu Bobby herum.

»Warum riechst du nach Rauch?«

»Witzige Geschichte.« Bobby lachte verschämt. »Ich muss aber jetzt duschen.«

»Halt! Was ist passiert?« Eve setzte ein strenges Gesicht auf.

»Die Kurzfassung: Ich habe zwei der Jungs beim Rauchen erwischt, wollte ihnen klarmachen, dass das gefährlich wird, wenn das Stroh Feuer fängt und habe ihre Kippen weggeworfen.« Das war natürlich nicht die ganze Wahrheit und Eve roch den Braten - im wahrsten Sinne des Wortes.

»Das Stroh hat Feuer gefangen, oder?«, fragte sie, woraufhin Bobby zerknirscht nickte. »Warum machst du nur immer solche Sachen?« Eve seufzte. »Seid ihr alle in Ordnung?«

»Ja, es ist nichts passiert. Ich konnte doch nicht wissen, dass diese Trottel sich zu dumm anstellen, einen brennenden Strohballen zu löschen«, verteidigte sich Bobby. »Für Kinder lauern einfach überall Gefahren, siehst du das nicht? Wir leben auf einer Ranch, da kann immer was passieren. Hier ist es ein kleines Feuer, da ist es ein Pferd, das durchgeht. Alles gefährlich.«

»Du denkst also, es ist gefährlicher, ein Kind auf dem

Land großzuziehen, als in der Stadt? In Chicago? Oder New York?Zwischen all den Verrückten?«

Bobby ließ die Schultern hängen. Natürlich hatte Eve recht, aber zeigte der heutige Vorfall denn nicht deutlich, dass sie einfach nicht in der Lage war, sich um ein Kind zu kümmern? Diese Jungs waren in Teeangeralter, was würde sie wohl mit einem hilflosen Baby tun? Es irgendwo vergessen, wahrscheinlich. Ihr fehlte einfach der Mutterinstinkt.

»Darf ich jetzt duschen gehen?«, fragte sie kleinlaut und Eve machte eine scheuchende Handbewegung.

Als Bobby den Raum verlassen hatte, ließ sich Eve seufzend auf einem der Stühle nieder. Egal, wie sie es drehte und wendete, Bobby wollte von diesem Thema einfach nichts hören.

»Vielleicht ist es wirklich besser so«, murmelte sie. Eve wusste selbst nicht genau, warum sie im Moment so versessen auf ein Kind war. Ihr Leben war perfekt, es gab nichts, was sie hätte ändern wollen. Sie hatte doch von Anfang an gewusst, dass es für sie beide nicht einfach werden würde, eine Familie zu gründen. Sie waren eben nicht das amerikanische Durchschnittspaar, sondern zwei Frauen, die in einer lesbischen Beziehung lebten. Sie hätte es ja anders haben können ... Eve schüttelte den Gedanken ab. Sie wollte es nichts anders, sie war mit genau dem Menschen zusammen, den sie aus vollstem Herzen liebte und das war alles, was zählte. Sie würde auch in ein paar Jahren noch jung genug für ein Kind sein, vielleicht hatte Bobby bis dahin ihre Meinung geändert. Den kleinen, stechenden Punkt in ihrem

Inneren ignorierend, erhob sie sich und widmete sich wieder der Arbeit. Kommt Zeit, kommt Rat. Bobby zu etwas zwingen zu wollen war ein sinnloses Unterfangen, also hieß es abwarten.

»Du schaust jetzt schon zum zehnten Mal in den Spiegel«, meinte Bobby amüsiert, während sie den Wein entkorkte. »Du siehst toll aus und sofern du Matts Flamme nicht anmachen willst, kann es dir doch egal sein, was sie über dich denkt.«

»Ich mach das nicht wegen Kerry«, gab Eve unwirsch zurück.

»Natürlich nicht.« Bobby lachte in sich hinein. »Wo kommt diese Kerry eigentlich her? Ich meine, wo hat Matt sie kennengelernt?«

»Keine Ahnung. Aber so, wie er von ihr schwärmt, scheint sie sehr nett zu sein. Du benimmst dich, ja? Keine dummen Lesbensprüche und keine versauten Ausdrücke«, mahnte Eve.

»Ich benehme mich immer.« Bobby wackelte mit den Augenbrauen, wurde aber ernst, als sie Eves finsteren Gesichtsausdruck sah. »Heiliges Ehrenwort, ich lasse nicht die vulgäre Lesbe heraushängen, ich werde eine vorbildliche Gastgeberin sein.« Sie hob zwei Finger zum Schwur und strich sich dann eine dunkle Locke aus dem Gesicht. »Haare sind auch gekämmt«, fügte sie unnötigerweise hinzu und deutete auf ihren Zopf.

Eve schüttelte lachend den Kopf. Bobby war auf so viele Arten ein Kindskopf, konnte aufbrausen wie ein wildgewordener Stier und im nächsten Moment lammfromm sein. Diese Mischung war es, die Eve so sehr liebte. Es wurde nie langweilig. Auch wenn ihre Beziehung etwas schwierig gestartet hatte und Eve sich nie hätte vorstellen können, mit Bobby auch nur annähernd so etwas wie eine Freundschaft zu führen, jetzt waren sie zwei Pole, die sich anzogen und wunderbar ergänzten. Eve mit ihrer fröhlichen und freundlichen Art nahm sehr viele Menschen für sich ein, weswegen sie sich auch mittlerweile um das Geschäftliche der Ranch kümmerte. Sie besaß ein natürliches Verhandlungsgeschick, weil sie sich kaum durch etwas aus der Ruhe bringen ließ. Ganz anders als Bobby, die potentielle Käufer schon vor die Türe gesetzt hatte, nur weil ihr das Eröffnungsangebot nicht gefiel.

Auf der anderen Seite war Bobby eine empfindsame Seele, was sie aber ungern zeigte. Mittlerweile verstand Eve ihre Partnerin, auch wenn sich diese zurückzog und ihre Probleme mit sich selbst ausmachte. Doch zuweilen gab es zwischen ihnen auch eine Kluft, etwas, was Bobby von Eve trennte und das Eve noch nicht sehen konnte.

Matts Wagen fuhr auf den Hof und die beiden Frauen standen wie zwei artige Kinder an Weihnachten in der Türe, um ihren Besuch zu begrüßen. Bobby kam sich lächerlich vor, so einen Aufstand zu betreiben. Es war nur Matt! Mit ihm hatte sie schon ordentliche Sauftouren hingelegt, also warum mussten sich heute benehmen, als seien sie aus einem Buch für gutes Benehmen in den Fifties gefallen? Sie fühlte sich wie eine biedere Hausfrau und fragte sich, ob Eve irgendwo Pantoffeln für ihre Gäste bereitstehen hatte. Sie warf Eve einen grinsenden Seitenblick zu, verkniff sich aber einen Kommentar, denn dieser Abend war aus irgendeinem Grund wichtig für ihre Freundin. Süß sah sie aus, in ihrem hellblauen Kleid, das wirklich irgendwie aussah, als hätte sie es direkt aus den fünfziger Jahren bestellt. Ihre Zopffrisur saß im Gegensatz zu Bobbys perfekt, ein zartes Make-up unterstrich Eves unaufdringliche Schönheit.

»Willkommen auf Bird Creek«, begrüßte Eve Kerry, die sich mit einem herzlichen Lächeln bedankte.

»Ja, willkommen«, sagte auch Bobby. »Bitte, treten Sie ein.« Sie kam sich total deplaziert vor, aber Eve wollte ein Vorzeige-Lesbenpaar, also sollte sie auch eins bekommen. »Matt.« Sie nickte dem Tierarzt zu, der offensichtlich sehr nervös war und zwischen den beiden Frauen fragend hin und herschaute.

Als Eve Kerry ins Wohnzimmer führte, nahm Matt Bobby zur Seite.

»Was macht ihr für einen Aufstand? Alles okay bei euch?«

»Ist dir aufgefallen, hm?« Sie lachte. »Eve hat sich aus irgendeinem Grund in den Kopf gesetzt, deine Freundin zu beeindrucken. Also, tada, sei beeindruckt!«

»Yeah«, machte Matt sarkastisch, sich durchs Haar fahrend. »Hast du ein Bier? Ich könnte jetzt echt eins gebrauchen.«

»Klar, auch wenn ich denke, für heute war Wein eingeplant.«

»Bobby ...«

»Schon gut.« Sie hob entschuldigend die Arme, ging in die Küche und kam mit zwei kalten Bieren zurück. »Cheers, auf dass wir diesen Abend durchstehen.«

Die rothaarige Kerry entpuppte sich tatsächlich als so herzlich, wie Matt sie beschrieben hatte. Ihr Wesen war ruhig und entspannt. Eve schien hin und weg zu sein, jedenfalls hatten die beiden sich eine Menge zu erzählen. Das mochte daran liegen, dass beide aus der Stadt stammten und eher zufällig in Oklahoma gelandet waren.

»Ich würde mir gerne beizeiten Ihr Projekt näher ansehen«, sagte Kerry. »Es ist zwar nicht ganz mein Fachgebiet, aber ich finde es unglaublich, was Sie auf die Beine gestellt haben.«

»Was ist denn Ihr Fachgebiet?«, mischte Bobby sich ein, die - ebenso wie Matt - beim Bier geblieben war.

»Ich bin zwar Sozialarbeiterin, aber ich kümmere mich eher um Adoptionen«, erklärte Kerry, woraufhin Bobby sichtlich erstaunt die Brauen hob und Eve unverhohlen anstarrte.

»Oh, hast du das gehört, Eve? Sozialarbeiterin für Adoptionen. Was für eine Überraschung, oder?«

Eve lachte nervös, wich dem Blick ihrer Lebensgefährtin aus und räumte die Teller ab. Als Kerry sich anschickte zu helfen, winkte Eve ab. In der Küche lehnte sie sich an die Spüle und atmete tief ein und aus. Ja, sie hatte davon gewusst, aber es war nicht ihr Plan, Bobby von irgendwas zu überzeugen. Es war Zufall, dass Kerry in der Adoptionsbehörde arbeitete. Es war ja nicht so, als hätte sie Matt und Kerry miteinander bekannt gemacht. Kerry war von Houston nach Owasso versetzt worden, da das örtliche Jugendamt unterbesetzt war. Davon konnten Eve und Bobby ein Lied singen, denn bis alle ihre Anträge für das Jugendprojekt durchgewesen waren, vergingen zermürbende Monate. Doch jetzt arbeiteten sie Hand in Hand mit den Ämtern und alle Kontrollen bisher verliefen ausgesprochen positiv.

Ein letzter tiefer Atemzug und Eve gesellte sich wieder zu ihren Gästen.

»Möchte jemand Kaffee?«

»Und Sie beide sind verheiratet oder leben in einer eingetragenen Gemeinschaft?«, wollte Kerry wissen, während sie an ihrem Wein nippte.

»Nein, nichts dergleichen«, antwortete Bobby. »Wir leben einfach nur zusammen.«

»Aber Sie könnten heiraten, oder? Ich meine, es ist in Oklahoma erlaubt?«

»Ja, ist es«, erwiderte Bobby knapp. »Wie sieht's in Texas aus? Was sagen die republikanischen Brüder zur Homoehe?«

Eve sah Bobby mahnend an. Lag es am Bier oder fühlte sich Bobby mal wieder einfach nur provoziert?

»Seit 2015 legal, so spießig sind wir Republikaner gar nicht.« Kerry zwinkerte und Bobby verschränkte getroffen die Arme.

Touché, dachte Eve grinsend. Sie bemerkte, wie Matt angestaute Luft ausstieß.

»Wie dem auch sei«, fuhr Bobby fort. »Erzählen Sie von sich. Wie haben Sie und Matt sich kennengelernt?«

»Tja,«, Kerry drehte ihr Weinglas und warf Matt einen zärtlichen Blick zu, »meine Katze hatte eine Fischgräte verschluckt und Matt hat sie gerettet.«

»Unser Matt, der Katzenretter«, sagte Bobby sarkastisch und prostete Matt zu.

Das nächste Gespräch kam nur schleppend wieder in Gang, aber da Bobby es vorzog, sich mit Matt zu unterhalten, wurde der restliche Abend recht entspannt. Gegen Mitternacht wurden die Gäste verabschiedet und als Matts Wagen vom Hof fuhr, fragte Bobby:

»Und? Mögen wir Kerry?«

»Ja, Bobby. Wir mögen Kerry!«, antwortete Eve, verschloss die Haustüre und zog sich ins Bad zurück.

Schulterzuckend folgte Bobby ihr, denn jetzt wollte sie ihre Liebste ganz für sich haben. Das Gespräch, welches sie über Kerrys Job führen wollte, musste warten. Aber sie würde es führen, oh ja! So einfach kam Eve ihr nicht davon.

Als Eve am nächsten Morgen erwachte, huschte ein Lächeln über ihr Gesicht. Bobby schnarchte noch leise, daher versuchte Eve keinen Krach zu machen, als sie aufstand und sich für den Tag bereitmachte. Sie fühlte sich etwas zerschlagen, angesichts der langen Nacht, die sie beide miteinander verbracht hatten. Aber das war es wert. Bobbys spontane Rasieraktion würde sich zwar in ein paar Tagen rächen, und Eve war sich sicher, dass Bobby ihr dann wegen der nachwachsenden, juckenden Haare die Ohren volljammerte, aber die Maßnahme hatte sich mehr als gelohnt. Grinsend stand Eve vor dem Spiegel. Ja, sie hatten es noch drauf. Ihre Sorge, dass Bobby sie nicht mehr anziehend fand oder ihr wegen irgendetwas abgeneigt war, verpuffte in der letzten Nacht.

Beth hantierte schon in der Küche, als Eve dazustieß und sich einen Kaffee nahm.

»Guten Morgen, meine Liebe. Hattet ihr einen schönen Abend?«, begrüßte Beth die Jüngere, goss sich ebenfalls eine Tasse Kaffee ein und setzte sich zu Eve an den Tisch. »Erzähl, wie ist Matts Neue? Ist es wieder so Kneipenaufriss oder eine Verzweiflungstat?« Damit spielte sie auf Matts letzte Affäre an, die er in irgendeinem schäbigen Pub aufgerissen hatte und die nicht gerade die hellste Leuchte am Baum war. Jedem war bewusst, dass sie nur einem Zweck gedient hatte: Matts einsames Leben wenigstens für ein paar Tage zu bereichern.

»Nein, Kerry ist ganz bezaubernd«, erzählte Eve jetzt. »Sie ist hübsch, gebildet, freundlich und ich glaube, Matt hat seinen Deckel endlich gefunden.« Sie grinste verschwörerisch.

»Ach, das würde mich freuen«, antwortete Beth. »Er braucht endlich die Frau fürs Leben. Ich bete, dass sie bei ihm bleibt, der arme Mann hatte bisher nur Pech bei Frauen.«

Eve erröte, spielte Beth doch darauf an, dass auch sie - Eve - Matt hatte sitzenlassen und sich stattdessen für Bobby entschieden hatte.

»Ich denke, Kerry ist ein Volltreffer«, sagte sie zuversichtlich.

»Erzähl doch mal, was sie beruflich macht«, mischte sich Bobby ein, die in die Küche schlurfte, sich eine Tasse Kamillentee einschenkte und sich zu den beiden anderen an den Tisch setzte.

Beth blickte Eve neugierig an, bis diese mit der Sprache rausrückte.

»Sie ist Sozialarbeitern.«

»Und?«, bohrte Bobby weiter.

»Sozialarbeiterin für Adoptionsangelegenheiten.« Eve funkelte ihre Lebensgefährtin wütend an, doch Bobby sah sie nur grinsend über den Rand ihrer Tasse hinweg an.

»Soll mir das jetzt etwas sagen?« Beth runzelte die Stirn.

»Na ja, Eve redet neuerdings ständig von Kinder. Ist es da nicht komisch, dass Matts neue Freundin bei der Adoptionsbehörde arbeitet?«

»Ernsthaft Bobby? Was habe ich deiner Meinung nach getan? Bin ich vielleicht nach Houston geflogen und habe Kerry überredet, mit Matt auszugehen? Habe ich ihr diesen neuen Job verpasst oder, oh warte, ich habe meinen magischen Zauberstab geschwungen, damit die beiden sich verlieben. Das alles habe ich nur getan, um dich darauf hinzuweisen, dass ich gerne ein Kind hätte.«

»Wenn du das sagst, klingt es total durchgeknallt«, schmollte Bobby.

»Weil es genau das ist - weil du es bist! Durchgeknallt.« Eve erhob sich, räumte ihre Tasse in die Spüle, während Beth schallend lachte. »Sie ist verrückt«, wisperte Eve Beth zu und nickte dabei augenzwinkernd in Bobbys Richtung.

»Trotzdem liebst du mich«, triumphierte Bobby grinsend.

Eve streckte die Zunge heraus, wurde dann aber ernst und nahm eine Liste zur Hand.

»Es wäre mir lieb, wenn du heute Peter und Amanda mitnimmst«, sagte sie an Bobby gewandt. »Mayla hat heute frei, sie will ihre Eltern besuchen.« Eve studierte die Namen auf der Liste, machte hier und da ein Häkchen und koordinierte weiter. »Kerry kommt am Vormittag, sie möchte sich das Projekt ansehen - das übernehme ich. Fitz und Jerry sollen die Zäune überprüfen und Selnick kann Beth helfen.«

»Alles klar, auch wenn ich jetzt schon weiß, dass Amanda wieder quengeln wird, weil sie ihre Finger schmutzig macht«, warf Bobby ein. »Es ist mir immer eine Freude, diese verwöhnte Göre zu scheuchen.«

»Deswegen soll sie ja mit dir gehen. Sie stellt sich noch stur, aber bitte führe ihr noch einmal vor Augen, dass ihre Eltern ansonsten ein Erziehungscamp für sie vorgesehen haben und dort hat es sich mit dem Luxus ganz erledigt.«

»Zu Befehl, Mam!« Bobby salutierte, erhob und reckte sich und verließ die Küche.

»Du kommst mit Selnick klar?«, wandte sich Eve an Beth und diese nickte.

Jeden Tag mussten die Jugendlichen in ihre täglichen Arbeiten eingewiesen werden. Eve achtete darauf, dass sie genug Abwechslung bekamen und sich jeden Bereich der Ranch ansehen konnten. Sie wusste, dass die jungen Menschen ihre Vorlieben hatten, doch darauf nahm sie keine Rücksicht - nicht in den ersten paar Wochen. Sie war keine Freundin, sie war für diese Kinder verantwortlich und achtete darauf, dass sie neben ihrer schulischen Ausbildung auch das harte Arbeitsleben kennenlernten. Sie sollten merken, dass sie Fehler gemacht hatten. Einige von ihnen - wie die störrische Amanda, die eigentlich aus einem sehr guten Elternhaus stammte - sahen nicht ein, dass sie auf Bird Creek eine Alternative zum Jugendknast bekamen. Sie waren der Meinung, wenn sie nicht hinter Gittern saßen, könnten sie ihren Lebenswandel so weiter-führen. Doch den Zahn zog Eve ihnen schnell. Sie agierte zwar mit liebevoller Strenge, dennoch waren die Jugendlichen selbst dafür verantwortlich, dass sie ein warmes Essen auf dem Tisch und frische Wäsche hatten oder dass ihre Unterkünfte sauber blieben.

Motiviert ging sie ins Büro, welches sie in dem Zimmer eingerichtet hatten, das früher Harriet gehörte. Eve mochte den Raum und hatte sogar Harriets alten Schreibtisch behalten. Da es Samstag war, hatte sie Zeit, sich um den Schriftkram zu kümmern, denn Bobby machte gerne einen großen Bogen darum. Aber das störte Eve nicht. Abrechnungen und dergleichen waren für sie ein Kinderspiel. Hin und wieder nahm sie sich an solchen Samstagen auch die Zeit, um mit ihrer ehemaligen Angestellten Lynn oder ihrer Schwester Peyton zu telefonieren. Letzteres tat sie aus reinem

Pflichtgefühl, denn Peyton - obwohl mittlerweile Mutter einer einjährigen Tochter - hatte sich keinen Deut verändert. Sie lebte noch immer in der Wohnung, die sie Eve abgekauft hatte, mit Tochter Savannah, aber ohne Mann. Eine Tatsache, die Eve nicht unbedingt wunderte. Der Traum, vom geerbten Geld eine eigene Boutique zu eröffnen, entpuppte sich wirklich nur als Traum, denn Peyton besaß keinerlei Geschäftssinn und war binnen Monaten pleite. Jetzt arbeitete sie wieder in ihrem alten Job, tat aber weiterhin so, als wäre ihr Leben perfekt. Eve hatte ihre Nichte erst einmal zu Gesicht bekommen, denn Peyton weigerte sich noch immer, Bird Creek zu besuchen. Ob aus Scham oder wegen ihrer Vorurteile der lesbischen Beziehung ihrer Schwester gegenüber, konnte Eve nicht beurteilen und es war ihr auch egal. Ihre Leben waren grundverschieden, doch Eve wusste, dass sie den besseren Weg gewählt hatte.

Lynn war mittlerweile verheiratet und Mutter zweier wunderschöner Zwillingsjungs. Sie arbeitete weiterhin in der alten Praxis und erstattete Eve regelmäßig Bericht.

Als Eve jetzt ihre E-Mails kontrollierte, fand sie wieder eine von Lynn, die acht Fotos ihrer Zwillinge angehängt hatte. Die Tierärztin seufzte. Diese Fotos … nein, die konnte sie sich jetzt nicht angucken. Ihre Gefühle fuhren zurzeit Achterbahn und sie wollte Bobby nicht noch mehr vor den Kopf stoßen und sich selber nicht auf irgendwas versteifen, was vielleicht nie eintreten würde.

Zwei Stunden arbeitete sie konzentriert an den

Büchern. Stellte Schecks für die Arbeiter aus und schickte die Futterbestellungen raus, die Bobby ihr auf einen Zettel gekritzelt hatte. Sie würde noch mal ein Wörtchen mit ihrer Lebensgefährtin reden müssen, denn aus den Hieroglyphen, die Bobby ständig fabrizierte, wurde man kaum schlau. Eve rieb sich die Augen, als sie Beth hörte, die von unten ihren Namen rief.

»Eve, Miss Dow ist da.«

War es schon so spät? Eve erhob sich eilig, strich ihre Bluse glatt und lief die Treppe hinunter.

»Darf ich kurz, Liebes«, sagte Beth mütterlich und knöpfte Eves Bluse auf und in der richtigen Reihenfolge wieder zu.

»Danke.« Das war mal wieder typisch. Eve setzte ein Lächeln auf und begrüßte Kerry in der Küche. »Guten Morgen. Ich habe wohl die Zeit vergessen. Möchten Sie einen Kaffee?«

»Bin schon bestens versorgt«, gab Kerry zurück.

Beth gesellte sich zu den beiden Jüngeren und sie hielten Smalltalk, solange Kerry ihren Kaffee trank. Danach brach sie mit Eve auf, um die Ranch zu besichtigen. Als Erstes gingen sie zu den Pferdeställen und Kerry zeigte sich begeistert. Ohne Scheu trat sie an die Boxen und streichelte die Tiere.

»Es sind wunderschöne Tiere«, sagte sie begeistert. »Reiten Sie?«

»Oh na ja, ich kann mich mittlerweile im Sattel halten, aber es gehört nicht zu meinen größten Hobbys«, lachte Eve. »Das ist eher Bobbys Ding. Wie sie erzählte, wurde hier früher alles zu Pferd gemacht, heutzutage benutzt sie meist ihr Quad und die Arbeiter fahren auf Motorrädern über die Weiden. Irgendwie nicht gerade das Bild romantischer Cowboy-Atmosphäre.«

»Tja, es wird eben alles moderner. Vielleicht darf ich irgendwann mal zum Reiten vorbeikommen?«

»Gerne.« Eve nickte.

»Vermissen Sie Ihren alten Job und das Stadtleben?«, fragte Kerry, während sie zu den Unterkünften der Jugendlichen schlenderten.

Eve überlegte einen Moment.

»Die Stadt nicht, meine Arbeit schon«, antwortete sie ehrlich. »Matt hat hin und wieder etwas für mich in der Praxis, also muss ich nicht ganz darauf verzichten. Außerdem nehmen mich die neuen Aufgaben sehr in Anspruch, sodass es gar nicht möglich wäre, Vollzeit als Tierärztin zu praktizieren. Wie sieht es bei Ihnen aus? Haben Sie sich schon eingelebt?«

»Um ehrlich zu sein, ja. Owasso ist zwar auch keine Kleinstadt, aber doch recht übersichtlich. Die Leute sind freundlich, mein neuer Job macht Spaß und Matt gab es als besondere Beilage zusätzlich.« Kerry zwinkerte Eve zu und wieder war die Tierärztin angetan von der rothaarigen Schönheit.

»Matt hat mir auch vieles erleichtert, als ich damals hier eintraf«, schwelgte Eve in Erinnerungen und lachte dann. »Er war an meinem ersten Tag sogar mein Lebensretter. Archie, unser Mechaniker, erlaubte sich einen Scherz mit mir und schickte mich kilometerweit über die Weiden. Ich lief also auf der Suche nach Bobby völlig orientierungslos umher und wusste irgendwann nicht mehr, wo ich war. Zum Glück hatte Matt ein Herz und holte mich mit dem Auto ab, denn ich bezweifle, dass ich jemals wieder zurückgefunden hätte.« Sie lachten gemeinsam und Eve wartete mit noch mehr Anekdoten aus ihrer Anfangszeit auf.

»Mein Start hier war wirklich fürchterlich«, japste sie. »Bobby mochte mich nicht und ich hätte im Leben nicht damit gerechnet, dass sich das daraus entwickelt.«

»Wo die Liebe hinfällt. Ich finde es toll, dass Sie beide so offen damit umgehen«, antwortete Kerry. »Ich kann mir vorstellen, dass es nicht einfach ist, besonders in Staaten wie Oklahoma oder Texas. Gesetz hin oder her, bei vielen ist es einfach noch nicht angekommen, dass auch diese Art von Beziehungen normal sind. Mein Bruder lebt mit einem Mann zusammen, wohnt aber in New York. Meine Familie ist nämlich bei Weitem nicht so tolerant, wie ich es mir wünschen würde.«

»Meine Schwester auch nicht«, erwiderte Eve. »Sie hat Bobby noch nie kennengelernt, und das, obwohl wir schon fast drei Jahre zusammen sind. Dabei sollte man doch eigentlich gerade von der Familie Verständnis erwarten dürfen.«

»Tja, die liebe Familie.« Kerry warf Eve einen aufmunternden Blick zu. »Sollten Sie jemals Hilfe brauchen, bei was auch immer, können Sie auf mich zählen.«

Eve lächelte dankbar und präsentierte Kerry dann die Gebäude, in denen die Jugendlichen lebten.

»Wir können gerne hineingehen«, sagte sie. »Die Kids sind bei der Arbeit, eine von ihnen durfte heute zum ersten Mal auf Heimatbesuch. Wir erlauben es - sofern sie das möchten - nach drei Monaten. Einige Eltern haben ihren Nachwuchs von sich aus geschickt, es ist also nicht so, dass sie alle aus miesen Verhältnissen stammen. Das sind eigentlich immer die schwierigsten Fälle. Es dauert, bis sie einsehen, dass ihre Eltern sie lieben und ihnen nur helfen wollen. Ich mache regelmäßig Kontrollen in den Zimmern, wer Drogen besitzt, fliegt raus. Da sind wir rigoros und haben strenge Regeln.«

Sie öffnete eine Hütte und ließ Kerry hinein, die sich beeindruckt umsah.

»Das haben Sie großartig gemacht«, lobte sie. »So liebevoll eingerichtet und ich kann mir denken, dass Sie gut mit den Kids auskommen. Wie sieht es mit der Schule aus? Gibt es ein Mindestalter?«

»Wir nehmen Jugendliche bis achtzehn Jahre auf, danach sind sie volljährig und wir hoffen natürlich, sie bis dahin wenigstens etwas zum Guten geprägt zu haben. Erst vergangene Tage verließ uns jemand, um aufs College zu gehen. Das sind die Erfolgsgeschichten, die uns zeigen, dass wir auf dem richtigen Weg sind. Natürlich gibt es Unterricht, der wird individuell abgestimmt, damit sie - wenn sie wieder zuhause sind - den Anschluss nicht verpassen. Die Älteren haben die Möglichkeit, ihre Abschlüsse an der Abendschule nachzuholen.«

»Und wie lange bleiben sie im Durchschnitt hier?«, fragte Kerry weiter.

»Das ist unterschiedlich. Wir empfehlen - in Zusammenarbeit mit dem Jugendamt - mindestens ein halbes Jahr. Dex, der Junge, der jetzt aufs College geht, war ganze zwei Jahre hier. Es gibt aber auch welche, die schon nach einigen Wochen alles hinschmeißen.« Eve zuckte mit den Schultern. »Sie müssen sich helfen lassen wollen, ohne die Bereitschaft dazu, läuft sowieso nichts.«

»Das ist klar.« Kerry nickte verständnisvoll.

Nach einem kleinen Abstecher bei Archie in der Werkstatt, begaben sich die Frauen in den Rinderstall, wo Bobby und ihre Helfer fleißig waren. Bobby benahm sich ausnahmsweise wie die Fachfrau, die sie war, führte Kerry herum und erklärte alles bis ins kleinste Detail. Zur Mittagspause servierte Beth den Frauen belegte Sandwiches und als Kerry sich verabschiedete, wusste Eve, dass sie eine neue Freundin gefunden hatten.

»Ich mag sie«, sagte Bobby zur Bestätigung. »Auch wenn sie aus der Großstadt kommt.«

»Ich komme auch aus der Großstadt«, warf Eve ein.

»Jaaa«, sagte Bobby gedehnt und zog eine Grimasse. »Sie redet aber nicht so viel wie du.« Lachend zog sie den Kopf ein, als Eve zum Schlag ausholte, und rannte schnell aus dem Zimmer.

»Du bist so albern«, sagte Eve, musste aber auch lachen. »Das wirst du mir noch büßen.«

Mit dem Hintern wackelnd verließ Bobby das Haus und Eve begab sich wieder in ihr Büro. Für den Abend hatte sie einen DVD-Marathon geplant, den sie gemeinsam mit den Jugendlichen verbrachten. Eve war der Meinung, solche Belohnungen stärkten das Selbstbewusstsein der Kids, die ihre Arbeit wirklich gewissenhaft und gut ausführten. Sie hatte bereits am Tag zuvor Chips und Getränke besorgt und darüber abstimmen lassen, welche Filme geguckt wurden. Wohl oder übel mussten Bobby und sie sich damit abfinden, zum gefühlt hundertsten Mal Star Wars zu sehen.

Kapitel 3

Eine Woche später - Eve und Bobby aßen gerade zu Abend - fuhr ein fremder Wagen auf den Hof. Bobby wunderte sich, dass dieser klapprige Ford überhaupt noch fuhr, denn er wirkte, als würde er jeden Moment auseinanderfallen. Eine junge Frau von etwa achtzehn oder neunzehn Jahren stieg aus und kam auf Eve und Bobby, die in der Haustüre standen, zu. Sie wirkte irgendwie schmuddelig, verwahrlost und ziemlich heruntergekommen.

»Guten Abend«, sagte sie schüchtern. »Ich bin Jenny Clarkson und habe gehört, dass sie Jugendliche aufnehmen, die kein Zuhause haben.«

»So ganz stimmt das nicht«, entgegnete Eve. »Unser Programm läuft über das Jugendamt, wir sind kein Obdachlosenasyl.«

»Oh.« Jenny scharrte mit einem Fuß auf dem Boden und knabberte an ihrem dreckigen Daumennagel, auf dem sich abgeblätterter, blauer Nagellack befand. »Wissen Sie, mein Auto ist ziemlich ramponiert und mir fehlt momentan die Kohle für Benzin. Hab's gerade noch so hier her geschafft. Ach, vergessen Sie es. Ich werde schon was anderes finden.« Sie drehte sich um und wollte schon zurück zum Wagen gehen, als Bobby rief:

»Komm erst mal rein, es wird kalt heute Nacht.« Und mit einem entschuldigenden Blick zu Eve: »Sie kann im Gästezimmer schlafen, morgen sehen wir weiter.«

Bobby führte Jenny in die Küche, wo sie sich an den Tisch setzten.

»Wo kommst du her, Jenny? Und von wem hast du von uns erfahren?«

»Owasso. Ich komme aus Owasso«, antwortete Jenny, sah sich um und verbarg ihre Hände unter den Schenkeln. »Hab eine Zeitlang auf der Straße gelebt, aber irgendwer hat mich beklaut. Ich kenn Thomas, der war hier. Im letzten Jahr. Er hat mir erzählt, dass man hier wohnen kann, bis man wieder auf eigenen Beinen steht.«

Eve und Bobby wechselten einen Blick. Bei Eve schrillten die Alarmglocken - es hatte nie einen Thomas gegeben.

»Na, wie schon gesagt, unser Programm läuft über das Jugendamt. Wir arbeiten eng mit den Behörden zusammen. Wie alt bist du?«

»Gerade achtzehn geworden. Ich komme schon wieder auf die Beine, ich brauche nur ein paar Tage, bis ich mir Kohle organisiert habe. Dann bin ich wieder verschwunden.«

»Und wie organisierst du dir *Kohle?*, fragte Eve mit verschränkten Armen.

»Mir schuldet noch jemand Geld, aber er ist im Moment nicht in der Stadt.« Jennys Blick, den sie Eve zuwarf, wies eine gewisse Trotzigkeit auf. Die Tierärztin glaubte kein Wort von dem, was sie zu hören bekam.

»Was ist mit deinen Eltern?«, wollte Bobby wissen.

»Keine Eltern. Die sind tot, schon seit Jahren. Ich habe in Pflegefamilien gelebt und auch im Heim. Letzenendes bin ich an den falschen Typ geraten und mittellos bei ihm rausgeflogen.« Jenny seufzte. »Ich wollte eigentlich die Schule fertig machen und einen anständigen Job suchen, aber das kann ich jetzt wohl vergessen.«

»Nimmst du Drogen?«, fragte Eve unverblümt.

»Nein, um Himmels willen. Denken Sie, jeder, der auf der Straße lebt, knallt sich die Birne weg?«

Mit einem »Mmh«, erhob sich Eve und bereitete einen Teller mit Essen zu, den sie Jenny vor die Nase stellte. »Iss und dann kannst du duschen. Hast du Kleidung im Wagen?«

Jenny nickte.

»Danke«, sagte sie. »Ich bin am Verhungern.«

Während sie sich gierig über das Essen hermachte, gab Eve Bobby ein Zeichen, ihr vor die Türe zu folgen.

»Was hältst du davon?«, fragte Eve. »Glaubst du ihr?«

»Nicht ein Stück.« Bobby sah in den Abendhimmel. »Aber irgendwie erinnert sie mich an meine eigene Vergangenheit. Ich war auch so, nur ein bisschen jünger. Ach, ich weiß auch nicht.« Sie rieb sich die Schläfen.

»Du möchtest, dass sie die paar Tage hierbleibt.«

»Nur, wenn du nichts dagegen hast. Haben wir nicht noch eine freie Hütte?«

»Schon, aber ich hätte sie lieber im Blick«, meinte Eve. »Ich traue ihr nicht von hier bis zur nächsten Ecke.«

»Hey, vermassel mir nicht die Tour.« Bobby knuffte Eve gegen den Arm. »Ich bin der böse Cop, schon vergessen? Du hast das große Herz und breitest deine enormen Schwingen über all die gestrauchelten Schäfchen aus.«

»In diesem Fall nicht, tut mir leid.« Irgendwas

stimmte mit diesem Mädchen nicht und Eve war nicht sonderlich scharf darauf, zu erfahren, was es war. Dennoch durfte Jenny bleiben - Bobby zuliebe.

»Ich werde mich auch um sie kümmern«, versprach Bobby. »Ehrenwort. Du wirst gar nicht merken, dass sie hier ist.«

»Sie ist kein Haustier, Bobby. Beim kleinsten Zweifel fliegt sie, verstanden? Ich brauche hier keinen Ärger. Lass uns zu ihr gehen, ich will nicht, dass sie unser Silber klaut.«

»Wir haben Silber?«, murmelte Bobby irritiert, als sie Eve zurück ins Haus folgte.

»Wow, ein richtiges Bett.« Jenny ließ sich ohne zu fragen auf die Matratze fallen. »Ist schon ewig her, seit ich in einem Bett gepennt habe. Ist echt schön hier.«

»Nebenan ist das Bad«, erklärte Bobby. »Das war übrigens früher Eves Zimmer. Das andere nebenan gehörte mir.«

»Ihr seid ein Paar, oder? Finde ich cool. Ich steh auch auf Frauen, na ja, manchmal. Wie es sich gerade so ergibt.«

»Aha«, machte Bobby. Diese kleine Göre raubte ihr schon jetzt den letzten Nerv. Worauf hatte sie sich bloß eingelassen? Bei Eve sah das immer so einfach aus. Sie hatte einfach ein Händchen für die gestörten Seelen.

Aufgedreht rannte Jenny ins Bad und stieß einen freudigen Schrei aus.

»Eine Wanne«, jauchzte sie. »Darf ich baden?«

»Bitte.« Bobby hob einladend die Hand. »Frische

Handtücher findest du im Schrank, Badeschaum und was du sonst noch so brauchst, steht da auf dem Regal. Falls sonst noch irgendwas ist, wir sind oben. Gute Nacht.«

»Gute Nacht«, nuschelte Jenny, die schon damit beschäftigt war, Wasser einlaufen zu lassen und sich großzügig am Apfelduft-Schaumbad zu bedienen.

Bobby ließ ihren Gast alleine und gesellte sich zu Eve ins Schlafzimmer, die aufgeregt auf und ab lief.

»Und?«

»Was und?« Bobby begann, ihre Sachen auszuziehen. »Alles in Ordnung, sie nimmt ein Bad. Werd nicht paranoid, Eve. Sie wird schon keine Axtmörderin sein.«

»Wissen wir das?« Eve kicherte nervös. »Das war ein Scherz, Bobby! Nur ein Scherz«, verteidigte sie sich, als sie das Augenrollen ihrer Lebensgefährtin bemerkte.

»Kommst du nun ins Bett oder willst du die ganze Nacht dort herumlaufen?«, fragte Bobby, unter die Bettdecke schlüpfend.

Eve gab nach. Was brachte es auch, sich den Kopf darüber zu zerbrechen, was Jenny dort unten trieb. Sie konnte sich ja wohl schlecht vor der Zimmertüre des Mädchens positionieren und sie die ganze Nacht überwachen. Trotzdem blieb das Unbehagen, als sie sich an Bobby kuschelte und nicht mal darauf reagierte, als diese ihr eine Hand unter das Oberteil schob.

Auch in den nächsten Tagen wurde Eve ihr schlechtes Gefühl Jenny gegenüber nicht los, im Gegenteil. Es sah nicht so aus, als habe das Mädchen tatsächlich vor, wieder zu verschwinden. Als Eve Bobby darauf ansprach, winkte diese nur ab. Sie hatte im Moment keinen Kopf für Eves neurotisches Verhalten, da sie sich auf eine Ausstellung konzentrierte, die in einer Woche stattfinden sollte.

»Und an wem bleibt es wieder hängen?«, wetterte Eve, als Bobby ihr den Rücken kehrte.

Sie musste wohl oder übel selbst mit Jenny reden und herausfinden, ob dieser ominöse Freund von ihr noch auftauchte. Sie fand das Mädchen in ihrem Zimmer, wo Jenny auf dem Bett lag, in den Ohren Kopfhörer und in den Händen eine Modezeitschrift. Bisher hatte sie noch nicht ein einziges Mal ihre Hilfe angeboten oder sich erkenntlich gezeigt, dass sie hier aufgenommen worden war. Eve hatte bereits herumtelefoniert und versucht, irgendetwas über eine Familie Clarkson herauszu- finden, doch Fehlanzeige.

»Jenny«, platzte Eve heraus. »Wir sollten uns mal unterhalten.« Sie bemerkte sehr wohl das Augenrollen, auch wenn Jenny es zu verbergen versucht hatte.

Gemächlich setzte sie sich auf, zog die Stöpsel aus den Ohren und schlug die Beine übereinander.

»Du sagtest, dein Kumpel würde in ein paar Tagen auftauchen. Die paar Tage sind vorbei, also wann kommt er?«

»Sie wollen mich hier nicht haben, stimmt's?«, erwi- derte Jenny. »Hab ich gleich gemerkt. Er wird schon auftauchen, ich konnte ihn nicht wieder erreichen. Sonst noch was?«

»In der Tat«, erwiderte Eve und verschränkte die

Arme vor der Brust. »Es wäre schön, wenn du dich mehr einbringst, solange du hier bist. Hier arbeiten alle und das ist auch nötig, denn es gibt jede Menge zu tun. Es geht nicht, dass du den ganzen Tag faul auf dem Bett liegst und nur zu den Mahlzeiten zu uns stößt.«

»Sorry, es hätte mir nur mal jemand sagen brauchen«, sagte Jenny stur, setzte dann aber ein bemitleidenswertes Gesicht auf. »Ich bin es nicht gewöhnt, mit anderen zusammenzuleben. Ich hab keine Ahnung von Familie, verstehen Sie? Also, was soll ich tun?«

Eve haderte mit sich, dieser Geschichte Glauben zu schenken, aber sie wollte auch niemanden vorverurteilen. Was war, wenn Jenny wirklich nur Eingewöhnungsschwierigkeiten hatte?

»Okay«, antwortete sie jetzt sanfter. »Du könntest in der Küche helfen. Das Gemüse muss geputzt werden. Dann kannst du Beth fragen, wobei du ihr noch zur Hand gehen kannst.«

Jenny erhob sich mit einem kleinen, aber durchaus hörbarem Seufzer und trottete in die Küche. Eve kam nicht umhin, tatsächlich gewisse Parallelen zwischen Jenny und Bobby zu ziehen. Dieser Eindruck wurde noch durch die Klamotten verstärkt, die Bobby dem Mädchen geliehen hatte und die Jenny jetzt am Leib trug. Sie sahen sich sogar vom Äußeren ähnlich, wie Eve fand. Auch Jenny hatte brünettes, langes Haar, wenn auch nicht so gelockt wie das von Bobby. Sie war schlank, einen Kopf größer als Eve und Bobby und hatte wunderschöne, leicht mandelförmige, blaue Augen. Sie war zwar nach eigenen Angaben gerade erst achtzehn geworden, dennoch wirkte ihr Gesicht viel reifer und abgeklärter. *Sie muss einiges durchgemacht haben*, ging es Eve durch den Kopf. Sie würde einfach abwarten müssen, wie sich das alles weiterentwickelte und mit etwas Glück, waren sie das Mädchen in ein paar Tagen wieder los.

Eve machte ihren täglichen Rundgang und sah nach, ob die Jugendlichen zurechtkamen oder ob sie Hilfe benötigten. Amanda und Mayla saßen auf der Veranda vor Maylas Hütte und hatten die Köpfe in ihre Schulbücher gesteckt. Eve lächelte zufrieden. Scheinbar hatte die störrische Amanda doch Freunde gefunden.

»Wie geht's, Mädels?«, fragte sie und setzte sich einen Moment auf die Stufen vor der Hütte. Die Sonne kam endlich richtig durch und man spürte den herannahenden Sommer.

»Alles gut«, sagten beide wie aus einem Mund, warfen sich einen kurzen Blick zu und kicherten.

»Was ist so lustig?«

»Gar nichts«, sagte Amanda schnell - etwas zu schnell. »Wir haben vorhin bloß herumgeblödelt.«

»Ah ja.« Eve grinste. »Wenn ihr nachher so lieb seid und euch um die Hunde kümmert? Bobby hat im Moment zu viel um die Ohren.«

»Alles klar«, kam wieder im Duett die Antwort.

Als Eve sich entfernte, hörte sie wieder das Gekicher der Mädchen und freute sich, dass die zwei sich so gut verstanden.

Der Nächste auf ihrer Liste war der hagere, tätowierte Cooper, der Archie half. Der Junge hatte mit seinen siebzehn Jahren so ziemlich alles durch, was einem Menschen Schlechtes widerfahren konnte. Prügelnder Vater, medikamentenabhängige Mutter, Pflegefamilien, Heim und sogar ein Jahr Jugendknast, wegen Besitzes von Marihuana. Er hatte die Schule vorzeitig abgebrochen und auch nicht den Wunsch, diese nachzuholen. Stattdessen liebte er es, an Autos herumzuschrauben, und das machte er - laut Archie - mit absoluter Hingabe. Der Alte nahm Cooper gerne unter seine Fittiche und brachte ihm alles bei, was er wusste. Eve hatte sich schon umgehört, ob irgendeine Autowerkstatt Cooper einen Job anbot, sobald seine Zeit hier vorbei war.

»Post für dich, Cooper«, rief sie und wedelte mit einem Brief in er Luft umher. »Und denk bitte daran, dass du später bei Mister Crahn anrufst, wegen des Jobs.«

»Danke, Eve«, antwortete der Junge, nahm seinen Brief entgegen und eilte zurück zu dem Truck, den er gerade reparierte.

Auch die anderen Kids hatten zu tun und halfen Bobby, die sich derzeit ausschließlich um die Jungbullen kümmerte. Einige brauchten noch Ohrmarken, wurden ein letztes Mal durchgecheckt, bevor sie in den nächsten Tagen verladen und nach Oklahoma City gebracht wurden. Eve war in den vergangenen beiden Jahren mitgefahren, doch dieses Mal wollte sie verzichten. Die vielen Menschen, der Krach und das ganze Ambiente sagten ihr überhaupt nicht zu. Außerdem wollten Beth und Archie gerne mit und irgendwer musste auf der Ranch bleiben. Gerade, als Eve den Rückweg zum Haus antrat, sah sie aus dem Augenwinkel Jenny, die rauchend Richtung Hundezwinger unterwegs war. Sollte sie ihr nachgehen? Und warum war sie nicht in der Küche bei Beth, so wie Eve es ihr gesagt hatte? Stirnrunzelnd verwarf Eve den Gedanken, Jenny zu folgen und ging stattdessen zu Beth.

»Da habt ihr uns ja ein nettes Früchtchen ins Haus geholt«, kam Beth ohne Umschweife zum Thema und stellte Eve eine Tasse Kaffee hin. »Wie lange, sagtest du, wird diese Göre bleiben?«

Eve zog eine Grimasse und ließ sich auf einen Stuhl fallen.

»Wenn es nach mir ginge, wäre sie schon längst nicht mehr hier. Aber Bobby ...« Eve schüttelte den Kopf. »Sie will von meinen Bedenken nichts hören. Warum ist Jenny nicht hier und hilft dir?«

»Weil ich sie rausgeschmissen habe.« Beths Stirn legte sich in verärgerte Falten. »Sie hat sich mit Absicht dummgestellt und hört einfach nicht zu, wenn man ihr was sagt. Ihr solltet wirklich schleunigst zusehen, dass sie verschwindet. Ich traue ihr nicht über den Weg.«

»Dein Wort in Gottes Ohren«, seufzte Eve.

Am Abend führte sie darüber ein Gespräch mit Bobby, die alles andere als angetan von Eves Sorgen war.

»Wenn du willst, nehme ich sie morgen mit, dann habe ich sie im Blick«, schlug sie sichtlich genervt vor. »Eve, ich bin wirklich völlig fertig. Dieser ganze Stress drumherum macht mich momentan irre. Ich weiß, ich habe versprochen, mich um Jenny zu kümmern, aber wir wussten doch beide, dass ich dafür überhaupt nicht geeignet bin.«

Eve starrte ihre Lebensgefährtin mit offenem Mund an.

»Du kannst aber auch nicht alles auf mich abwälzen«, konterte sie. »Ich wollte dieses Mädchen von Anfang an nicht hierhaben, also sieh zu, wie du das regelst.«

»Gut!« Bobby warf in perfekter Dramatik ihre Serviette auf den Teller und erhob sich.

Eve tat es ihr gleich und einen Moment standen sie sich gegenüber und funkelten sich wütend an.

»Ich geh dann«, sagte Bobby, bewegte sich aber kein Stück.

»Mach das«, gab Eve zurück und plötzlich zuckten ihre Mundwinkel, bis sie den Kopf senkte und lachte. »Wir sind wie ein altes, streitendes Ehepaar«, kicherte sie.

»Du bist doch total Banane«, grummelte Bobby und grinste dann auch. »Ich werde Jenny jetzt Bescheid geben, dass sie sich morgen früh bei mir einzufinden hat und dann möchte ich nur noch in eine heiße Wanne. Ich bin echt derzeit nicht zurechnungsfähig.«

»Ich räume noch schnell ab und komme dann nach, um dir den Rücken zu schrubben, wie klingt das?«, lächelte Eve.

»Du bist ein Schatz, wenn auch ein total nerviger.« Bobby drückte Eve einen Kuss auf den Mund und verließ das Zimmer.

Natürlich brach Jenny nicht in Begeisterung aus, bei Bobbys Ansage, doch sie fügte sich und erschien pünktlich am nächsten Morgen auf dem Hof. Eve hatte nicht damit gerechnet und erntete einen Ich-hab's-doch-gewusst-Blick von Bobby. Sie beobachtete, wie Jenny sich hinter Bobby auf das Quad setzte und sich an sie schmiegte. Vertraut! Viel zu vertraut, für Eves Empfinden. Dieses Mädchen wurde ihr immer unsympathischer. Nach ihrem täglichen Rundgang rief sie Kerry an. Sie brauchte dringend eine neutrale Meinung zu ihrem Problem und Kerry war eine Person, die vorurteilsfrei durchs Leben ging. Anders als Bobby nahm sie Eves Bedenken nicht auf die leichte Schulter, sondern versprach, auf ein lockeres Beisammensein vorbeizukommen und Jenny unter die Lupe zu nehmen. Eve setzte ihre Hoffnung auf Kerrys Erfahrung als Sozialarbeiterin. Sie brauchte einfach jemand, der ihr beistand, denn das Misstrauen Jenny gegenüber, begleiteten sie durch ihren Tag und machten es schwer, sich auf andere Dinge zu konzentrieren.

»Vielleicht sehe ich auch nur das, was ich sehen will«, sagte sie zu Kerry. »Bobby hat mir nie einen Grund zur Eifersucht gegeben, aber dieses Gefühl ...«

»Ich kenne euch leider noch zu wenig, aber das, was ich von Matt gehört habe, lässt mich darauf schließen, dass ihr eine gesunde, harmonische Beziehung führt. Ich will deine Gefühle keinesfalls einfach abtun und ich glaube dir auch, was Jenny angeht, aber du solltest nicht an Bobby zweifeln.«

»Ich weiß«, gab Eve seufzend zurück. »Jedenfalls

danke, dass du mir zugehört hast.«

»Dafür sind Freunde doch da. Wir sehen uns heute Abend.« Kerry legte auf und Eve verharrte einen Augenblick nachdenklich.

Sie würde Bobby heute zum ersten Mal anlügen müssen, denn wenn sie ihr erzählte, dass sie Kerry darauf angesetzt hatte, ihre häusliche Situation zu beurteilen, wäre der Teufel los. So war Bobby. Je mehr man sie bedrängte, desto mehr machte sie das Gegenteil von dem, was man eigentlich wollte. Sie durfte also nicht merken, dass Eve mit Kerry über ihre Beziehung sprach und schon gar nicht, dass sie eifersüchtig auf Jenny war. Drei Jahre lang lebten sie sehr harmonisch zusammen. Es gab keine großen Streitigkeiten, wohl auch deshalb, weil Eve darauf achtete, Bobby nicht zu provozieren. Aber es gab auch nie wirklich Grund für Streiterein, denn sie zogen bisher immer an einem Strang. Dass das jetzt durch die Anwesenheit einer Fremden infrage gestellt werden sollte, machte Eve furchtbar wütend. Warum hatte sie plötzlich so wenig Vertrauen in ihre Lebensgefährtin? Vielleicht lag es an der Gesamtsituation. Bobby reagierte allergisch auf das Thema Kinder, weswegen Eve es nicht mehr auf den Tisch brachte. Durch die Anwesenheit der Jugendlichen hatten sie immer seltener Zeit für Zweisamkeit - auch wenn Eve die Arbeit liebte, in dem Punkt stimmte sie mit Bobby überein.

Doch was sollten sie dagegen tun? Jetzt war es noch schwieriger geworden. Seit Jenny im Haus lebte, war Eve angespannt. Sie konnte gut darauf verzichten, dass das Mädchen ihrem nächtlichen Matratzensport lauschte. Die ganze Angelegenheit war verfahren und Eve fehlte jeglicher Ansatz einer Lösung.

Kapitel 4

»Reitest du auch Rodeo?«, fragte Jenny, die Bobby dabei half, die Jungbullen zu inspizieren und in ein gesondertes Gatter zu bringen.

»Nein, nicht mehr«, antwortete Bobby schwitzend.

»Schade, ich würde dich gerne mal in Aktion sehen.«

»Wir können gerne zusammen ausreiten, wenn die Auktion vorbei ist.« Bobby biss sich auf die Zunge. Solange sollte Jenny gar nicht hierbleiben.

»Oh, das wäre toll.« Jenny kramte eine Zigarette aus ihrer Hosentasche. »Hast du was dagegen?«

»Du machst es doch sowieso, oder?« Bobby wischte sich die Hände an der Hose ab. »Lass uns dort rübergehen, ich kann auch eine Pause gebrauchen.«

Zusammen setzten sie sich auf einen Baumstamm.

»Hör zu, Jenny«, begann Bobby und suchte nach den richtigen Worten. »Es ist nicht so, dass ich dich loswerden will, aber wir müssen bald eine Lösung finden. Wir können dich nicht beherbergen und das übers Jugendamt laufen lassen, verstehst du? Du bist volljährig und fällst somit aus dem System. Dieser Freund von dir ... gibt es den wirklich?«

Jenny zog an ihrer Kippe und senkte den Kopf, den sie nach einigen Sekunden schüttelte.

»Das dachten wir uns schon.« Seufzend nahm Bobby ihren Hut vom Kopf und strich sich eine verschwitzte Strähne aus dem Gesicht.

»Eve will mich loswerden, oder? Ich hab schon gemerkt, dass sie mich nicht leiden kann.«

»So ist das gar nicht. Sie kümmert sich um all die Kids und trägt die Verantwortung für sie. Es ist doch klar, dass sie wissen möchte, mit wem sie es zu tun hat.«

»Also schickt ihr mich weg? Ich könnte arbeiten. Wenn ihr mich einstellt, hätte ich endlich einen Job und kann mein Leben auf die Reihe bekommen.« Sie blickte Bobby bettelnd an.

»Ich muss das mit Eve besprechen.«

»Oh, das wäre lieb von dir.« Spontan nahm Jenny Bobby in den Arm und drückte sie fest an sich. Zu fest und eine Spur zu lang - dennoch geschah etwas in Bobbys Innerem.

Es war ja nicht so, dass sie mit Blindheit geschlagen war, seit sie mit Eve zusammenlebte. Ihr käme nie in den Sinn, Eve zu betrügen, aber Bobby gestand sich ein, dass sie Jenny durchaus sexy fand. Wie sollte sie auch nicht? Das Mädchen hatte den knackigsten Hintern, den sie seit langem gesehen hatte. Noch bevor sie den Gedanken zu Ende gedacht hatte, schämte sie sich. Sie liebte Eves Rundungen, jede einzelne von ihnen. Umständlich schob sie Jenny beiseite und stand eilig auf.

»Wir müssen weitermachen. Zeig mir, was du kannst, dann kann ich Eve leichter überzeugen.«

Jenny grinste und zwinkerte Bobby zu. Als sie an ihrer neuen Beinahechefin vorbeilief, streifte ihre Hand wie zufällig die von Bobby, der ein heißer Schauer durch die Eingeweide jagte.

»Das ist eine verdammte Scheiße«, murmelte sie. »So was von gar nicht gut!«

Eve hatte angesichts des schönen Wetters auf der Terrasse gedeckt. Da der Abend unter dem Deckmantel einer lockeren Frauengesellschaft laufen sollt, hatte sie spontan Beth dazu eingeladen und süße, alkoholische Getränke kaltgestellt. Dazu bereitete sie verschiedene Canapés und kalte Putenbrust auf grünem Salat. Der Tisch sah wieder fantastisch gedeckt aus, sodass Bobby überlegte, ein Abendkleid anzuziehen.

»Red doch keinen Blödsinn«, lachte Eve. »Wobei ... irgendwann möchte ich dich mal in einem sexy Kleidchen sehen.«

»Eher friert die Hölle zu«, knurrte Bobby und rieb ihre nassen Haare an Eves Busen. »Haben wir noch Zeit? Ich könnte jetzt wirklich etwas Liebe gebrauchen.« Sie wartete die Antwort gar nicht ab, sondern drängte Eve aufs Bett.

»Hey«, versuchte Eve zu protestieren, doch ein inniger Kuss brachte sie zum Schweigen.

Bobby fiel wie ein ausgehungertes Tier über sie her und schon nach kurzer Zeit hatte Eve das Gefühl, sie würde explodieren. Sie hatte nichts gegen einen Quickie zwischendurch, aber heute war Bobby anders als sonst. Als hätte sie ihre ganze Lust aufgestaut, nur für diesen einen Moment. Es war ein fast zorniger, roher Sex, bei dessen Tempo Eve Probleme hatte, mitzukommen. Dennoch wollte sie sich nicht beschweren, Bobby wusste immer genau, wie sie ihre Lebensgefährtin auf den Gipfel der Verzückung brachte.

So rasant wie Bobby über sie hergefallen war, so schnell war es auch wieder vorbei. Kurz, hart und erfolgreich für beide Frauen. Eve lag schwer atmend auf dem Rücken und warf Bobby, die ebenso schwer atmete, einen Seitenblick zu.

»Ist heute irgendwas vorgefallen?«, fragte Eve. »Ich meine ... das wirkte so nach Abreagieren.«

»Nein, alles bestens.« Bobby schwang die Beine aus dem Bett. »Darf ich nicht einfach geil auf dich sein?«

»Natürlich, ich will mich nicht beklagen.« Eve setzte sich auf und sah Bobby dabei zu, wie sie sich die Haare föhnte.

»Dann tu es auch nicht, okay? Ich brauchte einfach etwas Entspannung et Voilà - entspannt.«

»Na dann.« Eve ging zum Kleiderschrank, unsicher, was sie davon halten sollte. Gestern noch klagte sie über die viele Arbeit, heute schien sie voller Energie, obwohl die Arbeit dieselbe gewesen war. »Wie hat sich Jenny denn angestellt?«, fragte sie beiläufig, während sie den Inhalt ihres Schrankes begutachtete und eine weiße Hose und einen leichten, dunkelblauen Pullover heraus-nahm.

»Gar nicht mal schlecht. Sie kann, wenn sie will und ich werde ihr beibringen zu wollen. Du hattest übrigens recht, was ihren Freund angeht, aber sie weiß wirklich nicht, wohin sie gehen soll. Wo wir gerade beim Thema sind, ich hätte einen Vorschlag zu machen und bevor du ihn ablehnst, bitte ich dich, wenigstens eine Nacht darüber zu schlafen.«

Erwartungsvoll drehte Eve sich um. Wenn Bobby so anfing, kam meist irgendeine Schnapsidee dabei heraus.

»Wie wäre es, wenn wir Jenny einstellen? Sie hat ein

gutes Gespür für die Tiere und ich bin der festen Überzeugung, dass sie es schaffen kann.«

»Bobby ...« Eve sah sie entgeistert an. »Bisher war alles gelogen, was sie uns erzählt hat. Es gibt keinen Freund, der ihr Geld schuldet und es gibt auch keinen Thomas, der hier mal gewohnt hat. Vielleicht ist das nicht mal ihr richtiger Name.«

»Aber aus irgendeinem Grund ist sie hier. Ich meine, Bird Creek ist nicht der Nabel der Welt, warum sollte sie hergekommen sein? Hier gibt es nichts zu holen«, widersprach Bobby, während sie in ihre Jeans schlüpfte.

»Ich kenne den Grund nicht und ich weiß ehrlich gesagt nicht, ob ich den herausfinden möchte.«

»Du kannst sie gleich besser kennenlernen. Sie ist nicht so übel, wie du sie hinstellst, vielmehr ein schüchternes Mädchen, dass im Moment keine Perspektive hat.« Bobby sah Eve bittend an. »Denk darüber nach, okay? Mehr verlange ich gar nicht.«

»Okay«, willigte Eve nach einigem Zögern ein, obwohl sie alles andere als zuversichtlich war. Jeder Mensch hatte es verdient, dass man ihn näher kennenlernte, bevor man sich ein Urteil bildete, also sollte auch Jenny ihre verdiente Chance bekommen.

Kerry begrüßte Eve und Bobby herzlich. Selbst die harte Nuss Bobby kam nicht umhin, Matts Freundin einfach nur zauberhaft zu finden. Vielleicht lag es an ihrem irischen Äußeren. Sie besaß etwas Elfenhaftes und eine angeborene Grazie, bei der weder Bobby noch Eve mithalten konnten.

Jenny war ebenfalls zu dem Frauenabend eingeladen, auch wenn es sie etwas wunderte. Eve hatte im Vorfeld Beth ins Vertrauen gezogen, sodass diese sich auch benahm, als sei dieser Abend das Normalste von der Welt. Nur Bobby und Jenny wussten nicht, warum sie alle hier versammelt saßen und versuchten, eine heitere Stimmung aus dem Ärmel zu zaubern. Bobby sorgte unfreiwillig dafür, als sie von ihren Erfolgen bei den vergangenen Auktionen erzählte. Selbstverständlich prahlte sie auch ein bisschen mit ihren Siegen beim Rodeo und anderen Disziplinen beim Reiten und holte sogar ihre Pokale hervor. Jenny hing an ihren Lippen, was Eve mit Argusaugen beobachtete. Kerry gab sich gelassen und versuchte, Jenny in ein Gespräch zu verwickeln.

»Deine Eltern sind tot?«, fragte sie beiläufig, obwohl es schon ziemlich direkt war. Doch Kerry untermalte ihre Frage mit einem herzlichen Lächeln, sodass niemand etwas anderes als Freundlichkeit hinter ihrer Frage vermutet hätte.

»Ähm, ja. Einen Vater hatte ich nie«, antwortete Jenny. »Meine Mutter starb, als ich elf Jahre alt war.«

»Und deine Verwandten? Großeltern, Onkel, Tante?«, wollte Kerry weiter wissen, behielt ihr Lächeln bei und schob sich ein Stück Tomate in den Mund.

Eve registrierte, wie Jenny unruhig mit ihrer Gabel spielte, doch sie mischte sich nicht ein.

»Tot«, sagte Jenny. »Also die Großeltern. Meine Mutter war ein Einzelkind, meinen Vater und seine Familie kannte ich kaum.«

»Das tut mir leid.« Kerry drückte echtes Bedauern aus. »Darf ich fragen, wie du bisher zurechtkamst?«

»Na ja, nach dem Tod meiner Mutter kam ich ins Heim, danach in diverse Pflegefamilien, bei denen es mir nicht wirklich gut erging. Irgendwann bin ich abgehauen, habe einen Kerl kennengelernt und als der mich sitzenließ, landete ich auf der Straße.«

»Der Klassiker also.« Kerry nickte wissend und sah Eve bedeutungsvoll an. »Wenn du magst, kannst du bei mir im Büro vorbeischauen und wir überlegen uns gemeinsam, was du mit deiner Zukunft anstellen kannst. Wir haben Projekte für junge Erwachsene, dort würdest du Unterstützung und auch einen Job bekommen. Außerdem haben wir immer freie Plätze in einem Wohnheim, bis du das Geld für eine eigene Wohnung hast.«

»Das klingt ... toll. Danke.« Jenny rang sich ein Lächeln ab, nippte an ihrem Glas und sah Bobby hilfesuchend an.

»Es ist so, Kerry«, übernahm Bobby das Wort, »Eve und ich überlegen, ob wir Jenny nicht einstellen sollen. Damit wäre uns allen geholfen.«

»Oh.« Kerry war sichtlich überrascht und warf Eve mit hochgezogenen Brauen einen Blick zu. »Ich wusste nicht, dass ihr darüber nachdenkt.«

»Bobby sprach es auch vorhin erst an«, antwortete Eve, wohl merkend, dass Beth die Luft ausstieß und sich verkrampfte.

»Na, das sind ja Neuigkeiten«, warf sie sarkastisch ein.

»Für mich wäre sie ein Gewinn«, meinte Bobby. »Wir haben heute zusammengearbeitet und im Gegensatz zu den anderen Kids, scheut sich Jenny nicht davor, die Rinder auch mal hart anzupacken.«

»Mir macht die Arbeit wirklich Spaß«, meldete sich Jenny. »Ich kann viel von Bobby lernen und das ist genau das, was ich möchte.« Sie sah gespannt in die Runde und ihr Blick wurde fast zärtlich, als er auf Bobby lag.

Eves Misstrauen dem Mädchen gegenüber wich kein Stück - im Gegenteil. Es mochte sein, dass sie Bobby nur als Vorbild sah, aber Eves Gefühl sagte etwas anderes.

»Ja, na ja, wir werden darüber schlafen«, gab sie sich betont gelassen.

Als sie später die Gelegenheit bekam, nahm sie Kerry alleine zur Seite.

»Und? Was meinst du?«

»Ich weiß es ehrlich gesagt nicht«, erwiderte Kerry. »Entweder ist sie eine verdammt gute Schauspielerin oder du überreagierst. Ihre Story ist nichts Neues, man braucht nicht viel Fantasie, um so etwas zu erzählen. Vielleicht war es so, vielleicht aber auch nicht.« Sie zuckte hilflos mit den Schultern. »Tut mir leid, dass ich dir nicht mehr sagen kann.«

»Schon gut. Wir werden eben abwarten müssen, wie es sich entwickelt.«

»Du willst ihr also auch eine Chance geben?«

»Nein! Um Gottes willen, nein«, widersprach Eve heftig. »Aber Bobby hat es sich in den Kopf gesetzt und sie ist nur schwer von einem Plan abzubringen. Es wird also darauf hinauslaufen.« Kerry legte mitfühlend eine Hand auf Eves Schulter.

»Lasst euch nicht von ihr vereinnahmen. So ganz geheuer ist sie mir auch nicht. Ich werde sehen, ob ich irgendwas herausfinden kann.«

Als Kerry und Beth bereits gegangen waren, beobachtete Eve Bobby und Jenny, wie sie miteinander herumblödelten. Irgendetwas war da, sie konnte nur nicht sagen, was.

Die nächsten Tage verbrachte Bobby fast ausschließlich mit Jenny und kümmerte sich kaum noch um die anderen Jugendlichen. Sie hatten dafür entschieden, das Mädchen einzustellen - wie nicht anders zu erwarten. Als Eve Bobby darauf ansprach, meinte sie:

»Jenny ist die Einzige, die sich für die Arbeit interessiert. Ich verstehe mich mit ihr, sie ist lernwillig und richtig gut.«

»Dennoch sollte sie nicht deine ganze Zeit in Beschlag nehmen. Die anderen müssen Vorrang haben. Jenny kann auch mal einen Tag mit einem der Jungs rausfahren, ich denke, das erweitert ihren Horizont.«

»Nach der Auktion«, gab Bobby zurück und war schon wieder auf dem Sprung. »Sie soll mitfahren, ich kann sie dort gut gebrauchen. Entschuldige mich jetzt, der Transporter kommt in einer halben Stunde und wir müssen mit dem Verladen beginnen.« Sie drückte Eve einen Kuss auf die Wange und verschwand, mitsamt einem Sandwich in der Hand, wieder aus dem Haus.

Es blieb Eve keine Möglichkeit, ihren Unmut darüber

laut kundzutun, dass Jenny tatsächlich mit nach Oklahoma City fahren sollte. Wann hatte Bobby vor gehabt, ihr das zu sagen? Nun, das hatte sie gerade irgendwie. Auf Bobby-Art: Kurz, schmerzlos und mit vollendeten Tatsachen. Als Eve aus dem Fenster blickte, sah sie die beiden, wie sie lachend, als wären sie alte Freundinnen, das Quad bestiegen. Bevor sie losfuhren, trafen sich ihre Blicke und Jenny warf Eve ein Grinsen zu, dass dieser ein eiskalter Schauer über den Rücken lief.

»Hey, mein Großer«, begrüßte Bobby den Fahrer des Transporters und gab ihm die Hand. »Pass mir bloß auf meine Gewinnerbullen auf! Ich spür's im kleinen Finger, dass wir einen super Preis erzielen werden.«

»Sehen wirklich verdammt gut aus«, sagte Chip, der ein Bär von einem Kerl war. »Du weißt doch, ich bin der Beste, also keine Sorge, deine Viecher kommen gesund und munter an. Dann legt mal los, Mädels.«

Er öffnete den Lkw und ließ eine Rampe hinunter, sodass Bobby und Jenny die Bullen ins Innere des Transporters treiben konnten. Es war eine schweißtreibende Arbeit, doch Bobby machte sie jedes Jahr gern. Es war immer Eddys Anliegen gewesen, sich so gut wie möglich um die Tiere zu kümmern, schließlich waren sie das Kapital der Ranch. Bobby führte diese Tradition fort und man konnte mit Fug und Recht behaupten, dass die Tiere ein glückliches Leben führten.

»Wir werden morgen gegen acht Uhr eintreffen«, sagte Bobby, als alle Tiere verladen waren. Sie wischte sich den Schweiß von der Stirn. »Ich wünsche dir eine gute Fahrt. Für uns gibt es jetzt eine warme Dusche und ein kaltes Bier.« Sie legte ihren Arm um Jennys Schultern. »Für uns ist Feierabend.«

Chip nickte zum Abschied und fuhr davon. Die Frauen sahen dem LKW nach, bis er verschwunden war.

»Es ist jedes Jahr aufregend«, meinte Bobby. »Es wird dir gefallen. Sämtliche Farmer der Region werden dort sein, es gibt gutes Essen, Musik und natürlich Alkohol. Halt dich von den Jungs aus Duncan fern, die machen gerne Ärger. Am besten, du hältst dich von allen Kerlen fern.«

»Das wird mir nicht schwerfallen«, antwortete Jenny und sah Bobby intensiv in die Augen. »Ich bin schon bei dem Menschen, bei dem ich sein will.«

Die Zeit schien einen Moment stillzustehen. Bildete sie sich das nur oder hatte Jenny sie gerade angemacht? Bobby stand wie versteinert da, hielt Jenny in ihrem Blick gefangen, bis sie irgendwann wieder zu sich fand und sich löste.

»Wir sollten nach Hause und duschen«, schlug sie irritiert vor. »Es kommt nicht oft vor, dass wir so früh Feierabend machen, aber wir fahren schon sehr früh morgen los und haben uns eine Verschnaufpause verdient.«

Nur weg hier, in die Nähe von Menschen, dachte Bobby. Wenn Jenny sie noch länger durch den Schleier ihrer dunklen, langen Wimpern anstarrte, würde sie sich vergessen.

Eve war nicht im Haus, sondern in der Stadt, wie Beth Bobby mitteilte. Sie hatte einige Besorgungen zu machen und würde erst gegen Abend zurückkommen.

»Und was machst du jetzt?«, fragte Bobby, als Beth ein Tablett mit Kaffee und Kuchen herrichtete.

»Ich geh rüber zu Archie. Wir alten Leute brauchen unsere Pausen.« Sie zwinkerte Bobby zu und verließ das Haus.

»Ganz toll«, murmelte Bobby. Sie war völlig alleine mit Jenny, die unter der Dusche stand. Nackt! Nass und nackt! Bobby schluckte und hatte plötzlich das Gefühl, keine Luft mehr zu bekommen. Schließlich stolperte sie nach oben, riss sich die Kleider vom Leib und stellte sich unter den kalten Strahl ihrer Dusche. Sie musste das Bild einer nassen und nackten Jenny aus ihrem Kopf bekommen, sonst würde sie weder den Tag noch die nächsten Wochen überstehen. Eve hatte recht. Jenny sollte wirklich zwischendurch mit einem der Arbeiter fahren. Dummerweise würden sie morgen den ganzen Vormittag im Auto zusammen verbringen und dann auch noch das Wochenende.

»Ich bin erledigt«, seufzte Bobby. »So was von erledigt.«

Nachdem sie sich wieder einigermaßen unter Kontrolle hatte, verließ sie die Dusche, zog sich frische Sachen an und lief nach unten, um aus dem Kühlschrank zwei kalte Biere zu besorgen. Jenny saß schon auf der Terrasse, trug nur ein leichtes Top und nichts darunter. Bobby sah angestrengt in eine andere Richtung, doch Jenny machte es noch schlimmer, als sie Bobby eine Tube Creme in die Hand drückte.

»Bist du so lieb und reibst mir die Schultern ein?«, bat

sie. »Ich habe wohl den ersten Sonnenbrand des Jahres.«

»Sicher.« Bobby räusperte sich, um den belegten Ton in ihrer Stimme wegzubekommen.

Jenny band schnell ihr Haar nach oben, schob die Träger ihres Tops nach unten und setzte sich mit dem Rücken zu Bobby, die mit zittrigen Fingern begann, die roten Schultern ihres Gegenübers einzuschmieren.

»Du hast tolle Hände«, sagte Jenny leise. »Da falle ich ja gleich in den Entspannungsmodus.« Sie lachte heiser. »Sieht es sehr schlimm aus? Hoffentlich schält sich die Haut nicht ab.«

»Nein, so schlimm ist es nicht. Nur ein bisschen warm. Das war es schon.«

»Danke.« Jenny wirbelte herum. Ihr Top rutsche dabei noch weiter in die Tiefe, sodass Bobby ein direkter Blick auf Jennys Vorbau gegönnt wurde.

Sie sog die Luft ein und spürte, wie sich in ihrem Unterleib etwas zusammenbraute. *Denk an ein überfahrenes Opossum,* hallte es in ihrem Kopf. *Ein totes, sehr plattes Opossum!* Es half leider nichts, denn Jenny merkte sehr wohl, welche Wirkung sie erzielte. In aller Seelenruhe schob sie erst den einen Träger wieder nach oben, dann den anderen. Dabei lächelte sie wissend und ließ ihre Zungenspitze leicht über ihre Lippen tanzen.

»Es ist heiß heute, oder?«, fragte sie und griff an Bobby vorbei, um sich die Flasche Bier vom Tisch zu nehmen. Dafür beugte sie so weit vor, dass ihr Busen Bobbys Hände streifte.

»Verdammt heiß«, gab Bobby leise zurück. Sie

brauchte nur zugreifen. Wie zwei reife Äpfel lagen die Brüste auf ihren Händen, warm, weich und erregt. Sie musste dem ein Ende setzen! »Du bist erst achtzehn, Jenny und ich deine Vorgesetzte. Außerdem habe ich eine Frau, die ich über alles liebe.«

Jenny richtete sich auf und ihr Gesicht war Bobbys so nah, dass sich fast ihre Nasen berührten.

»Ich zwing dich zu nichts«, sagte sie mit rauer Stimme. »Aber ich verheimliche auch nicht, dass ich dich total scharf finde. Seit ich hier bin, stelle ich mir vor, wie wir beide es treiben. Willst du wissen, wovon ich träume und was ich dann mache?«

»Mmh«, machte Bobby, die ihren Blick nicht von diesen Lippen wenden konnte, von denen die für sie giftigen Worte perlten. »Nein!« Energisch sprang sie auf, stieß Jenny dabei zurück und rannte ihn den Garten, Jennys amüsiertes Lachen in ihren Ohren. Besaß sie denn überhaupt keine Selbstachtung mehr? Schon der Gedanke daran, Eve zu betrügen, löste bei Bobby einen Würgereiz aus. Warum? Warum nur benahm sie sich wie ein geiler, sich nicht unter Kontrolle habender Teenie, dessen Hormone Achterbahn fuhren? Litt sie an einer vorzeitigen Midlifecrisis? Sie verstand sich nicht. Je mehr Eve ihre Beziehung festigen und eine Familie gründen wollte, desto mehr entfernte sich Bobby von ihr. Es lag ganz alleine an ihr, Eve hatte sich nicht verändert, noch irgendeinen Anlass gegeben, sich so zu verhalten. Bobby begehrte Eve nach wie vor, sie liebte ihre Partnerin heiß und innig, aber die Gefühle Jenny gegenüber waren wie ein Dämon, der Besitz von ihr ergriffen hatte. Der dafür verantwortlich war, dass ihr ganzes Sein nach diesem Mädchen verlangte.

Bobby hatte sich am Tag zuvor letztendlich doch noch erfolgreich von Jenny ferngehalten, doch jetzt stand die Fahrt nach Oklahoma City an. Vorsorglich hatte sie Beth gebeten, ihnen im Wagen Gesellschaft zu leisten und sofort gemerkt, dass das Jenny überhaupt nicht schmeckte. Egal, solange sie sich in diesem umnebelten Ausnahmezustand befand, wollte Bobby auf Nummer sichergehen. Am Abend hatten sie und Eve unvorstellbar guten Sex genossen und an diese Erinnerung klammerte sich Bobby. Sie hatte eine Frau, die ihr ein wunderschönes Zuhause gerichtet hatte und ihr das Gefühl gab, der wichtigste Mensch im Universum zu sein. Wünschte sich das denn nicht jeder? Geliebt und umsorgt zu werden, jeden Morgen mit der Gewissheit zu erwachen, seinem Seelenverwandten in die Augen zu schauen? *Jeder normale Mensch,* dachte Bobby schlecht gelaunt. *Mit mir stimmt doch was nicht!* Würde Beth sie verstehen, wenn sie von ihrem Dilemma erzählte? Oder sollte sie jemanden zu Rate ziehen, der nicht involviert und unparteiisch war? Einen Seelenklempner eventuell? Kerry? Nein, Bobby hatte gemerkt, wie gut sich Eve mit Kerry verstand. Womöglich würde sie sich sowieso auf Eves Seite schlagen und es dann Matt erzählen, der dann widerrum Bobby die Hölle heiß machte, weil sie so ein Flittchen war. Weil sie schon wieder eine Beziehung versaute, nur dass es diesmal ihre eigene war. Dabei war Eve so wunderbar.

Sie war in aller Herrgottsfrüh mit den anderen aufgestanden und hatte ein viel zu opulentes Frühstück für diese Uhrzeit aufgetischt. Und Bobby wusste, dass in ihrer Reisetasche sicherlich ein Zettel lag, auf den Eve ein Herz gekritzelt hatte.

»Fahrt vorsichtig«, sagte Eve zum Abschied. »Und hab ein Auge auf sie, damit sie keine Dummheiten macht.« Sie nickte in Jennys Richtung.

Bobby schluckte. *Und wer hat ein Auge auf mich?*, ging es ihr durch den Kopf, doch sie lächelte und drückte Eve einen Kuss auf die Lippen.

»Wir sehen uns morgen Abend wieder, meine Süße«, flüsterte sie.

Als sie sich hinters Steuer setzte, warf sie einen traurigen Blick auf ihre Freundin, die mit zerzausten Haaren auf der Veranda stand, eingehüllt in ihren rosafarbenen Plüschmorgenmantel und die Beth zum Abschied winkte. *Ich habe nicht verdient, dass du mich liebst,* dachte Bobby und als auch endlich Jenny den Weg ins Auto gefunden hatte, fuhr Bobby schweren Herzens vom Hof.

Die Reise dauerte eineinhalb schweigsame Stunden. Beth hatte es sich auf dem Rücksitz bequem gemacht und die Augen geschlossen. Jenny hatte ein paar Versuche unternommen, Bobby in ein Gespräch zu verwickeln, die diese erfolgreich abblockte. Daher starrte das Mädchen aus dem Fenster, in den Ohren Stöpsel, aus denen laute Musik dröhnte. Bobby wollte nicht reden und genoss den Sonnenaufgang und die

Weite des Highways, der angenehm leer war, bis auf die letzten paar Meilen um die City herum. Doch Bobby kannte den Weg sehr genau und wusste, welche Abkürzung sie zum Auktionsgelände nehmen musste, um den Stau zu umgehen. Mehr oder weniger pünktlich trafen sie am verabredeten Ort mit Chip ein. Bobby inspizierte ihre Rinder, die bereits in einem Gatter standen und grüßte einige bekannte Gesichter. Jenny immer Schlepptau durchforstete sie die Menge und begutachtete ihre Konkurrenten und deren Rinder.

»Na Hale, diesmal mit 'nem neuen Liebchen am Start?« Ein rotgesichtiger Möchtegern-Cowboy formte Zeige-und Ringfinger zu einem V und ließ seine Zunge darin vor-und zurückschnellen. »Kommt ihr auf eurer Muschiranch überhaupt noch zum Arbeiten?«

»Ach, weißt du Herschel, so eine kleine Leckpartie zwischendurch hätte doch wohl jeder gerne. Wie ich hörte, hat der Pleitegeier bei dir Einzug gehalten, seit deine Frau mit der Kohle durchgebrannt ist. Oder liegt es daran, dass du dein Geld lieber versäufst und deine Tiere schlecht behandelst, dass du keine Gewinne mehr erzielst?«

Herschels vom Alkohol aufgedunsenes Gesicht wurde noch roter, als er die beiden Frauen hasserfüllt anstarrte.

»Verpisst euch, ihr Fotzen«, brüllte er los. »Dämliche Weiber.Ihr seid eine Schande für dieses Land.«

»Weil du ja auch so eine Stütze der Gesellschaft bist, du republikanischer, engstirniger Arsch«, eiferte sich Bobby, bis Jenny sie am Ärmel von dem offensichtlich betrunkenen Mann wegzerrte. Bobby brauchte ein paar Minuten, bis ihr Zorn verraucht war. Seit sie ihre Beziehung mit Eve öffentlich gemacht hatte, behandelten sie viele der Farmer wie Aussätzige. Als wäre sie eine andere als vorher, nur weil sie auf Frauen stand. Normalerweise hatte sie kein Problem damit, doch wie sie Herschel kannte, schlich er jetzt umher und verbreitete seine vom Suff hervorgerufenen Beschimpfungen. Sie hatte es gemerkt, genau an dem Tag, als ihre Beziehung zu Eve bekannt wurde. Scheinbar färbte ihr Sexualleben auf die Qualität ihrer Rinder ab, denn einige bis dahin langjährige Kunden und Partner, kehrten Bird Creek plötzlich den Rücken.

»Mach dir nichts draus«, sagte Jenny und es klang aufrichtig mitfühlend. »Diese Ärsche haben doch keine Ahnung, welche fantastische Arbeit du leistest. Sie sind nur neidisch.« Sie lächelte, als Bobby sie ansah.

»Tja, zum Glück sind nicht alle so verbohrt wie Herschel Mason und die anderen seines Schlages«, antwortete sie. »Für solche Leute sind wir abnormal, psychisch nicht ganz dicht.« Sie lachte bitter auf. »Jeder weiß, wie Herschel seine Frau und auch seine Tiere behandelt, aber auf ihn hört man. Er ist so was wie ein Urgestein, aber genau so ein Versager und Schläger wie sein Vater es gewesen war. Eddy hat sich immer ferngehalten von der Mason-Ranch, aus gutem Grund, wie du siehst.«

»Ich besorg uns mal einen Kaffee, okay?«, schlug Jenny vor und Bobby nickte. Sie durfte sich dieses Problem nicht auch noch aufladen, es ging hier immerhin ums Geschäft und sie wusste, dass ihre Bullen einen guten Preis wert waren. Wenn nötig, würde sie mit den großen Schlachtereien Geschäfte machen, obwohl ihr das eigentlich widerstrebte. Massenproduktion - ein Weg, den sie nur ungern betreten wollte. Auf der anderen Seite konnte sie nicht zulassen, dass die Farm bankrott ging. Eve hatte aber vorerst Entwarnung gegeben, als Bobby einmal auf das Thema zu sprechen kam.

»Und bevor wir diesen Schritt gehen, denken wir uns etwas anderes aus«, hatte sie gesagt und Bobby mit ihrer zuversichtlichen Art beruhigt.

Eve - sie fehlte hier. Bobby wusste zwar, dass Eve diesen Trubel nicht mochte, dennoch sollte sie hier an ihrer Seite sein. Damit sie gemeinsam Männern wie Herschel Mason die Stirn bieten konnten. Stattdessen war es Jenny, die sich nun um sie kümmerte. Ausgerechnet!

Dankbar nahm sie den Kaffee entgegen, den Jenny ihr reichte und wunderte sich über das Verhalten der Jüngeren. Sie schien zwei Seelen zu beherbergen, denn heute war sie nicht die sexy Verführerin, sondern eine junge Frau, die mit beiden Beinen im Leben stand. Bobby empfand ihre Anwesenheit als tröstlich, wenngleich sie nicht wusste, wie sie mit der anderen Jenny umgehen sollte.

»Hier sind eure Zimmerschlüssel,« sagte Beth, die sich zu ihnen gesellte. »Euer Gepäck ist schon auf den Zimmern, es ist alles wie gewohnt.«

»Danke dir.«Bobby nahm ihren Schlüssel entgegen.

Alles war wie immer. Dieselbe Pension, dieselben Menschen, dasselbe Zimmer. Seit Jahren änderte sich an den Auktiontagen kaum etwas und Bobby fand es gut so, wie es war. Sie mochte die gleichbleibende Gewohnheit, dass jeder Tag ähnlich dem anderen war. Aber irgendwie war es genau das nicht mehr, seit Eve in ihr Leben getreten war. Sie hatte sich geoutet und dadurch Menschen verloren, die sie seit Jahren kannte. Dennoch hatte Bobby es nicht anders gewollt, sie stand zu ihrer Beziehung. Dann begann Eve, aus der Ranch ein Auffanglager für gestrauchelte Jugendliche zu machen. Auch diese Veränderung nahm Bobby positiv zur Kenntnis, weil sie die gute Sache dahinter sah. Ihre Beziehung zu Eve war gleichbleibend liebevoll, doch dass Eve plötzlich den Wunsch nach mehr verspürte, das war der Knackpunkt und warf Bobby völlig aus der Bahn. Sie hätte wirklich mit allem leben können, aber warum musste man sie, die nie wirklich eine Familie besessen hatte, dazu nötigen, plötzlich Mutter zu spielen? Sie wusste doch gar nicht, wie das funktionierte. Bobby war sich sicher, außer Eve, keinen anderen Menschen lieben zu können - nicht so, wie es sich für eine echte Familie gehörte. Hatte sie Eddy denn nicht geliebt? Bobby erforschte sich. Doch, aber das war etwas anderes gewesen, redete sie sich ein. Genauso wie Beth, Archie, Matt und all die anderen, mit denen sie täglich zu tun hatte.

Für einen Moment sah sie in den Himmel und überlegte, ob Eve wohl auch gerade die Wolken beobachtete. Sie fehlte ihr, obwohl sie erst seit zwei Stunden getrennt waren. Eve hätte ihre eigene Art gehabt, Herschel Mason die Meinung zu sagen. Höflich, direkt und bestimmt. Dafür liebte Bobby sie. Eve drückte sich immer so vornehm aus und wusste im richtigen Moment stets, was sie sagen musste. Eve war kultiviert, sie würde einem Kind eine Menge beibringen können. Sie hatte Bobby nicht ein einziges Mal spüren lassen, dass sie bei Weitem intelligenter war oder einen Titel besaß, weil sie studiert hatte. Wenn Bobby Eve beobachtete, wie sie den Kids etwas erklärte, wie dabei ihr blondes Haar im Wind wehte oder sie sich mal wieder bei der kleinsten Tätigkeit im Stall völlig verdreckt hatte, schien ihr Herz vor Liebe zu zerspringen. Sie wusste, dass Eve viel zu gut für sie war und fragte sich mittlerweile, ob es fair war, sie von einem erfolgreichen Leben abzuhalten. Eve hatte ihren Beruf immer geliebt und war als Tierärztin Matt weit voraus. Sie könnte Karriere machen, oder an der Uni unterrichten. Sie könnte so viel erreichen, ohne sie als Anhängsel am Bein. Wer war sie schon? Eine Farmerin, ohne Schulabschluss, ohne eine glorreiche Vergangenheit. Eine Ausrasterin, die sich schlecht unter Kontrolle hatte, die ihr Herz auf der Zunge trug.

»Ich muss telefonieren«, sagte sie mit einem Kloß im Hals zu Jenny und verzog sich in eine ruhige Ecke. Als sie Eves Stimme am anderen Ende der Leitung hörte, atmete Bobby auf. Alles wurde gut, solange nur Eve bei ihr war.

Der junge Auktionator redete so schnell, dass Jenny nur mit großen Augen dasaß und die Worte, die wie Maschinengewehrmunition auf sie hereinprasselten, nicht verstand. Ihr Gehirn brannte. Hilfesuchend blickte sie Bobby an, die sich Notizen machte und mit ihrem Sitznachbarn fachsimpelte.

»Entschuldigt mich«, sagte Jenny und drückte sich durch die Reihe an den anderen vorbei. »Mir schwirrt der Kopf.«

Bobby lachte verhalten, erging es ihr doch beim ersten Mal genauso. Das rasante Tempo, mit dem die Rinder angeboten wurden, musste man nicht Wort für Wort verstehen, die Atmosphäre zu spüren war das Spannende an der Sache. Jenny kehrte rechtzeitig, als Bobbys Rinder vorgestellt wurden, zum Tatgeschehen zurück. Sichtlich entspannter und aufnahmebereiter. Bobby biss sich auf die Lippen, während die Gebote abgegeben wurden und der junge Kerl vorne auf der Bühne wie eine Gewehrsalve die Gebote wiederholte. Schließlich schlug sie sich zufrieden in die Hände, ihr Nachbar klopfte ihr auf die Schulter und Jenny hatte immer noch keinen Plan, was hier gerade geschehen war. Immerhin fand sie die Zeit, nach der Auktion hinter die Bühne zu gehen.

»Wir haben fast den Höchstpreis erzielt«, erzählte Bobby freudig Eve am Telefon.

»Du hast es verdient«, antwortete Eve. »Ich hätte mich auch gewundert, wenn es anders wäre. Unsere Rinder sind die Besten.« Sie schwieg einen Moment.

»Geht es dir jetzt besser?« Damit meinte sie das Gespräch, was sie noch vor wenigen Stunden geführt hatten.

»Ja, mir geht es gut. Ich hätte dich nur gerne an meiner Seite, damit wir zusammen diesen Erfolg feiern können. Alle Bullen verkauft, Eve, das lässt die Kasse klingeln, oder?«

»Auf jeden Fall. Ein schöner Gewinn!« Es raschelte im Hintergrund. »Liebes, ich muss leider auflegen, ich komme um vor Arbeit.«

»Ja, natürlich. Klar. Ich wollte dich auch nicht nerven. Hab einen schönen Tag.« Bobby drückte das Gespräch weg und seufzte.

Kapitel 5

Der Tag war anstrengend gewesen, weswegen Bobby nur noch abschalten wollte. Mit Alkohol - viel Alkohol. Sie war zwar nicht allzu weit weg von zuhause, dennoch weit genug, um nicht von Eve dazu ermahnt zu werden, nicht zu viel zu trinken. *Warum ist sie nicht hier?* Dieser Gedanke ließ Bobby nicht los. Sie dachte, es wäre ihr egal, dass Eve diesmal nicht mitgekommen war, schließlich hatte sie auch all die Jahre zuvor die Auktion erfolgreich ohne Eve überstanden. Aber das war es nicht. Bobby fühlte sich alleingelassen. Eve war ein anderer Mensch, ja, das respektierte sie, aber konnte sie nicht diese zwei Tage über sich ergehen lassen, Bobby zuliebe?

Jetzt saß sie hier in der Bar des Motels, wo sie schon seit Jahren ein Zimmer mietete. Ein Bier in der Hand, drei weitere hatte sie schon intus. Jenny war im Moment die einzige Gesellschaft, die sie hatte, Beth und Archie waren schon im Bett und die zwei Arbeiter trieben sich irgendwo herum. Bobby erinnerte sich an vergangene Zeiten. Die ledigen Männer hatten immer was im Schlepptau, doch auch sie war kaum einen Abend alleine aufs Zimmer gegangen - nur wusste es niemand. Bobby war immer diskret, nie hatte sie eine Frau kompromittiert. Unanständig - ja, das hatte sie immer drauf gehabt. Nur wenige der Männer ahnten, dass ihre braven Ehefrauen nichts gegen einen kleinen Ausflug auf die andere Seite des Ufers hatten. Von Treue hatte sie nie viel gehalten, sie hatte ja auch niemanden gehabt, dem sie treu sein musste. Das sah jetzt natürlich ganz anders aus.

Bobby beobachtete Jenny, wie sie ihr Becken kreisen ließ. Es war nicht mal sonderlich gute Musik, doch Jenny bewegte sich, als sei dieser Song auf ihren Körper maßgeschneidert. Bobby schluckte hart, wandte sich ab und trank von ihrem Bier. *Reiß dich zusammen, Hale,* mahnte sie sich stumm. *Du bist doch verrückt.* Wieder riskierte sie einen Blick, diesmal erhaschte Jenny ihn und während sie ihre lange Mähne in den Nacken strich, warf sie Bobby ein eindeutiges Lächeln zu. Das war genug. Sie musste jetzt einen Schlussstrich ziehen, bevor dieses Mädchen auf dumme Gedanken kam. Bobby erhob sich, doch sie fühlte so leicht, wie nie zuvor. Ihre Gedanken waren messerscharf, doch sie gingen dummerweise nicht mehr in Eves Richtung. Jenny ... Je mehr Bobby der jungen Frau vor sich dabei zusah, wie diese ihre Hüften schwang und offensichtlich flirtete, desto mehr fühlte sie das Beben in ihrem eigenen Unterleib. Sie wollte nicht tanzen, sie wollte Jenny!

Wieder drehte Bobby sich weg, versuchend, den letzten Rest Anstand in sich zu finden. Sie sollte gehen, einfach auf ihr Zimmer verschwinden, mit Eve telefonieren und schlafen. Ja, das wäre richtig. Es war genau das, was treue Paare taten.

»Nehmen wir noch einen Drink?«, hörte sie plötzlich Jenny neben sich, und schloss einen Moment die Augen. *Nicht reagieren. Stell dich einfach tot.* Doch in ihrem Inneren flogen Schmetterlinge umher, bestäubten

Blüten, tranken Nektar. Süßen, verbotenen Nektar. Bobbys Gedanken fuhren Karussell, sie fühlte sich dennoch so wohl, wie sie sich noch nie gefühlt hatte und sie begehrte diese Frau. Egal, wie sehr sie sich dagegen wehrte, in ihrem Kopf schien es nur noch Jenny zu geben. Sie atmete schwer, als sie sich zu dem Mädchen herumdrehte und als ihre Blicke sich trafen, stellte sich Bobby vor, was sie mit diesem jungen Körper anstellen würde. Wenn sie nur dürfte! Wenn sie nur frei wäre! Jenny schien die Gedanken zu erraten, denn sie strich zärtlich eine Locke aus Bobbys Gesicht.

»Du kannst alles haben, was du möchtest«, flüsterte sie mit rauer Stimme. »Du musst es nur wollen. »Sei frei, Bobby. Tu, was dir gefällt. Du bist so eine starke Frau, nimm dir, was du möchtest.«

Ja, sie war eine starke Frau und sie hatte sich immer genommen, was sie wollte. War nicht sie diejenige gewesen, die Eve davon überzeugt hatte, bei ihr zu bleiben? Ja, weil sie stark war. Und Eve drängte sie in eine Rolle, die überhaupt nicht zu ihr passte. Eve ...

»Geh zu Bett, Jenny. Wir müssen morgen wieder früh raus«, sagte Bobby mit klopfendem Herzen. Verdammt, es war scheiße, so verantwortungsvoll zu sein, doch sie wollte Eve nicht betrügen. Sie war schon jetzt zu weit gegangen.

»Bist du dir sicher?«, hauchte Jenny und berührte dabei zärtlich Bobbys Bein.

Die Ältere sah ihr dabei zu, haderte einen Moment, doch besann sie sich und schob Jenny fort.

»Ja, ich bin sicher. Gute Nacht!«

Allein ging sie auf ihr Zimmer, innerlich so aufgewühlt, dass an Schlaf nicht zu denken war. Was hatte sie
sich nur dabei gedacht? Wie hatte es überhaupt soweit
kommen können? Reumütig rief sie Eve an, nicht um zu
beichten, sondern ihre Stimme zu hören. Doch
scheinbar schlief Eve schon, sodass Bobby nur noch
eine kalte Dusche half, um sich auf andere Gedanken zu
bringen. Wieder einmal! Doch sie merkte, dass das auf
Dauer nicht helfen würde. Sie musste ihre Dämonen
besiegen. Als sie sich abgetrocknet hatte, warf sie eilig
wieder ihre Kleidung über und lief zurück in den
Schankraum, wo Jenny immer noch tanzte und sich ein
paar Typen an ihr aufgeilten.

»Komm mit«, befahl Bobby schroff, griff Jennys Hand
und zog sie hinter sich her.

Als sie ungestört waren, drückte Bobby Jenny an die
Wand. Nach einigen zögerlichen Sekunden presste sie
ihre Lippen auf die von Jenny, die den Kuss nur allzu-
gern erwiderte. Doch schon nach wenigen Augenbli-
cken ließ Bobby von ihr ab. Sich den Mund abwischend
und siegessicher lächelnd trat sie einen Schritt zurück.

»Du kannst mir nicht das geben, was ich will«, sagte
sie. »Es tut mir leid, wenn ich dich benutzt habe, aber
wenigstens weiß ich jetzt, wohin ich gehöre.«

Gerade als sie gehen wollte, hörte sie Jennys Lachen.
Ein grausames, überhebliches Lachen.

»Ich weiß genau, wer du bist und was in dir vorgeht,
Bobby«, meinte Jenny und winkelte ihr Bein an, welches
sie an der Wand abstützte. »Du bist genau wie ich, nicht
geschaffen dafür, trautes Familienglück vorzuheucheln.

Was kann dir dieses Heimchen am Herd schon auf Dauer geben?«

Gefährlich langsam drehte Bobby sich um und begegnete Jennys eiskaltem Blick.

»Eve ist die Frau, die ich liebe. Sie gibt mir einfach alles, kapierst du das?«, zischte sie, doch es klang in ihren Ohren, als müsse sie sich selbst etwas beweisen.

»Aber sicher.« Jenny schmunzelte. »Deswegen springst du auch so auf meine Annäherungsversuche an.« Sie stieß sich von der Wand ab, ging auf Bobby zu und umfasste deren Handgelenke. »Du hast mich benutzt, weil du mich willst. Warum wehrst du dich dagegen?«

Bobby funkelte sie wütend an, in ihrem Inneren rumorte es und sie hatte das Gefühl, als wenn sich ihr der Magen umdrehen würde. In welchen Mist hatte sich bloß reingeritten? Der Plan - sofern es jemals einen Plan gegeben hatte - sah nicht vor, Eve zu betrügen. Sie mochte Jenny nicht mal besonders, denn Bobby war nicht so dumm, dass sie nicht merkte, welch falsches Spiel diese Göre trieb. Sie war gefährlich, doch zu Bobbys Leidwesen war sie auch verdammt sexy. Zornig riss sie sich von Jenny los und stieß sie unsanft zurück.

»Ich bin nicht wie du«, presste sie hervor. »Du weißt nicht, was Anstand bedeutet, selbst wenn man dich mit der Nase darauf stößt.«

»Anstand.« Jenny lachte auf und steckte sich eine Zigarette zwischen die Lippen. »Weißt du, Bobby, ich hatte dich eigentlich für eine echt coole Frau gehalten, aber für dich zählt nur die Arbeit, euer schickes Haus und Eve. Ist okay, ich hab's kapiert. Du willst einen auf traute Zweisamkeit machen, also werde ich dir nicht im Weg stehen. Du weißt ja nicht, was du verpasst.« Sie zwinkerte Bobby zu, zündete die Kippe an und machte auf dem Absatz kehrt.

»Wo willst du hin? Wir müssen morgen wieder früh raus.«

»Werde da sein«, antwortete Jenny und ging zurück in den Schankraum.

Kopfschüttelnd betrat Bobby ihr Zimmer und ließ sich aufs Bett fallen.

»Ich bin verdammt cool«, murmelte sie und war im nächsten Moment eingeschlafen.

Unterdessen war Eve damit beschäftigt, einen der Hunde medizinisch zu versorgen. Zwei der Rüden hatten einen kleinen Kampf ausgeführt und einige Blessuren davongetragen. Eigentlich waren die Hunde sehr harmonisch miteinander und seit die Kids auf der Ranch lebten, wurden die Tiere auch den ganzen Tag beschäftigt. Sie würde mit dem, der damit angefangen hatte, am nächsten Tag in Matts Praxis fahren, um ihn genauer zu untersuchen. Grundlos geschah so etwas nicht, weswegen Eve vermutete, dass dem Hund körperlich etwas fehlte. Sie sah in die trüben Augen des alten Rüden und tätschelte seinen Kopf.

»Mmh Jackson, was ist los mit dir? Willst du schlapp machen, mein Freund?«

Der Rüde legte seinen Kopf in ihre Hände und atmete schwer. Eve wusste, dass Jackson Eddys Lieblingshund gewesen war, doch wie es aussah, würde er wohl bald seinem Herrchen folgen. Es würde Bobby schwer mitnehmen, denn auch sie hing an dem Hund.

»Komm Alterchen, du darfst heute Nacht im Haus schlafen.« Sie erhob sich, klopfte sich leicht gegen ein Bein und Jackson folgte auf dem Fuße. Im Haus machte er es sich direkt auf der Couch im Wohnzimmer bequem, schmatzte zufrieden und rollte sich zusammen.

Lächelnd ging Eve ins Schlafzimmer und mit einem Blick auf ihr Handy, sah sie, dass Bobby angerufen hatte. Doch es war vermutlich schon zu spät, um zurückzurufen, da Bobby immer zeitig ins Bett ging. Seufzend legte Eve das Handy auf den Nachtisch und stand einen Moment unschlüssig im Raum. Es war das erste Mal, dass sie ohne Bobby schlafen musste, ja das erste Mal, dass sie mutterseelenalleine in dem großen Haus war. Sie schluckte, als sie sich dessen bewusst wurde. Kurzerhand schnappte sie sich ihren Laptop und lief ins Wohnzimmer, wo Jackson schnarchend auf der Couch lag. Mit dem Hund an ihrer Seite fühlte sie sich nicht ganz so einsam. Eve kochte sich noch eine heiße Schokolade, kuschelte sich in eine Wolldecke und machte es sich samt Laptop neben Jackson gemütlich.

Lynn hatte ihr wieder eine E-Mail geschickt und Fotos ihrer Zwillinge beigefügt. Die beiden Jungs wurden immer niedlicher und Eve wurde es wieder schwer ums Herz. Vielleicht sollte sie Lynn und die Jungs einfach mal einladen? Insgeheim hegte sie die Hoffnung, dass Bobby auch so etwas wie Muttergefühle entwickelte.

Doch sie verwarf die Idee, sie konnte nicht einfach Gäste einladen, ohne das vorher abzusprechen. Gedankenversunken surfte sie im Internet und landete wie durch einen Reflex auf der Seite einer Samenbank. Nach kurzem Zögern meldete sie sich an und scrollte durch die Seiten. Die Hochglanz-Werbebildchen zeigten glückliche Paare, die rotwangige Babys in den Armen hielten. Potenzielle Spender mit Zahnpastalächeln, als wären sie direkt einem Werbekatalog entsprungen. Eve seufzte. Sie und Bobby waren keine dieser *normalen* Familien, die als letzten Ausweg für ihren Kinderwunsch, eine Samenbank in Betracht zogen. Sie waren ein lesbisches Paar, das eine Ranch leitete und alles andere als konventionell lebten.

Frustriert klappte sie den Laptop zu. Wenn nicht ein Wunder geschah, musste sie sich wohl damit abfinden, niemals eigene Kinder zu haben. Sie hatte diesen Weg gewählt, sich dieses Leben selbst ausgesucht. Wie man sich bettet, so schläft man.

Am nächsten Morgen lag Jackson immer noch schlafend neben ihr auf der Couch. Eve war nicht ins Bett gegangen, sondern irgendwann über ihre Grübeleien an Ort und Stelle eingeschlafen. Dementsprechend schmerzte ihr Nacken, als sie sich mühsam erhob und sich reckte. Kurz prüfte sie den Zustand des Rüden, der ihr immer weniger gefiel, und schlurfte dann in die Küche, um sich einen starken Kaffee aufzubrühen. Sie hatte eine Stunde, ehe sie ihrem Tagewerk nachgehen musste. Normalerweise hätten die Jugendlichen heute frei, doch da einige der Arbeiter mit auf der Auktion waren, mussten die Kids einspringen. Zumindest das Nötigste musste erledigt werden. Während der Kaffee durchlief, rief Eve Bobby an, die sich ewig mit der Annahme des Telefonates Zeit ließ.

»Guten Morgen«, begrüßte Eve sie gutgelaunt. »Du scheinst ja mächtig Sehnsucht nach mir zu haben.«

»Warum?« Bobby klang gereizt.

»Na, du hast mich dreimal gestern angerufen. Ist alles in Ordnung?«

»Ja, sicher. Alles bestens«, antwortete Bobby kurz angebunden.

Eve runzelte die Stirn. Normalerweise war Bobby nicht so ein Morgenmuffel.

»Was ist mit Jenny?«, fragte sie plötzlich einem Impuls folgend.

Kurze Pause.

»Was soll mit ihr sein?«

»Ich wollte nur wissen, ob ihr beiden zurechtkommt und wie sie sich anstellt.«

»Alles gut. Entschuldige, Eve, aber ich muss los. Wir sehen uns heute Nachmittag, ja?« Bobby legte einfach auf und Eve starrte irritiert den Hörer an. Das war das merkwürdigste Gespräch, was sie jemals geführt hatten! Kaffee, und zwar viel davon. Eve hoffte, damit ihr noch nicht ganz fittes Gehirn wieder auf Touren zu bringen. Vielleicht hatte sie sich auch nur eingebildet, dass Bobby komisch klang. Doch auch das starke, schwarze Gebräu konnte das ungute Gefühl nicht vertreiben. Ehe sich Eve versah, befand sie sich vor

Jennys Zimmertüre und zögerte nur den Bruchteil einer Sekunde, diese zu öffnen. Sie wollte nicht stöbern, aber die Neugier siegte.

Besonders ordentlich war das Mädchen nicht. Die Schranktüren standen offen, das Bett war nicht gemacht und der Nachttisch quoll über von Modezeitschriften. In der Wäschekommode lagen winzige Höschen und passende BH's. Angewidert verzog Eve die Lippen, als sie einen schwarzen Tanga in die Höhe hielt.

»Genau die richtige Unterwäsche für eine Farm«, murmelte sie ironisch.

Im Schrank, versteckt hinter den T-Shirts, befand sich ein Rucksack. Eve starrte das Ding an, als würde sie es dazu bewegen wollen, sich von selbst zu öffnen und ihr einen Blick ins Innere zu gönnen. Als dies nicht geschah, griff sie zu, holte den Rucksack heraus und betätigte den Reißverschluss. Viel war nicht zu sehen, außer etwas Geld und ein kleiner Plastikbeutel, in dem irgendwelche Kräuter steckten. Als Eve daran roch, kippte sie fast nach hinten über. Das waren keine Kräuter, das war Marihuana!

»Ohh, ich hab's doch gewusst«, sagte sie verärgert und stopfte den Rucksack zurück in den Schrank. »Jetzt bist du fällig, mein Fräulein!«

»Jenny, beeil dich!« Bobby hämmerte gegen Jennys Hotelzimmertür.

»Ja doch, bin gleich da«, kam es zurück.

Keine fünf Minuten später erschien Jenny gut gelaunt und breit grinsend und sah Bobby herausfordernd an.

»Mach doch nicht so einen Stress, ich war duschen.«

»Du hast eine Fahne«, stellte Bobby fest und wedelte mit der Hand vor ihrer Nase herum. »Bist du noch betrunken?«

»Nicht sonderlich.« Jenny lachte, steckte sich eine Zigarette zwischen die Lippen und zündete diese an.

»Du weißt schon, dass hier rauchen verboten ist, oder?«

»Zeig mich an«, gab Jenny frech zurück, lenkte aber ein, als sie merkte, dass Bobby zusehends ärgerlicher wurde. »Hey, mir tut die ganze Sache echt leid. Können wir das Ganze nicht einfach vergessen und von vorne anfangen? Du bist mein Boss und das war's.«

»Na, von mir aus. Aber zieh nie wieder so eine Show ab, verstanden?«

»Versprochen!« Jenny salutierte und genau in diesem Moment öffnete sich ihre Zimmertüre erneut, und ein Kerl in Unterhemd trat aus dem Zimmer.

Bobby blieb sprachlos der Mund offenstehen, als der Typ Jenny einen Kuss gab und ihr auf den Hintern schlug, ehe er lachend abzog. Jenny zuckte entschuldigend die Schultern, als sie Bobbys stumme Frage sah.

»Ich hatte Bock zu vögeln und du wolltest ja nicht.«

Bobby schluckte hart, unfähig, darauf zu kontern. Kopfschüttelnd ging sie in das angrenzende Diner, wo Beth bereits wartete. Nach einem kurzen Gruß, ließ sie sich der Älteren gegenüber auf einen Stuhl fallen. Jenny folgte fast auf dem Fuße, bestellte sich unbekümmert einen Kaffee und ein Frühstück, das für zwei Holzfäller gereicht hätte. Beth und Bobby nahmen es mit hochgezogenen Brauen zur Kenntnis, dass Jenny offensichtlich einen gesegneten Appetit hatte.

»Und wie hat es dir gefallen?«, fragte Beth, während Jenny ihre Pancakes in Himbeersirup ertränkte.

»Es war sehr aufschlussreich - in jeder Hinsicht.« Grinsend leckte Jenny einen ihrer klebrigen Finger ab.

Bobby trat ihr mit voller Wucht unter dem Tisch gegen das Schienbein, was Jenny mit einem Aufschrei quittierte und Beth skeptisch werden ließ.

»Was ist los mit euch?«, fragte sie.

»Gar nichts. Jenny hat es gestern Abend einfach etwas übertrieben und bis spät in die Nacht gefeiert«, antwortete Bobby.

Beth stieß einen abfälligen Laut aus und bedachte Jenny mit einem geringschätzigen Blick.

»Na ja, wenigstens hast du dich jetzt gestärkt, sodass du ordentlich mit anpacken kannst. Wir können keine Rücksicht auf deinen Kater nehmen.«

»Mir geht's wunderbar«, entgegnete Jenny gelassen. »Ich bin ja wegen der Arbeit mitgekommen und ich nehme meine Pflichten ernst.«

Beth schien diese Aussage zu genügen und auch Bobby gab sich damit zufrieden. Scheinbar war Jenny wirklich gewillt, ihren Job gutzumachen und ihnen zu beweisen, dass sie mehr war, als ein Partygirl. Sie war nicht dumm und auch nicht arbeitsscheu - zwei Eigenschaften, die Bobby schätzte. Die andere Sache schob sie auf Jennys Alter, sie besaß jedes Recht, sich auszuprobieren und auch mal über die Stränge zu schlagen. Wenn sie auch in Zukunft auf rein professioneller Ebene zusammenarbeiteten, konnte vielleicht auch Bobby ihr umnachtetes Verhalten vergessen. Eve musste es nie erfahren und alles wäre wie vorher.

Eve war in die Praxis gefahren und hatte Jackson bereits leicht narkotisiert, damit sie ihn röntgen konnte. Sie besaß einen Schlüssel, denn Matt erlaubte ihr ohne Einschränkungen, die Praxis zu benutzen. Nach dem Röntgen untersuchte sie die Zähne des Hundes, nahm Blut ab und verband seine Wunden neu. Während sie auf die Ergebnisse der Röntgenbilder wartete, fiel ihr Blick auf eine Dokumentenmappe, die auf Matts Schreibtisch lag. *Flannigan-Adoption* stand auf dem Deckblatt. Wie beiläufig hob Eve mit dem Zeigefinger das Deckblatt an und las sich die Unterlagen durch. Kerry hatte sie mit Sicherheit versehentlich hier liegen-lassen und eigentlich waren solche Dinge vertraulich, aber Eves Neugier war stärker, als der Respekt vor Privatsphäre. Während sie etwas über die häusliche Situation der Familie Flannigan las, überrollte sie eine Welle von Wehmut. Mister Sean Flannigan war Buch-halter bei einem mittelständischen Unternehmen, seine Frau Melissa Grundschullehrerin. Beide waren Mitte dreißig, hatten einen Hund und ein hübsches Häuschen am Stadtrand. Keine nennenswerten Schulden, keine Vorstrafen und sie waren eifrige Mitglieder der *Episcopal Church of Owasso.* Ihrem Antrag, den kleinen Lucas zu adoptieren, wurde zugestimmt, da man die Ansicht vertrat, die Eheleute seien durch und durch rechtschaffene Bürger und eine Stütze der Gemeinde.

Wie würde so ein Bericht wohl über sie und Bobby aussehen? In Gedanken fasste Eve zusammen: *Miss Bobby Hale, ohne Schulabschluss und nennenswertem Vermögen, keine Vorstrafen, dafür in einer lesbischen Beziehung lebend - was bei vielen in der Gegend genauso schlimm war, als hätte sie wegen Mordes im Knast gesessen. Vor ihrer Partnerschaft mit Doktor Eve Dearing unterhielt Miss Hale diverse sexuelle Affären, man kann also nicht von einer Stütze der Gesellschaft sprechen.*

Doktor Eve Dearing, eine labile Persönlichkeit, lesbisch, weil sich kein Mann für sie dauerhaft interessierte. Hat eine akademische Karriere an den Nagel gehängt, um lieber Rindviecher zu hüten. Na ja, man könnte ihnen natürlich die Arbeit mit den Jugendlichen zugutehalten, aber bliebe genug Zeit für ein Baby, bei all den verkrachten Existenzen?

Eve schloss die Mappe und legte kurz den Kopf auf ihre Unterarme. Natürlich waren ihre Gedanken übertrieben, aber einfach würde eine Adoption dennoch nicht werden. Selbst wenn sie Bobby jemals davon überzeugen konnte.

Die Röntgenbilder waren fertig und holten Eve aus ihrem Jammertal - wenn auch nur kurz, denn das, was sie zu sehen bekam, war die Gewissheit, wo sie vorher nur vermutet hatte. Jackson litt an Knochenkrebs. Bei Eve brachen alle Dämme. Sie weinte um den Hund und darüber, wie es Bobby aufnehmen würde. Sie weinte um ihre Zukunft, die sie gewiss kinderlos verleben würde und sie weinte, weil sie sich für den egoistischen Menschen der Welt hielt. Sogar wegen der Flannigans flossen Tränen, weil sie mit ihrem perfekten 08/15 Leben den kleinen Lucas adoptieren durften und um Lucas weinte sie, weil er mit Sicherheit die spießigsten Eltern aller Zeiten bekommen würde. Etwa zehn Minuten gestattete sich Eve den Gefühlsausbruch, dann trocknete sie die Tränen, drückte den Rücken durch und widmete sich Jackson.

»Scheiß drauf«, sagte sie laut. »Wir werden dir die letzten Tage wunderschön gestalten.« Sie kraulte den Hund hinter den Ohren, dann packte sie ein Narkose- und das Euthanasie- mittel ein, schrieb Matt eine kurze Nachricht und verließ mit Jackson die Praxis. Wenn er es gar nicht mehr aushielt, wollte sie vorbereitet sein und ihn zuhause einschlafen lassen.

Kapitel 6

Als Bobby am späten Nachmittag eintrudelte, erzählte Eve ihr erst einmal nichts von Jacksons Diagnose und auch nicht von dem Fund, den sie bei Jenny gemacht hatte. Sie war einfach nur froh, dass die Auktion erfolgreich gewesen war und dass sie die Nacht nicht wieder alleine im Haus verbringen musste.

Achtlos warf Bobby ihre Reisetasche in die Diele, umarmte Eve und küsste sie, als hätten sie sich wochenlang nicht gesehen.

»Hey, was ist denn mit dir los?« Eve lachte und hielt Bobby festumschlungen.

»Du hast mir gefehlt. Komm das nächste Mal einfach wieder mit, dann muss ich dich auch nicht vermissen.«

»Abgemacht.« Eve sah Bobby ernst an. »Ist alles gut gelaufen?« Sie drosselte ihre Stimme. »Mit Jenny?«

»Ja, ganz toll. Warum fragst du?« Bobby ließ Eve abrupt los und wirkte plötzlich nervös.

»Nur so. Lass uns später darüber reden. Komm, ich habe den Grill angeschmissen. Wo ist Beth?«

»Sie wird auspacken und dann gleich nachkommen. Jenny wollte unter die Dusche.«

Hand in Hand liefen sie in den Garten, wo sowohl die Kids, als auch Archie anwesend waren. Der alte Mechaniker stand bereits am Grill, die Jugendlichen lachten und alberten herum. Zufrieden blieb Bobby einen Moment stehen und beobachtete das Ganze. Wie konnte sie nur so dumm sein, dies alles in Gefahr zu bringen, nur weil sie ihre Libido nicht unter Kontrolle hatte? Als sie Jackson sah, der es sich im Schatten auf einem Kissen gemütlich gemacht hatte, zog sie verwundert die Brauen in die Höhe.

»Was macht der Hund hier?«, fragte sie Eve, doch die winkte ab.

»Später, ja? Setz dich.« Eve schob Bobby auf einen Stuhl, besorgte ihr ein Bier und ermahnte Amanda und Mayla, nicht so laut zu sein. Als Jenny auftauchte, winkte Mayla sie direkt begeistert neben sich und sofort waren die drei Mädchen wieder in irgendein Thema vertieft.

»Ich wusste nicht, dass Jenny hier schon Anschluss gefunden hat«, sagte Eve, als sie sich neben Bobby setzte und sich ein Glas Wein eingoss.

»Ist doch gut, oder nicht? So geht sie uns wenigstens nicht auf die Nerven.« Bobby vermied Augenkontakt, was Eve abermals stutzig werden ließ. Ihr Gefühl sagte ihr, dass irgendwas in Oklahoma City vorgefallen war. Erst das merkwürdige Telefonat mit Bobby, dann ihre Abwehrhaltung, als Eve Jenny erwähnte. Und der harte Sex, mit dem Bobby sie überfallen hatte, bevor sie gefahren war. Sie wollte nicht schon wieder fragen, ob alles in Ordnung war. Sich nicht wie eine eifersüchtige Ehefrau aufführen, sich nicht verrückt machen lassen, nur weil sie eventuell etwas paranoid war. Aber da gab es ja noch das Gras, was sie bei Jenny gefunden hatte und diese Tatsache konnte sie leider nicht ausblenden.

»Kerry und Matt kommen auch«, sagte Eve betont fröhlich und merkte, wie sich Bobby sichtlich entspannte.

»Das ist schön.« Bobby lächelte. »Ich bin froh, endlich wieder unter normalen Menschen zu sein.« Sie schluckte und senkte den Kopf.

»Was ist passiert?«, fragte Eve sie unverblümt. Sie spürte doch, dass irgendwas nicht stimmte.

Bobby antwortete nicht sofort, doch als sie Eve ansah und versuchte tapfer zu lächeln, glitzerten Tränen in ihren Augen.

»Es ist alles gut. Ich bekomme wohl meine Periode oder so.« Sie lachte, aber es war kein ehrliches Lachen. »Ich habe mich einfach nur wahnsinnig über einige Leute dort aufgeregt, weißt du? Diese bornierten Halbaffen, die denken, das Recht ist nur auf Seite der weißen Rasse und alles *Abnormale* hätte den Tod verdient.«

»Das hat dich früher auch nicht gekümmert«, antwortete Eve, doch ehe Bobby etwas erwidern konnte, trafen Kerry und Matt ein.

Sofort sprangen Eve und Bobby auf und begrüßten ihre Freunde. Kerry gehörte mittlerweile einfach dazu, auch wenn sie sich erst kurze Zeit kannten. Aber sie war so perfekt für Matt und dazu ein so lieber und aufrichtiger Mensch, dass man nicht anders konnte, als sie gernzuhaben. Matt bekam leuchtende Augen, als er den Berg Fleisch sah, den Archie mittlerweile gegrillt hatte.

»Setzt euch und greift zu«, meinte Eve lachend. »Nicht, dass Matt uns vor Hunger umfällt.«

Das ließ der Tierarzt sich nicht zweimal sagen und langte zu, als hätte er die letzten Monate auf einer einsamen Insel verbracht. Grinsend und überaus zufrieden sah er in die Runde.

»Archie kann zwar nicht viel, aber im Grillen ist er ein Meister!«, sagte er schmatzend und bekam im selben Moment eine flache Hand am Hinterkopf zu spüren, die ihn zusammenzucken ließ. »Beth«, nuschelte er vergnügt. »Natürlich besitzt Archie auch noch andere Talente, aber ich bin mir nicht sicher, ob ich die kennenlernen möchte.« Er duckte sich, ehe Beth erneut zuschlagen konnte.

Scherzhaft drohte sie ihm mit dem Finger, während die anderen sich vor Lachen ausschütteten. Alle - bis auf Bobby. Das schlechte Gewissen nagte an ihr. Sollte sie Eve die Wahrheit sagen oder wäre es egoistisch? Es war ja im Grunde nicht wirklich etwas passiert. Sie hatte Jenny geküsst und gemerkt, dass es nicht das war, was sie wollte. Aber was wäre gewesen, wenn ihr der Kuss gefallen hätte? Wäre sie bereit gewesen, mit Jenny zu schlafen? Eve zu betrügen und all das hier zu verlieren? So gerne Bobby es wollte, sie konnte es nicht mit Gewissheit verneinen. Sie spürte Eves Hand auf ihrem Schoß und lächelte traurig. Vor der ganzen Sache war sie sich nicht bewusst gewesen, wie tief ihre Liebe zu Eve wirklich reichte. Dass diese Frau alles war, was sie wollte. Ein ganzes Leben und weit darüber hinaus. Bobby schüttelte sich kaum merklich und knibbelte, wie immer, wenn sie nervös war, das Etikett ihrer Bierflasche ab. Genau das war es, was ihre Panik auslöste. Die tiefe Liebe zu Eve, der Wunsch, nie wieder etwas anderes zu machen, als mit ihr zusammen zu sein. Kinder ... ja, vielleicht auch das. Denn wenn Bobby ehrlich war, konnte sie sich nichts Schöneres vorstellen, als eine Baby-Eve im Arm zu halten. Sie musste reinen Tisch machen, denn anders war eine solche Zukunft unvorstellbar. Es ging nicht nur darum, ihr eigenes Gewissen zu erleichtern, sondern Eve mitzuteilen, welche Ängste sie hatte. Was für Probleme so ein Leben mit sich brachte, denn darüber dachte Eve scheinbar nicht nach.

»Du warst heute in der Praxis?«, hörte Bobby Matt sagen.

»Ja«, antwortete Eve und warf Bobby einen Seitenblick zu, die sich sofort versteifte.

»Es hat was mit Jackson zu tun, stimmt's?«, fragte sie. »Ich habe schon eine Weile gemerkt, dass etwas mit ihm nicht stimmt.«

»Lass uns nicht jetzt darüber reden«, bat Eve, doch Bobby winkte ab.

»Er ist alt, Eve. Ich arbeite auf einer Ranch, ich weiß, dass Tiere irgendwann sterben. Was hat er?«

»Krebs«, erwiderte Eve knapp und sah, wie Bobby schluckte.

Sie nickte, sagte aber nichts. Eve brach es fast das Herz. Bobby zeigte ihre Gefühle ungern öffentlich und kehrte Probleme lieber unter den Tisch. Doch diesmal würde sie sich damit auseinandersetzen müssen - ob sie wollte oder nicht.

»Das tut mir leid«, sagte Matt mitfühlend. Auch er wusste, was dieser Hund Bobby bedeutete. »Wie lange noch?« Eve zuckte mit den Schultern.

»Schwer zu sagen. Ein paar Tage, würde ich sagen. Höchstens einen Monat.«

»Ich werde es tun«, warf Bobby entschlossen ein. »Wenn ihn einer erschießt, dann sollte ich es sein.«

Betretendes Schweigen machte sich am Tisch breit, alle Augen waren schockiert auf Bobby gerichtet.

»Bobby, ... hier wird niemand erschossen. Wir leben nicht im Wilden Westen«, sagte Eve mit fester Stimme und nahm die Hand ihrer Partnerin in die eigene. »Ich habe alle nötigen Mittel bereits aus der Praxis mitgenommen. Wir werden Jackson einen würdigen Abschied gewähren.«

»Das ist gut.« Bobby lächelte dankbar und atmete tief ein. Sie kämpfte mit den Tränen und war wütend, dass diese Scheiße jetzt auch noch auf sie zukam.

Selbst jetzt war Eve die Kultivierte. Ganz Tierärztin hatte sie an alles gedacht, während Bobby die herkömmliche Weise für einen Arbeitshund gewählt hätte. Was war sie nur für ein Mensch? Je mehr sie sich hineinsteigerte, desto weniger konnte Bobby sich leiden. Frustriert nahm sie sich ein neues Bier, um die fiesen Gedanken für heute fortzuspülen.

Die Jugendlichen waren schon lange in ihren Hütten, Jenny hatte sich auch bereits verabschiedet. Auch Beth und Archie waren gegangen und als sie nur noch zu viert waren, unterbreitete Matt seine Neuigkeit.

»Kerry und ich ... na ja, wir beide ...« Er wurde rot wie ein Schuljunge und sah sie zärtlich an.

»Was er versucht zu sagen«, übernahm Kerry das Wort, »Matt hat mich gefragt, ob ich seine Frau werden will und ich habe ja gesagt.«

»Tada«, warf Matt ein. »Überraschung!«

»Oh, mein Gott«, rief Eve. »Das sind die tollsten Neuigkeiten seit langem.« Sie erhob sich und drückte die beiden ganz fest an sich.

»Herzlichen Glückwunsch«, lallte Bobby etwas und prostete den beiden zu. »Endlich machst du mal Nägel mit Köpfen, Alter. Wurde ja auch mal Zeit.«

»Kerry ist einfach die Richtige und ich wäre doch dumm, sie wieder gehen zu lassen, oder?«. Matt legte seiner Verlobten zärtlich einen Arm um die Schultern. »Wir haben sogar schon ein Haus in Aussicht. Ich weiß, es geht alles ziemlich schnell, aber wenn man sich sicher ist, sollte man zugreifen, oder? Ich wusste vom ersten Moment, dass ich meine Zukunft mit ihr verbringen möchte, also warum noch warten? Wir wollen Babys - ich will ganz viele Babys von ihr, alle mit roten Haaren.«

»Du bist so betrunken, Darling, es ist ein klein wenig peinlich«, meinte Kerry grinsend, und Eve gluckste vergnügt.

»Gewöhn ihm das bloß nicht ab«, sagte Bobby eine Spur zu laut. »Ich brauche meinen Saufkumpanen. Wobei mir einfällt, wann haben wir eigentlich das letzte Mal eine Sautour veranstaltet? Guck uns an. Du bist bald verheiratet und ich bin mit Eve zusammen - was einer Ehe gleichkommt. Du willst Kinder, Eve auch - dann macht doch welche ...« Bobby stockte, schloss die Augen und schüttelte den Kopf. »Nein, wartet. Du sollst natürlich keine Kinder mit Eve machen, die mache ich mit Eve.«

Sie lachte plötzlich los.

»Ich glaube, ich bin auch ein bisschen betrunken.«

»Ein bisschen ist gut«, murmelte Eve betreten und sah Kerry hilfesuchend an, die den Wink sofort verstand.

»Es war wie immer schön bei euch, ihr Lieben. Wir wollen kein großes Aufsehen um unsere Verlobung veranstalten, aber wir vier gehen demnächst schick essen, ja?« Sie stand auf und zog Matt auf die Beine, der verständnisvoll, im Suff vereint, an Bobbys Lippen hing. »Komm Schatz, lass uns fahren. Es ist spät.«

»Es ist zu spät, da hast du recht«, nuschelte Bobby und Matt wollte schon wieder darauf anspringen, doch Kerry schaffte es gemeinsam mit Eve, ihn aus dem Haus zu bringen und sicher ins Auto zu verfrachten.

Danach versuchte Eve, ihre eigene Schnapsdrossel ins Schlafzimmer zu verfrachten, was sich schwerer gestaltete, als Eve es für möglich gehalten hatte. Bobby redete ununterbrochen wirres Zeug, heulte, lachte dann wieder und faselte irgendwas, was Eve nicht verstand. Und doch merkte sie, dass Bobby vom Grund ihres Herzens etwas belastete.

Um Schlaf zu finden, hatte sich Eve in ein anderes Zimmer zurückgezogen. Bobbys Schnarchorgie war kaum zu ertragen, doch Eve nahm es ihr nicht übel. Am Morgen ließ sie Bobby schlafen und räumte unterdessen die Überbleibsel des Barbecues auf. Dabei beobachtete sie, wie Jenny sich aus dem Haus schlich, zu ihrem Wagen ging und diesen akribisch durchwühlte.

»Suchst du das hier?«, fragte Eve, die ihr hintergegangen war, und hielt die Tüte mit dem Marihuana in die Höhe.

Jenny wurde knallrot, rang kurz nach Fassung, doch dann baute sie sich vor Eve auf und sah sie herausfordernd an.

»Ja, genau das suche ich! Ich hoffe, du hattest einen guten Grund, um in meinen Sachen zu schnüffeln.«

»Das ist ja wohl Grund genug«, gab Eve zurück. »Wir hatten dir gesagt, dass wir keine Drogen dulden.«

»Jetzt hab dich nicht so. Ich bin keine von euren Schützlingen«, sagte Jenny und riss Eve das Tütchen aus den Händen. »Ich bin erwachsen, das ist nur Pott, also krieg dich wieder ein, Eve.«

»Es ist mir egal, was es ist. Das wird Konsequenzen haben. Entweder du lässt das Zeug verschwinden oder du kannst deinen Kram packen und verschwinden!« Eve war auf hundertachtzig. So viel Kaltschnäuzigkeit war ihr noch nie begegnet.

»Zum Glück bist du nicht die Einzige, die hier was zu sagen hat.« Jenny grinste verschlagen. »Ich denke, Bobby wird es nicht so eng sehen.«

»Sei dir da nicht so sicher!«

»Ohh, ich bin mir ziemlich sicher, Eve. Wenn du mich jetzt bitte entschuldigst.« Sie lächelte Eve dreist ins Gesicht, machte auf dem Absatz kehrt und lief zurück ins Haus. Eve bebte vor Zorn. Sobald Bobby wach und aufnahmebereit war, hatten sie dringenden Klärungsbedarf!

Bobby wurde eine Stunde später wach, doch angesichts des pochenden Schmerzen hinter ihrer Stirn, schloss sie die Augen schnell wieder. Unter Stöhnen ließ sie den vergangenen Abend Revue passieren und schämte sich in Grund und Boden. Es kam so gut wie nie vor, dass sie sich derart gehen ließ und zu tief ins Glas schaute, umso peinlicher war es ihr. Wie gut, dass sie in Matt einen Leidensgenossen hatte!

Die Türe öffnete sich einen Spalt und Eve schob ihren blonden Kopf herein. Bobby blinzelte.

»Ich habe Kopfschmerzen«, jammerte sie, bekam als Reaktion jedoch nur ein Grinsen.

Eve kam ganz ins Zimmer, öffnete die Vorhänge und riss die Fenster auf, was Bobby mit einem weiteren Jammanfall quittierte.

»Du bist so grausam«, schimpfte sie. »Grausam und herzlos!«

»Und du bist eine Schnapsdrossel.« Eve lächelte, beugte sich zu Bobby hinunter und gab ihr einen Kuss auf die Stirn. »Möchtest du eine Aspirin?«

»Nein, danke. Ich möchte, dass du wieder ins Bett kommst. Wir bleiben heute einfach den ganzen Tag hier liegen, wie klingt das?« Bobby sah Eve herausfordernd an und strich ihr zärtlich eine Strähne aus dem Gesicht.

»Klingt verlockend, aber ...« Noch bevor Eve ihren Satz beenden konnte, hatte Bobby sie gegriffen und mit einem Ruck ins Bett gezerrt.

Lachend rollte sich Eve von ihr runter, legte sich neben sie und schloss Bobby in die Arme. Auch wenn sie unter diesen Umständen geputzte Zähne besser gefunden hätte, ließ sie zu, dass Bobby sie herzhaft küsste.

»Habe ich sehr dummes Zeug geredet?«, fragte sie zerknirscht.

»Alles gut.« Eve lächelte. »Außer, dass du vorgeschlagen hast, Matt solle mir ein Kind machen ...«

Bobby stöhnte lachend und verbarg ihr Gesicht an Eves Brust.

»Ich schwöre, ich trinke nie wieder Alkohol«, sagte sie. »Zumindest nicht in Gesellschaft.«

»Tut mir leid wegen Jackson. Ich wünschte, ich könnte mehr für ihn tun.« Eve ließ ihre Finger über Bobbys Rückgrat gleiten und spürte, wie Bobby erschauderte.

»Ich weiß«, sagte sie leise. »Aber er ist schon alt und hatte ein schönes Leben. Eddy hat ihn sehr geliebt, die beiden besaßen eine ganz besondere Bindung.« Ihr Blick wurde glasig. »In einem Jahr hatten wir einen schweren Tornado und Eddy war mit Jackson auf den Weiden. Ein Blitz schlug in einen Baum ein und verletzte die beiden. Eddy war bewusstlos und obwohl Jacksons rechte Seite halb aufgerissen war, kämpfte er sich durch den Sturm und holte Hilfe. Er wäre damals fast gestorben und muss unmenschliche Schmerzen gelitten haben, trotzdem rettete er seinem Herrchen das Leben.«

Eve wischte sich verstohlen eine Träne aus dem Augenwinkel. Sie liebte es, Geschichten über ihren verstorbenen Onkel zu hören, so fühlte sie sich - ohne ihn jemals kennengelernt zu haben - mit ihm verbunden.

»Wir werden ihm die letzten Tage wunderschön gestalten.«

»Ja, das werden wir.« Bobby küsste Eve wieder und sah sie dann an. »Du hast noch etwas anderes auf dem Herzen, oder?«

»Um ehrlich zu sein ... es geht um Jenny.« Eve spürte, wie Bobby sich augenblicklich etwas versteifte. »Ich habe Gras bei ihr gefunden, und nicht gerade wenig. Ich weiß, ich weiß, ich hätte nicht in ihr Zimmer gehen sollen, aber wir tragen hier die Verantwortung und ...«

»Ich rede mit ihr«, unterbrach Bobby sie. »Mach dir keine Sorgen, es ist nur Gras. Ich will das nicht schönreden, aber es gibt Schlimmeres.«

»Gut.« Eve nickte, auch wenn sie nicht völlig überzeugt war. Aber der Tag war einfach zu schön und sie wollte nicht streiten.

»Also ...«, Bobby richtete sich auf, stützte sich auf einen Arm und knöpfte mit der freien Hand Eves Bluse auf, »was machen wir zwei Hübschen heute? Wie wäre es mit einem ausgiebigen Bad? Ich kann mich später um die Arbeit kümmern.«

»Oder ...« Eve richtete sich ebenfalls auf, »du huschst schnell unter die Dusche und wir machen ein spontanes Picknick. Du musst heute nicht arbeiten, ich habe alles organisiert.«

»So viel dann zu spontan.« Bobby legte sich zurück aufs Kissen und lachte aus vollstem Hals. »Du bist einfach super. Wohin geht es denn?«

»Ich dachte an die alte Scheune, du weißt schon welche.«

»Oh ja. Wo du mich damals gefunden hast, als ich den Unfall hatte und ich mich die ganze Zeit verfluchte, weil ich zu verletzt war, dich an Ort und Stelle flachzulegen. Gib es zu, du hast dich damals mit Absicht vor mir ausgezogen.« Bobby grinste und zwinkerte Eve zu.

»Entschuldige bitte, aber du brauchtest eine Schlinge und meine Bluse war das Einzige, was ich zur Verfügung hatte. Außerdem hättest du mich so oder so nicht flachlegen können. Du warst ein Scheusal und ich fand dich furchtbar.« Lachend sprang Eve aus dem Bett, als Bobby ein Kissen nach ihr warf. »Los, steh auf, ich bereite alles vor. Sollen wir Jackson mitnehmen?«

»Eine schöne Idee.«

Eve nickte zufrieden und war schon halb zur Türe raus, als Bobby sie zurückhielt.

»Ich liebe dich, weißt du das?«

»Und ich liebe dich, auch wenn du ein Scheusal bist.« Lächelnd verließ Eve das Zimmer und Bobby schluckte schwer.

»Und was für ein Scheusal«, murmelte sie.

Kapitel 7

Manchmal kam es ganz gelegen, dass sie nicht zu den spontansten Menschen der Welt gehörte, immerhin hatte es Bobby heute einen freien Tag verschafft. Eve lächelte, als sie einen Korb mit dem Essen füllte, was sie vorbereitet hatte. Sie wusste, dass es auf einer Ranch dieses Ausmaßes eigentlich keine freien Tage gab, doch sie beide mussten lernen, Dinge zu delegieren, wenn ihre Beziehung nicht zu kurz kommen sollte. Eve dachte an den Tag zurück, als sie vor etwa drei Jahren den Entschluss fasste, Chicago zu verlassen und herzuziehen. Sie hatte diesen Schritt nie bereut, aber sie hatte gemerkt, dass dieses Leben weit mehr von ihrem Privatleben fraß, als jemals zuvor. Jetzt, da sie endlich ein Privatleben hatte. Bobby war immer noch die Vorarbeiterin, doch warum eigentlich? Sie war die Chefin, sie könnte jederzeit einen der Männer dazu ernennen und sich selbst etwas zurücknehmen. Sie müsste nicht mehr alles selbst machen, sich nicht mehr um jeden kaputten Weidezaun kümmern. Doch genau das tat sie. Lieber gab sie den Männern am Wochenende frei und kümmerte sich selbst um alles, anstatt jemanden dafür zu bezahlen.

Eve merkte, dass Bobby etwas auf der Seele brannte. Etwas war vorgefallen, doch sie würde warten. Darauf warten, bis Bobby von sich aus redete. Während sie über einiges nachdachte, schnitt sie Hühnerfleisch für Jackson klein. Er hatte gestern schon nichts gefressen und sie hoffte, er würde es heute tun. Er hatte keine

Wochen mehr, das hatte Eve nur gesagt, um Bobby nicht noch mehr aufzuregen.

»Hier, mein Freund«, sagte sie zu dem Rüden, der wieder auf der Couch lag und Eve anblinzelte.

Er schnupperte am Fresschen, ignorierte es aber und blickte Eve von unten herauf aus seinen braunen Augen an. Sie spürte, dass er nicht mehr wollte und es brach ihr fast das Herz.

»Ist schon gut, ich weiß«, sagte sie und setzte sich neben ihn, legte seinen Kopf auf ihren Schoß und streichelte ihn. »Eddy wartet bestimmt schon auf dich, Jackson, aber Bobby ist sehr traurig, wenn du jetzt schon gehst. Kannst du nicht noch etwas durchhalten?«

Der Hund leckte ihre Hand und sah sie wieder an. Eve schluchzte auf und drückte ihn an sich.

»Ist schon gut«, hörte sie plötzlich Bobbys Stimme hinter sich. »Lass es uns heute machen. Wir nehmen ihn mit, lassen ihn einschlafen und beerdigen ihn dort, wo er damals Eddy das Leben rettete.« Sie setzte sich zu den beiden auf die Couch und hatte ebenfalls Tränen in den Augen, doch sie lächelte. »Eve, halte ihn nicht am Leben meinetwegen. Wir sollten ihn gehen lassen.«

Eve drückte Bobbys Hand und nickte.

»Das ist eine wundervolle Idee«, sagte sie und atmete tief durch. »Es geht mir immer nah, wenn ich ein Tier erlösen muss, aber bei Jackson ist es besonders schlimm. Wie fühlst du dich?«

»Es ist okay, wirklich.«

»Bobby,…«

»Nein, es ist wirklich in Ordnung. Ich weiß zu schätzen, was du versuchst, aber Jackson ist alt und wie du schon sagtest, Eddy vermisst ihn.«

Warum redete diese Frau nie? Manchmal machte es Eve zu schaffen, dass Bobby ihre Gefühle für sich behielt und nicht darüber sprach, was sie bedrückte.

»Gut, dann pack ihn ins Auto, ich komme nach.« Sie strich Jackson über die grau gewordene Schnauze, erhob sich und gönnte Bobby und dem Hund ein paar letzte, gemeinsame Minuten. Bevor sie das Zimmer verließ, beobachtete sie noch einige Sekunden, wie Bobby leise auf Jackson einredete und ihn dabei fest im Arm wiegte. Wahrscheinlich tauschten sie Geschichten über Eddy aus. Geschichten, an denen Eve nicht teilhatte. Diese Frau besaß ein Herz, so groß wie alle Ozeane zusammen, und doch verschloss sie sich.

Mit hängenden Schultern holte Eve die Medikamente, die sie für die Euthanasie brauchte, ebenso ihr Stethoskop und eine Schaufel. Sie hatte sich einen friedvollen Tag gewünscht, nun, das würde er vermutlich auch werden, allerdings so ganz anders, als sie geplant hatte.

»Eddy hatte Jackson als Welpen bekommen und er wurde zu seinem besten Freund. Er war der treuste Gefährte, den sich ein Mensch nur vorstellen kann.« Bobby hob ein Glas und kippte den Inhalt auf das frische Grab. »Ruhe in Frieden, mein Freund!«

»Er wird jetzt mit Eddy wieder über Weiden rennen, ganz ohne Angst vor Tornados haben zu müssen«, sagte Eve. »Leb wohl, Jackson!« Auch sie kippte den Inhalt ihres Sektglases auf das Grab, welches sie zuvor ausgehoben hatten. Bobby hatte einen großen, hübsch geformten Stein gefunden und zusammen mit Jacksons Halsband auf das Grab gelegt.

»Das Ende einer Ära. Danke, dass wir es so gemacht haben.« Sie küsste Eves Hand, die sie die ganze Zeit festgehalten hatte. »Lass uns zur Scheune fahren. Du hast dir so viel Mühe mit der Planung gegeben und ich habe noch so einiges mit dir vor.« Ihre unterschiedlich braunen Augen blitzten, wenngleich ein Hauch von Schmerz in ihnen lag.

»Bist du dir sicher? Wir könnten auch zurück ...«

»Eve! Schluss jetzt!«, sagte Bobby fast wütend. »Du hast dir bei dem Tag was gedacht und wir ziehen das jetzt durch. Es geht mir gut, also bitte hör auf, mich zu bemuttern und es mir recht machen zu wollen. Eve, wir beide - wir sollten mal wieder zu unserer alten Form zurückfinden. Ich kenne dich in- und auswendig, und du mich. Wir wissen doch, wie wir ticken. Es geht doch darum, dass wir zwei mal wieder mehr Zeit für uns haben, oder?«

Eve grinste. Bobby sprach die Gedanken aus, die Eve am Morgen hatte. Sie waren wirklich ein gutes Team.

»Wir sollten reden«, sagte sie, doch Bobby schüttelte entschieden den Kopf.

»Willst du reden oder willst du bei mir sein?«

»Okay, wir ziehen erst dein Vorhaben durch und dann, wenn du Lust hast, reden wir.« Eve lächelte, zog Bobby am Kragen ihres T-Shirts zu sich und ließ die Zunge zwischen ihre Lippen gleiten.

Engumschlungen und verschwitzt lagen sie nackt in der alten Scheune. Bobby streichelte versonnen Eves Brust. Warum war alles immer so kompliziert? Sie waren ein tolles Paar, das in fast jeder Lebenslage perfekt harmonierte. Bobby beschloss, ihren Fast-Seitensprung nicht zu beichten, es würde alles zerstören. Sie war bereit, den nächsten Schritt zu tun, was für sie bedeutete, sich wieder mehr Zeit für sich und ihre Beziehung zu nehmen. Sie spielte seit dem Vorfall auf der Auktion mit dem Gedanken, in Zukunft einen anderen Vorarbeiter zu ernennen und sich komplett von solchen Veranstaltungen fernzuhalten.

»Wir sollten darüber nachdenken, ob es nicht ratsam wäre, einen anderen Vorarbeiter einzustellen«, sagte sie und Eve lachte leise.

»Denselben Gedanken hatte ich auch.« Sie schmunzelte, richtete sich auf und griff nach einem Stück Käse, was sie Bobby in den Mund schob. »Hast du jemanden im Auge?« Eine Weintraube folgte.

»Keith«, nuschelte Bobby mit vollem Mund. »Was meinst du? Er ist am längsten dabei, hat keine Familie, er lebt ja fast bei uns.«

»Mmh, und sein Verfahren? Du weißt, ich mag Keith, aber wenn man ihn schuldig spricht, geht er für wenigstens drei Jahre in den Knast.«

»Ich weiß.« Bobby seufzte. »Er ist ein guter Kerl, aber leider mit einem zu hohen Aggressionspotenzial.« Sie tippte sich gegen die Nase, während ihr Eve weiterhin Käse, Weintrauben und Brot in den Mund stopfte. »Ich denke, wir fassen ihn trotzdem erst einmal ins Auge.«

Sie leckte sich über die Lippen und leerte ihr Sektglas. »Aber jetzt bist du fällig.«

»Schon wieder?« Eve tat empört und bedeckte sich notdürftig mit ihren Armen.

»Solange du noch quieken kannst, Baby.« Bobby lachte und strich Eve durch die blonden Haare, die ihr wirr ins Gesicht hingen.

Dann fuhren ihre Hände weiter durch Eves Gesicht, zu ihrem Schlüsselbein, bis sie die Brüste erreichten und diese streichelten. Bobby ließ ihr Gegenüber nicht aus den Augen, als sie mit dem Daumen über die aufgerichteten Nippel strich. Eves Blick wurde glasig und sie warf den Kopf in den Nacken. Bobby lächelte. Sie liebte es, wenn ihre wundervolle Eve vor Lust fast verging. Eine Hand ließ sie dort, wo sie war, die andere wanderte weiter, bis sie die feuchte Quelle gefunden hatte. Eve stöhnte auf, als Bobby ihre Finger zuerst langsam kreisen ließ und sie dann zärtlich einführte. Einen Moment wartete sie ab, bis Eve ihr Becken wie von selbst um die Finger bewegte. Bobby drückte sie in das warme Heu, teilte Eves Lippen mit ihrer Zunge und bewegte langsam ihre Finger. Dabei ließ sie ihren Daumen um die empfindliche Perle gleiten, bis sich Eve vor Lust aufbäumte, in Bobbys dunkle Locken griff und den Höhepunkt erreichte. Wieder und wieder, bis sie irgendwann um Ruhe bettelte.

Am nächsten Morgen nahm sich Bobby als Erstes Jenny zur Brust und stellte sie zur Rede. Doch wie zu erwarten, reagierte das Mädchen auf die Ermahnung alles andere als ernst.

»Was willst du machen, Bobby? Mich rausschmeißen?«

»Wenn du so weiter machst, ja«, gab Bobby zurück. »Du weißt, dass wir gewisse Auflagen haben.«

Jenny zuckte nur ungerührt mit den Schultern und zündete sich eine Zigarette an.

»Weiß Eve eigentlich von uns?«, fragte sie und warf Bobby einen Blick unter ihren dichten Wimpern heraus zu.

»Es gibt kein uns!« Bobbys Gesicht wurde grimmig. Sie ahnte, worauf das hinauslief. Ihr Fehler, Jenny zu unterstützen, würde sich jetzt bitter rächen.

»Ach nein?« Jenny hob erstaunt die Brauen und trat einen Schritt näher an Bobby heran. »Du willst also sagen, du findest mich nicht geil, würdest nicht gerne mit mir ins Bett steigen und hast mich nicht geküsst?«

Bobby schluckte.

»Du weißt, warum ich dich geküsst habe«, zischte sie.

»Ach ja, um herauszufinden, ob du deine Eve noch liebst.« Jenny lachte. »Wie armselig. Du musst erst eine andere Frau küssen, um zu wissen, dass du deine eigene Frau noch attraktiv findest. Weißt du, wer so etwas macht, Bobby? Scheiß hinterhältige Kerle!«

»Du hast recht, es war eine saublöde Aktion. Aber ich bin auch nur ein Mensch und war geistig etwas umnachtet. Es tut mir leid, für dich und für Eve. Ich bitte dich einfach, dass mit den Drogen zu lassen. Wenn das Jugendamt herausbekommt, dass hier Drogen konsumiert werden, verlieren wir die Kids.«

114

Jenny kaute an ihrer Unterlippe.

»In Ordnung«, lenkte sie ein. »Es wäre toll, wenn ich in eine von den Hütten ziehen darf. Auf Dauer nervt es mich, bei euch im Haus zu wohnen. Ich möchte Eve einfach aus dem Weg gehen.«

»Okay. Es ist noch eine frei, die kannst du haben«, sagte Bobby und dachte ernsthaft, das Thema sei damit vom Tisch.

Eve sah aus der Ferne zu, wie Jenny ihre Habseligkeiten in eine Schubkarre packte und zu den Hütten brachte.

»Hältst du das für eine gute Idee?«, fragte sie Bobby, die sich mit verschränkten Armen dazu gesellte und sich an die Hauswand lehnte.

»Das wird sich noch herausstellen, etwas anderes fiel mir auf die Schnelle nicht ein.«

»Du hättest sie rauswerfen können«, gab Eve zu Bedenken, doch Bobby schüttelte den Kopf.

»Wir probieren es erst einmal so. Mach dir keine Sorgen, es wird schon gutgehen.« Bobby stieß sich von der Wand ab und ließ Eve alleine. Sie hoffte, dass ihre Worte der Realität entsprachen, denn sonst hatte sie ein ernsthaftes Problem!

Die nächsten Wochen blieben ruhig - zu ruhig, für Eves Geschmack. Jenny zeigte sich handzahm und fügsam, doch Eve fiel auf, dass sie neuerdings ständig über Müdigkeit klagte. Außerdem hatte das Mädchen ordentlich an Gewicht zugelegt - ihre Brüste wurden geradezu monströs groß, was auch den anderen Arbeitern nicht unbemerkt blieb. Eve vermutete, dass Jenny etwas mit Keith, dem neuen Vorarbeiter, am Laufen hatte, denn sie hatte beobachtet, wie er aus ihrer Hütte kam. Das stieß ihr zwar auf, dennoch war sie froh, dass sich ihre Angst, Bobby und Jenny könnten etwas miteinander haben, in Luft auflöste.

Bobby trug Eve buchstäblich den Hintern nach und verwöhnte sie, wo sie nur konnte. Auch wenn Eve die Zuwendungen genoss, blieb ein gewisser Zweifel. So ein Verhalten passte nicht zu Bobby, doch immer wenn sie darauf zu sprechen kam, winkte Bobby ab oder brachte Eve mit einem Kuss zum Schweigen. An ihrem Jahrestag - der Tag, an dem sie drei Jahre zuvor zum ersten Mal miteinander geschlafen hatten, also einen Tag nach Eves Geburtstag - flogen sie zu einer spontanen Shopping-tour nach New York, inklusive Musicalbesuch auf dem Broadway, bei dem Bobby einschlief.

Im August geschah dann das, worauf Eve die ganze Zeit gewartet hatte: Der Sturm nach Ruhe!

Amanda war dafür eingeteilt, mit Eve die Wochenein-käufe zu erledigen, doch sie erschien morgens nicht. Als Eve nach ihr sah, lag diese noch im Bett und schlief den Schlaf der Gerechten. Auch mehrmalige Weckversuche konnten Amanda nicht aus dem Traumland holen. Eve befürchtete das Schlimmste. Sie kontrollierte den Puls, der zwar schwach, aber regelmäßig war. Von Mayla bekam sie nach einem regelrechten Verhör die Aussage, Amanda nähme seit einiger Zeit irgendwelche Schmerz-pillen und sie hatte es wohl damit übertrieben.

»Was für Schmerzmittel?«, schrie Eve und schüttelte

Mayla unsanft durch.

»Ich weiß es nicht«, jammerte das Mädchen. »Die hat sie von Jenny bekommen.«

Alle Farbe wich aus Eves Gesicht. So schnell sie konnte, alarmierte sie einen Krankenwagen und durchwühlte dann Amandas Sachen. Sie musste nicht lange suchen, das Oxycodon lag unter der Matratze versteckt. Eve schwankte und ließ sich rücklings auf einen Stuhl fallen. Sie hatte es gewusst! Sie hatte es von Anfang an gewusst und nun steckten sie in Teufels Küche. Nicht nur, dass Jenny bewusst das Leben eines jungen Mädchens aufs Spiel gesetzt hatte, nein, auch alles, was Eve und Bobby aufgebaut hatten.

»Mayla, bist du so gut und holst Bobby?«, sagte sie tonlos und besann sich dann. »Danke, dass du es mir gesagt hast.« Sie drückte das weinende Mädchen an sich.

Der Krankenwagen fuhr auf den Hof und zog alle Aufmerksamkeit auf sich. Sowohl Beth, als auch Bobby rannten, so schnell sie konnten, zu den Hütten, dicht gefolgt von den Sanitätern. Sobald die Männer eingetroffen waren, berichtete Eve in kurzen, präzisen Worten, was sie wusste. Da niemand sagen konnte, wie viel sich Amanda eingeworfen hatte, wurde sie in den Krankenwagen verfrachtet und ins Krankenhaus gebracht. Beth begleitete sie dabei, denn Eve stand nun die schwere Aufgabe bevor, die Eltern des Mädchens zu informieren und sie konnte sich lebhaft vorstellen, was die von der Aktion hielten.

Sie machte sich schreckliche Vorwürfe. Wie konnte so

ein Desaster unter ihrer Aufsicht passieren? Eve war so zornig, dass sie Bobby nicht mal ansehen konnte. Wie oft hatte sie darum gebeten, sie solle dafür Sorge tragen, dass Jenny verschwand? Ihr Gefühl, welches sie von Anfang an hatte, hatte genau ins Schwarze getroffen. Während sie und Bobby ihrem Vergnügen nachgingen, verteilte Jenny fröhlich Drogen! Eve hätte sich am liebsten selbst geohrfeigt. Wie konnte sie nur so verantwortungslos sein?

»Eve, red mit mir«, sagte Bobby und berührte Eve leicht an der Schulter.

»Jetzt nicht. Ich bin gerade so wütend, dass ich Angst habe, ich sage etwas, was mir hinterher leidtut. Ich muss Amandas Eltern anrufen. Du regelst das jetzt mit Jenny, verstanden? Auf der Stelle! Sie kann froh sein, dass ich ihr nicht die Polizei auf den Hals hetze.«

Bobby war auf hundertachtzig, als sie loszog und die nichtsahnende Jenny in den Pferdeställen fand, wo sie lässig vor einer Box saß und genüsslich einen Joint paffte. Am liebsten hätte Bobby ihr die Kippe aus dem Mund geschlagen, stattdessen kam sie lautstark direkt zur Sache.

»Bist du eigentlich noch bei Trost?«, brüllte sie, was die Pferde in ihren Boxen dazu veranlasste, einen Schritt zurückzuweichen. »Soeben wurde Amanda abgeholt und ins Krankenhaus gebracht, weil sie durch deine Scheißtabletten bewusstlos in ihrem Bett lag.« Ihr Körper bebte vor Zorn.

»Bitte was?« Jenny lachte kurz auf. »Das soll wohl ein Witz sein? Komm mal runter, Bobby.«

»Komm mal runter? Komm mal runter?« Bobby schnaufte. »Was läuft eigentlich falsch bei dir, mh? Berühren sich in deinem Kopf irgendwelche Drähte, oder so? Ich hatte dir gesagt, du sollst das mit den Drogen lassen und was tust du? Nicht nur, dass du dir jetzt in diesem Moment vor mir einen Joint rauchst, nein, du hast den Kids irgendwas vertickt.«

Jenny erhob sich, warf den Joint auf den Boden und trat ihn mit dem Fuß aus. Beschwichtigend hob sie die Hände.

»Amanda hatte starke Periodenschmerzen und fragte mich, ob ich ein Schmerzmittel habe. Ich hatte aber nur das Oxy, also gab ich ihr eine davon.«

»Eine? Sie hatte ein ganzes Röhrchen in ihrem Zimmer.«

»Davon weiß ich nichts«, antwortete Jenny und zuckte unberührt mit den Schultern. »Dann muss sie die aus meinem Zimmer geklaut haben.«

»Erzähl mir keinen Mist!« Bobby schubste Jenny ein Stück nach hinten und kam ihr bedrohlich näher. »Hast du eine Ahnung davon, was du angerichtet hast? Ihre Eltern werden mit Sicherheit eine Untersuchung verlangen. Eve hat dieses Programm mit viel Mühe aufgebaut, was denkst du, wird das Jugendamt jetzt machen? Sie schließen uns den Laden hier.« Bevor Jenny den Mund öffnen konnte, redete Bobby einfach weiter. »Los, pack deinen Scheiß zusammen und verschwinde! Sollte ich dich je wieder in der Nähe der Ranch sehen, ruf ich die Cops.«

»Bobby ...« Aus Jennys Gesicht war alle Farbe gewichen.

»Nein, nicht mehr Bobby. Die Show zieht bei mir nicht mehr. Hau ab.« Sie riss an Jennys Arm und scheuchte sie aus dem Stall. »Ich gebe dir zehn Minuten. Wenn du bis dahin nicht verschwunden bist, werde ich persönlich nachhelfen«, brüllte sie Jenny nach, die eilig über den Hof stolperte.

Eve kam gerade in dem Moment dazu, um Bobbys letzte Worte zu hören. Als Jenny etwa auf gleicher Höhe mit Eve war, grinste sie herablassend und blieb einen Augenblick stehen.

»Sag mal, Eve, hat Bobby eigentlich jemals mit dir über die zwei Tage bei der Auktion gesprochen? Du brauchst nicht zu antworten, es war eigentlich eine rhetorische Frage, denn sie hat dir bestimmt nicht alles erzählt.«

Eve runzelte die Stirn, hielt aber den Mund.

»Ich meine, über sie und mich und darüber, dass sie ihre Zunge nicht bei sich behalten konnte. Ist dir nie aufgefallen, wie sie mich ansieht? Denk mal drüber nach!«

Als Jenny bemerkte, dass Bobby wutschnaubend im Anmarsch war, suchte sie schnell das Weite. Eve schwankte. In ihrem Kopf drehte sich alles und als Bobby auf sie zuging, hob sie abwehrend die Arme.

»Das ist nicht wahr«, stammelte sie, bevor sie Bobby direkt ins Gesicht schrie: »Sag, dass das nicht wahr ist.«

Kapitel 8

Eve war ins Haus gerannt und stand in gebückter Haltung in der Küche. Sie stützte sich auf der Arbeitsplatte ab, denn sie hatte wirklich das Gefühl, jeden Moment in Ohnmacht zu fallen. Ihr war speiübel.

»Eve ...« Bobby trat ein, wagte aber nicht, sich Eve zu nähern. »Lass es mich erklären. Bitte«, flehte sie.

»Was gibt es da zu erklären?«, fragte Eve mit brüchiger Stimme. »Ich will nur wissen, ob es wahr ist.«

»Ja, das ist es«, gab Bobby zu und schloss die Augen, als sie hörte, wie Eve aufschluchzte.

Ihr Magen krampfte sich zusammen. Sie wollte sich nicht vorstellen, wie Eve sich gerade fühlte, was sie durchmachte. Und das alles hatte sie ihr angetan.

»Glaub mir, ich hasse mich dafür. Ich wollte dir niemals wehtun und es war auch nicht so, wie du denkst.« Was für eine schwache Ausrede. »Ich gebe zu, dass ich mich zu Jenny hingezogen fühlte. Sie hat mich von Anfang an angemacht, und ja, ich fand sie heiß. Als wir zusammen im Hotel waren ... ich hatte versucht, dich zu erreichen. Für einen winzigkleinen Moment dachte ich daran, mit ihr ins Bett zu gehen, aber das bin ich nicht. Ich habe sie geküsst, weil ich mir selbst beweisen wollte, dass du die Einzige bist, die für mich zählt.«

Jedes einzelne dieser Worte traf Eve wie ein Peitschenhieb. Ihr Gehirn war kaum in der Lage, das Gehörte zu realisieren. Der Schmerz, der sich in ihrem Magen ausbreitete und mit eisiger Umklammerung nach ihrem Herzen griff, raubte ihr fast die Luft zum Atmen. Sie zitterte - ob vor Wut, Enttäuschung oder Kälte, konnte sie nicht definieren. Langsam drehte sie sich zu Bobby herum, der das Blut in den Adern gefror, als sie Eves eisigen Blick sah. Keine Tränen, nur dieser starre, ausdruckslose Blick, als wäre etwas in ihr gestorben.

»Und? Hat deine Beweisführung funktioniert?«, fragte Eve völlig ruhig. »Hattest du vor, es mir irgendwann von selbst zu erzählen? Wäre Jenny mit ihrer Aktion nicht aufgeflogen, hättet ihr mich dann weiter an der Nase herumgeführt?«

Bobby konnte nicht antworten, sondern senkte beschämt den Kopf. Sie schluckte, doch ihr Mund war so staubtrocken, dass selbst dieser Reflex Schmerzen verursachte.

»Mir wird so einiges klar.« Eve lachte bitter auf. »Dein Besäufnis, als du nach Hause gekommen bist, dieses Lass-uns-wieder-das-perfekte-Paar-spielen. Ich war wirklich so blöd und dachte, etwas in dir hätte sich geändert. Dass du allen Ernstes daran interessiert bist, unsere Beziehung noch mehr zu festigen.«

»Das war ich ... bin ich«, sagte Bobby kleinlaut. »Eve, ich liebe dich von ganzem Herzen und ich will eine Zukunft mit dir, aber ich ...« Sie seufzte und schüttelte ratlos den Kopf. »Ich habe Panik bekommen. Du hast alles so super im Griff, hast vor nichts Angst. Dieses ganze Projekt hast du aus dem Boden gestampft, weil du klug und stark bist. Dich kann nichts erschüttern. Dein Wunsch nach Kindern hat mir dermaßen zugesetzt, dass ich mich zu Tode geängstigt habe. Ernsthaft, Eve, hast du dir auch nur einen Moment darüber Gedanken gemacht, was es für ein Kind bedeutet, bei zwei Müttern aufzuwachsen? Wir leben nicht in Hippe-Town, sondern in der Wir-hassen-alles-was-anders-ist-Zone. Wie soll ein Kind hier zurechtkommen? Mit zwei Lesben als Mütter? Wir haben es schon schwer genug. An dem Tag, als mich dieser Kerl auf der Auktion so derbe anging, ist mir das erst so richtig bewusst geworden. Man mag uns nicht, Eve! Man duldet uns! Willst du, dass unser Kind nur geduldet wird? Dass man es mobbt oder auslacht, wenn es von seiner Familie erzählt?«

»Wir sind nicht das einzige homosexuelle Paar, das Kinder adoptiert oder bekommt«, entgegnete Eve, schockiert über Bobbys Gedankengänge, die ihr aber auch schon gekommen waren. Nur hätte sie es niemals laut ausgesprochen, weil sie nicht wahrhaben wollte, dass sie in einer Welt lebten, die Toleranz erst noch lernen musste. Jetzt, wo diese Worte im Raum standen, bröckelte Eves rosarote Brille. Tief in ihrem Inneren wusste sie, dass sie sich damit auseinandersetzen musste, dass Bobby absolut recht hatte. Trotzdem ...

»Ich werde für ein paar Tage woanders wohnen«, sagte Eve leise, aber mit fester Stimme. »Ich muss mir darüber klarwerden, wie es jetzt weitergeht und das kann ich nicht, wenn du in meiner Nähe bist. Im Moment ist mir alles zu viel - du bist mir zu viel.«

»Nein«, widersprach Bobby und drückte den Rücken durch. »Ich werde gehen! Niemand sonst kann deine

Arbeit machen, meine aber schon. Du hast diese Ranch in ein Zuhause verwandelt, es gehört dir. Ich weiß, dass du eine Lösung findest, das tust du immer. Weil du Eve bist und ich, na ja, ich bin eben nur eine dumme Landarbeiterin. Du hättest alles machen können, weißt du das? Ich hasse es, dich zu sehen und zu wissen, dass ich dir niemals das bieten könnte, was du verdienst. Deswegen der Ausflug nach New York. Ich will, dass du glücklich bist, Eve.«

Eve starrte Bobby sprachlos mit offenem Mund an und brauchte einige Sekunden, um sich zu sammeln.

»Wieso hast du eine so geringe Meinung von dir?«, fragte sie. »Ich bin glücklich, zumindest war ich es. Im Moment bin ich es nicht, aber woran das liegt, wissen wir beide. Ich habe mir das Leben hier ausgesucht, Bobby, weil ich es so will! Warum bildest du dir ein, über mich entscheiden zu können? Das alles hier,« sie drehte sich im Kreis, »ist das, was ich will, kapierst du das? Und du hast es in der Minute zerstört, als du Jenny die Zunge in den Hals gesteckt hast. Bitte ...« Sie sackte kraftlos nach vorn und hielt sich eine Hand vor die Augen. »Wenn du gehen willst, dann geh, aber mache es bitte sofort! Wir werden sehen, wie es weitergeht.«

Mit verkrampftem Gesicht und zusammengepressten Lippen verließ Bobby die Küche und packte ihre Sachen. Bevor sie ging, schaute sie noch einmal in die Küche.

»Es tut mir so unendlich leid, Eve.« Dann trat sie auf den Hof, bestieg ihren Wagen und fuhr.

In der Sekunde, als Eve den Motor hörte, brachen alle

Dämme und sie ließ sich weinend auf einen Stuhl sinken.

Amanda wurde schon am nächsten Tag aus dem Krankenhaus entlassen, kam jedoch nicht zurück nach Bird Creek. Stattdessen leiteten ihre Eltern - womit Eve schon gerechnet hatte - eine Untersuchung ein. Als die zuständige Dame vom Jugendamt auftauchte, war auch Kerry als geistiger Beistand mit von der Partie. Sie beteuerte, dass der Vorfall eine absolute Ausnahme gewesen war.

»Ich habe Miss Clarkson selber kennengelernt und sie machte nicht den Eindruck, eine Drogendealerin zu sein«, berichtete sie ihrer Kollegin. »Sie wurde als Arbeitskraft eingestellt und hatte mit dem Programm nichts zu tun. Des Weiteren konnte ich mir ein Bild über die Arbeit machen, die Doktor Dearing und auch Miss Hale, hier verrichten. Den Jugendlichen fehlt es an nichts, keiner von ihnen hatte hier je Zugang oder Kontakt zu Drogen oder anderen Betäubungsmitteln. Laut Aussage von Miss Hale wurden die Schmerzmittel aufgrund von Unterleibschmerzen herausgegeben, und Miss Clarkson hatte keine Ahnung, dass Amanda mehr als nur eine Pille zu sich genommen hat. Es war also ein Versehen und ich sehe keinen Grund, warum das Programm nicht weitergeführt werden sollte.«

»Das sehe ich auch so.« Misses Fuller nickte. »Wir führen regelmäßig Kontrollen durch und auch mir fiel immer das liebevolle Umfeld auf, welches Doktor Dearing hier geschaffen hat. Ich werde Amandas Eltern davon überzeugen, auf eine Anzeige zu verzichten, Doktor Dearing.« Die Ältere, mit der roten Brille auf der Nase, lächelte Eve aufmunternd zu. »Natürlich müssen die anderen Eltern entscheiden, ob sie ihre Kinder weiterhin hierlassen wollen, aber ich sehe da keine Probleme.«

Eve atmete auf und bedankte sich. Ein riesengroßer Stein fiel ihr vom Herzen, auch wenn immer noch die Gefahr bestand, dass sie von Amandas Eltern wegen Vernachlässigung der Aufsichtspflicht angezeigt wurde.

»Wenn die Damen mich dann entschuldigen. Ich muss noch zu einem anderen Termin«, sagte Misses Fuller und verabschiedete sich.

»Ich habe dir doch gesagt, dass du dir keine Sorgen machen brauchst«, meinte Kerry, als sie alleine waren.

Eve hatte Kaffee gekocht, den sie jetzt einschenkte und Kerry gegenüber Platz nahm.

»Weißt du, wo sie ist?«, fragte sie nach einer Weile.

»Nein. Sie war für zwei Tage bei Matt, dann ist sie einfach gefahren.«

Eve nickte. Sie hatten seit über einer Woche nichts von Bobby gehört - keiner von ihnen. Als Beth und Archie von der Sache hörten, hatte Eve alle Hände voll zu tun, die beiden zu beruhigen. Der sonst so besonnene Archie stand kurz vor einem Herzinfarkt, so regte es ihn auf, was Bobby getan hatte. Beth fluchte auf Jenny und verwendete dabei Ausdrücke, die Eve rotwerden ließen. Eve hatte ihr längst verziehen, denn ihr war klargeworden, dass sie Bobby zu sehr unter Druck gesetzt hatte. Und dass sie selbst viel zu blauäugig an ihren Kinderwunsch herangegangen war. Vielleicht war es für Leute wie sie einfach besser, im Hintergrund zu bleiben und auf Kinder zu verzichten.

»Wie gehen die Hochzeitsvorbereitungen voran?«, wechselte sie das Thema.

»Bist du sicher, dass du darüber reden möchtest?«, fragte Kerry vorsichtig.

»Warum denn nicht?«

»Na ja, weil du und Bobby ... Ich fände es natürlich schön, wenn du ..., aber ich möchte dich in der jetzigen Situation nicht damit belasten.«

Eve lachte auf.

»Was kann ich für dich tun?«

»Ich wünschte mir, du wärst meine erste Brautjungfer. Puh, jetzt ist es raus.« Kerry lächelte erleichtert und wedelte sich Luft zu. »Ist das irgendwie schräg? Wir kennen uns noch nicht so lange, aber ich mag dich und sehe in dir so etwas wie eine Freundin.«

»Nicht so etwas wie, wir sind Freundinnen. Ich würde liebend gerne deine Brautjungfer sein.«

»Ich darf dich also mit allem vollquatschen, was die Hochzeit angeht? Ich glaube, wenn ich Matt noch mehr einspanne, überlegt er es sich noch mal und verschwindet einfach. Oh ... mein Gott, das tut mir leid. Ich bin so ein Rindvieh.«

»Es ist alles in Ordnung, ehrlich.« Eve lächelte tapfer. »Du sollst aufgeregt sein, du bist eine Braut. Sag mir einfach, was ich machen soll und ich mache es. Weißt du, große, kitschige Hochzeiten sind meine Spezialität. Warte kurz, ich zeig dir etwas. Das darfst du aber niemandem verraten, okay?«, Kerry nickte und Eve fühlte sich, als wären sie kleine Mädchen, die das größte Geheimnis der Menschheit miteinander teilten. Sie flitzte auf den Dachboden, wo sie einige ihrer alten Sachen verstaut hatte, und kehrte mit einem Fotoalbum zurück, welches sie Kerry überreichte, als sei es der Heilige Gral.

»Was ist das?«, fragte Kerry ehrfürchtig und mit Grabesstimme.

»Das, meine Liebe, ist die absolut perfekte Hochzeit, die ich mit vierzehn Jahren geplant hatte.«

Kerry schlug das Album auf und betrachtete die Bilder, die Eve aus Brautzeitschriften und Modemagazinen ausgeschnitten und säuberlich eingeklebt hatte.

»Wow«, entfuhr es ihr. »Sieh dir diese Torten an.«

»Ich weiß.« Eve kicherte. »Zuerst muss ich natürlich wissen, welchen Termin ihr euch ausgesucht habt. Dementsprechend kann man dann passende Blumen aussuchen und das Menü anpassen. Ich persönlich halte wenig von Fisch im Sommer - zumal wir nicht an der Küste leben. Da sollte man vorsichtig sein.«

»Wow«, wiederholte Kerry. »Ich sehe schon, mit dir bin ich gut beraten.«

Die Frauen lachten und Eve holte eine Flasche Prosecco aus dem Kühlschrank. Es versprach ein vergnüglicher Frauennachmittag zu werden und das war genau das, was Eve jetzt brauchte. Die Gedanken an Bobby versuchte sie, weit wegzudrängen und beinahe schaffte sie es auch. Doch gegen Abend kamen sie trotzdem darauf zu sprechen. Sie hatten bereits die

zweite Flasche Prosecco intus und es sich im Wohnzimmer gemütlich gemacht. Kerrys Beine hingen über
der Sessellehne, Eve lag mit angewinkelten Beinen auf
dem Sofa und starrte an die Decke.

»Du kannst heute Nacht hier schlafen«, schlug sie vor.
»Fahren kannst du sowieso nicht mehr.«

»Nein, wohl kaum.« Kerry kicherte. »Ich bleibe
gerne.« Sie kramte nach ihrem Handy und tippte eine
Nachricht ein. »Damit Matt Bescheid weiß.« Sie ließ das
Telefon zurück in die Tasche gleiten. »Meinst du, es
renkt sich wieder ein mit euch beiden?«

»Ganz ehrlich? Ich weiß es nicht«, gab Eve zurück.
»Wir hatten einen gemeinsamen Traum, aber irgendwie
entwickeln wir uns im Moment auseinander, habe ich
das Gefühl. Ich kann die Aktion mit Jenny sogar nach-
vollziehen, so blöd sich das anhört. Ich weiß, wer Bobby
ist, wie sie tickt und trotzdem habe ich es ignoriert und
erwartet, dass sie sich für mich ändert. Sie hat sich in
die Ecke gedrängt gefühlt - von mir! Eigentlich will ich
sie gar nicht ändern, ich liebe sie so, wie sie ist. Aber
vielleicht dachte ich ... nun ja, sie ist eine Frau, und ich
dachte, jede Frau hat eines Tages den Wunsch nach
einer eigenen Familie.«

»Vielleicht weiß sie auch nur nicht, dass sie ihn hat.
Eventuell schlummert dieser Wunsch tief in ihrem
Inneren und es braucht nur einen Schubs, damit sie
kapiert, was sie will.« Kerry richtete sich auf. »Es ist
bewundernswert, wie du damit umgehst. Ich hätte
Jenny wahrscheinlich den Kopf abgerissen.«

»Sie kann am allerwenigsten dafür. Klar, sie ist eine

verschlagene und hinterhältige Göre, aber wenn es nicht Jenny gewesen wäre, hätte sich Bobby jemand anderen gesucht. Sie wollte es, verstehst du? Sie hat diese Gefühle entwickelt, ich habe keine Ahnung, ob sie sich in Jenny verliebt hatte oder ob es einfach pure Geilheit war. Aber der Auslöser des Ganzen war nicht Jenny, das war ich.«

»Ach Eve, das tut mir alles so leid.« Kerry zog ein betrübtes Gesicht und faltete die Hände. »Als ich euch kennenlernte, dachte ich, wow, was für ein starkes Paar. Die beiden schaffen alle Hürden und sind bestimmt ein Vorbild für viele andere. Matt hat mir so viel von euch erzählt, dass ich das Gefühl habe, ich würde euch schon ewig kennen. Ich hatte für dich gehofft, Bobby würde ihre Meinung bezüglich Kinder noch ändern. Wenn du irgendwas brauchst, ruf mich an, ja? Auch mitten in der Nacht, wir sind für dich da.«

»Danke. Das Schlimmste sind die Nächte. So ganz alleine in dem Haus - das ist verdammt gruselig.« Sie lachte. »Ich hatte mich so an die Zweisamkeit gewöhnt, dass ich mich jetzt unheimlich schwer damit tue, irgendwas alleine zu entscheiden.«

»Aber Bobby sagte, du hättest sowieso das Ruder in den Händen. Das ohne dich gar nichts läuft.«

»Das ist Quatsch!« Eve verengte ärgerlich die Augen. »Ich weiß nicht, warum sie sich so einen Blödsinn einredet. Wir sind ein Team. Wir haben das alles gemeinsam geschafft. Ich hatte mich damit arrangiert, keine eigenen Kinder zu bekommen, deswegen war mir die Arbeit mit den Kids so wichtig.« Ihre Unterlippe zitterte verdächtig. »Warum hat sie das getan, Kerry? Wie konnte sie mich so hintergehen und anlügen?« Eve schlug die Hände vors Gesicht und weinte. Eigentlich dachte sie, diese Phase läge hinter ihr und sie wäre darüber hinweg, doch der Alkohol ließ die Gefühle wieder hochkochen und sie sentimental werden.

Kerry setzte sich zu ihr, nahm sie in den Arm und tröstete Eve, so gut sie konnte.

»Wann hast du eigentlich das letzte Mal richtig geschlafen?«, fragte sie leise, woraufhin Eve die Schultern hob.

»Das dachte ich mir. Komm, leg dich auf die Couch, ich bleibe bei dir, okay?«

Eve nickte dankbar und ließ sich wie ein kleines Kind von Kerry zudecken. Sie schlief ein, als sie hörte, wie es sich Kerry auf den Sesseln bequem gemacht hatte und ruhig atmete.

Eve blinzelte. Trotz der Nacht auf der Couch, hatte sie fantastisch geschlafen. Sie sah rüber zu Kerry, die in ziemlich abstrakter Haltung auf zwei zusammengeschobenen Sesseln schnarchte. Sie würde mit Sicherheit vor Rückenschmerzen umkommen, wenn sie wach wurde. Bequem war anders. Das schlechte Gewissen regte sich bei Eve. Es befanden sich zig Betten in diesem Haus und sie campierten im Wohnzimmer und riskierten Rückenschäden. So leise es ging, schlich sie aus dem Zimmer und schloss die Türe. Aus der Küche hörte sie vertraute Geräusche.

»Guten Morgen«, begrüßte sie Beth, als sie die Küche betrat.

»Gute Morgen.« Die Ältere lächelte. »Wie fühlst du dich?«

»Besser. Kerry hat hier geschlafen und ich denke, ich bin ihr ein zünftiges Frühstück schuldig.«

»Alles bereits in der Mache.« Wieder lächelte Beth und strahlte, als Eve ihr unvermittelt einen dicken Schmatzer auf die Wange drückte. »Es renkt sich alles wieder ein, Mädchen. Du wirst schon sehen. Ich bin unglaublich sauer auf Bobby, aber sie kommt zurück.«

»Ja.« Eve goss sich eine Tasse Kaffee ein und ging damit ins Bad. Eine Angewohnheit, die sie nie abgelegt hatte.

Wie üblich stellte sie die Tasse auf dem Spülkasten ab, während sie sich die Zähne putzte und duschte. An diesem Tag wollte Matt für eine Extrabiologiestunde bei den Kids vorbeischauen. Er war ein guter Lehrer und die Kids liebten ihn. Seine eigenen zukünftigen Kinder würden sich glücklich schätzen können, ihn als Vater zu bekommen. Wehmütig schäumte sie sich die Haare ein und dachte daran, als sie sich kennengelernt hatten. Eve hatte ihn vom ersten Moment an gemocht, er war im Gegensatz zu den meisten anderen, nicht voreingenommen gewesen und hatte ihr sogar geholfen, das Richtige zu tun.

Sie war froh, dass er ihr nie nachgetragen hatte, dass sie sich letztendlich für Bobby entschieden hatte. Kerry und er würden eine lange, verdammt glückliche Ehe führen. Mit vielen Kindern und sie würden ganz zauberhafte Eltern sein. Eve freute sich aufrichtig für die zwei.

Erfrischt verließ sie die Dusche, trank ihren Kaffee und fühlte sich bereit, einen weiteren Tag zu überstehen.

»Das nennt man wie?« Matt tippte auf eine Stelle des Pferdehinterbeines. Es war Bobbys Wallach Silver, der brav Matt und die Kids ertrug und den Unterricht über sich ergehen ließ.

»Das ist einfach. Das ist die Eichel«, rief Mayla vorlaut und alle lachten lautstark.

»Äh, nicht ganz.« Matt grinste von einem Ohr zum anderen und blickte zu Eve, die glucksend im Hintergrund stand und den Unterricht verfolgte. »Doktor Dearing?«

Eve gesellte sich zu der immer noch feixenden Gruppe.

»Ich glaube, wir sollten dringend noch mal eure Botanikkenntnisse auffrischen. Okay, kann irgendjemand Mayla sagen, welchen Körperteil man Eichel nennt?«

»Na, den hier!«, rief Selnik übermütig, hatte sich ruckzuck seiner Hose entledigt und präsentierte den übrigen Schülern seinen Penis.

Die Kids schütteten sich aus vor Lachen, nur Mayla bekam rote Ohren und schnappte entgeistert nach Luft. Matt schlug sich die Hand vor den Mund und drehte sich lachend um. Eve senkte den Kopf, damit die anderen nicht sahen, wie ihr selbst die Tränen vor Lachen kamen. Doch sie räusperte sich und versuchte, Herr der Lage zu werden.

133

»Danke für die Veranschaulichung, Selnik. Nun pack das Ding wieder ein. Tatsächlich nennt man diesen Teil des Pferdebeines Kastanie, Mayla.« Der Unterricht war für diesen Tag beendet, da sich niemand mehr darauf konzentrierte, was Matt zu erzählen hatte.

»Na, dann haut ab«, sagte Eve. »Und weil Selnik so prima in Biologie bewandert ist, darf er zur Belohnung Silver auf die Weide bringen, während die anderen bitte zu Beth in die Küche gehen und unseren Eisvorrat plündern.« Sie zwinkerte Mayla zu und ignorierte Selniks widerwilliges Geschnaufe.

»Du hast sie gut im Griff, diese Bande«, sagte Matt anerkennend, als sie alleine waren. »Geht's dir gut?«

»Oh bitte, fragt mich das nicht andauernd. Mir geht's bescheiden, aber ich pack das schon. Es war schön, dass Kerry gestern hiergeblieben ist. Das hat mir geholfen.« Eve stieß Matt leicht in die Seite. »So, dann wird es also bald ernst bei euch, mh?«

»Ja, sieht so aus, oder?« Matt kratzte sich verlegen am Hinterkopf. Er war noch derselbe Kerl wie vor drei Jahren. Typ Sonnyboy mit dem Herz am rechten Fleck.

»Ich freue mich für euch. Kerry ist einfach nur toll.«

»Ja, das ist sie.« Er druckste herum.

»Was ist los?«

»Kerry hat mir erzählt, dass du ihre Brautjungfer wirst.« Er sah sie an, als müsse sie den nächsten Gedanken erraten, doch Eve schüttelte verständnislos den Kopf. »Ich hatte Bobby schon gefragt, ob sie meine Trauzeugin wird. Bevor das mit euch passiert ist, sonst hätte ich es nicht gemacht.«

»Oh.«

»Ja, oh. Schöne Scheiße.«

»Das ist kein Problem«, log Eve. »Es ist eure Hochzeit und ihr entscheidet, wen ihr dabei haben wollt.«

Matt schloss sie spontan in die Arme und hielt sie fest, weil er spürte, wie sehr Eve das brauchte. Lange stand sie da, gehalten von seinen Armen, seine Wärme spürend und kämpfte gegen die Tränen an. Sie hatte Matt immer als Freund wertgeschätzt und geliebt.

»Das wird schon wieder«, sagte er leise. »Du weißt doch, dass Bobby ein verrücktes Miststück ist.«

»Ja.« Sie lachte schniefend und ließ Matt los. »Bis es soweit ist, werde ich dafür sorgen, dass Kerry die entspannteste Braut aller Zeiten wird. Sie soll alles bekommen, was sie sich wünscht.«

Matt nahm ihr Gesicht in seine Hände und drückte ihre Wangen zusammen.

»Du bist ein Goldschatz. Du weißt schon, dass du mir damit das Leben rettest, oder?«

»Aber sicher«, nuschelte Eve, die kaum ihre Lippen bewegen konnte. »Wie wäre es mit einem kalten Bier? Hast du noch Zeit?«

»Um ehrlich zu sein, hätte ich auch lieber was von dem Eis, was du den Kids versprochen hast.«

»Na, dann mal los. Hoffentlich haben sie uns etwas übrig gelassen.« Sie hakte sich bei Matt unter und gemeinsam schlenderten sie zum Haus, wo die Kids mit Beth eine fröhliche Eisparty veranstalteten.

Die nächsten Wochen war Eve ausschließlich damit

beschäftigt, für Kerry den Weddingplaner zu spielen. Sie organisierte die perfekte Hochzeit. Das fiel ihr nicht schwer, weil sie ein paar Jahre zuvor fast dieselbe Hochzeit schon einmal auf die Beine gestellt hatte: Ihre eigene mit Michael. Diese Träume lagen aber mittlerweile in weiter Ferne, nicht nur, weil sie sich das mit Bobby nicht vorstellen konnte, sondern weil sie ein komplett anderer Mensch geworden war. *Vielleicht doch nicht so komplett,* dachte sie, während sie beim Konditor stand und die Torte in Auftrag gab. Doch Bobby hatte sich noch nicht gemeldet und sie hatte keine Ahnung, ob überhaupt jemand wusste, wo sie steckte.

Im Brautmodenladen mit Kerry wurde Eve ganz wehmütig. Sie hatte ihr Kleid damals direkt wieder verkauft - es war ja nie benutzt worden. Ein Traum aus mehreren Lagen Tüll und Chiffon, mit einem zwei Meter langen Schleier. Mit Abstand betrachtet, musste sich Eve eingestehen, dass sie wie ein explodierter Baiser ausgehen hatte. Kerrys Kleid hingegen war von schlichter Eleganz, gerade geschnitten, mit einer Schleppe und einem zierlichen Diadem. Es war schulterfrei und hatte winzige Perlen am Saum, die aber nur dezent auffielen. Kerry besaß eine angeborene Eleganz, das Kleid unterstrich ihren elfenhaften, irischen Körperbau.

Während Eve damals rosafarbene Rosen gewählt hatte, nahm Kerry weiße Callas und lachsfarbene Gerbera. Die Trauung sollte in einer kleinen Kapelle außerhalb von Owasso abgehalten werden und für die anschließende Feier hatte sich Matt eine zünftige Scheunenparty gewünscht.

Das alles nahm Eve so in Anspruch, dass sie fast vergaß, wie einsam sie war. Nicht alleine, denn auf der Ranch war immer etwas los. Die Jugendlichen nahmen sie völlig in Anspruch, die Arbeiter mussten versorgt werden und ständig riefen irgendwelche anderen Farmer an, die Bobby sprechen wollten. Nachts fühlte sie sich alleine. Selten schlief Eve länger als vier Stunden, entweder verbrachte sie die Abende vor dem Laptop oder las bis spät in die Nacht. Mittlerweile hatte sie sich übers Internet mit anderen homosexuellen Paaren ausgetauscht, woraus eine kleine Gemeinschaft wurde. Sie erzählten von ihren Beziehungen, ihren Problemen, ihren Kindern oder dem Kinderwunsch. Eve fand neue Verbündete, wenn auch nur virtuell. Aber diese neuen Menschen in ihrem Leben machten ihr die Zeit ohne Bobby erträglicher.

Kapitel 9

»Das ist mein Bruder Paul und sein Mann Pewee«, stellte Kerry Eve zwei sehr ansehnliche Männer vor.

»Freut mich«, rief Eve gegen die Musik an.

Sie feierten Kerrys Junggesellinnenabschied in einem Irish Pub. Eine Liveband spielte Irish Folk und man konnte kaum sein eigenes Wort verstehen. Paul sah seiner Schwester verdammt ähnlich, Pewee war Künstler, sehr gebildet und ein wahnsinnig lieber Mensch, zu dem Eve direkt eine Verbindung aufbaute. Nach dem feucht-fröhlichen Abend verkündete sie lautstark, einen neuen besten Freund gefunden zu haben und er schwor ihr ewige Liebe. So ausgelassen war Eve lange nicht gewesen und sie genoss jede Sekunde des Abends.

Zwei Tage später fand die Hochzeit statt und Matt wirkte wie ein Wrack. Alles war organisiert, keiner der typischen Hochzeitsdesaster war bisher geschehen und dann geschah es doch noch. Bobby war nicht erschienen!

»Ich könnte ihr den Hals umdrehen«, wetterte Matt im Bräutigamzimmer. »Warum tut sie so etwas, Eve? Sag es mir. Was läuft bei dieser Frau falsch?«

»Sehe ich so aus, als könnte ich dir eine Antwort darauf geben?«, gab sie zurück.

Aufgebracht lief er im Zimmer auf und ab, den Smoking auf dem Bett, das weiße Hemd schon wieder fast zerknittert.

»Wir finden eine Lösung«, sagte Eve.

»Ich will keine Lösung.« Er hielt inne und packte sie

bei den Schultern. »Ganz ehrlich, Eve, ich weiß, du liebst diese Frau, aber sie ist Gift für jeden, der sich mit ihr einlässt. Sie steht nie zu ihrem Wort, ist einfach nur dermaßen verkorkst, dass sie nicht mal merkt, wenn man ihr Gutes will. Du solltest dir ernsthaft überlegen, ob du weiterhin auf Bobby Hale warten möchtest.«

Eve versteifte sich und sie funkelte Matt böse an.

»Weißt du, warum sie heute nicht hier ist? Weil sie weiß, dass ich dabei bin. Dass ich an Kerrys Seite stehen werde. Sie will es euch nicht versauen, Matt. Und ja, ich werde weiterhin auf Bobby warten, sie ist die Liebe meines Lebens.«

Matts Lippen waren zu einem Strich zusammengepresst, doch dann entspannte er sich und klopfte ihr leicht auf die Schulter.

»Du hast ja recht.« Er fuhr sich durchs Haar und sah in dem Moment so unendlich alt aus. »Ich frage Archie, was meinst du? Wirft das irgendwas in deiner Planung um?«

»Nein!« Eve lächelte. »Du hättest von Anfang an Archie nehmen sollen. Jetzt zieh dich an, deine Braut wartet. Außerdem ... hallo? Ich sehe fantastisch in diesem Kleid aus und ich will endlich, dass man mich sieht!«

Lachend gab Matt ihr einen Kuss auf die Wange und Eve ließ ihn alleine. Sie atmete durch. Dass Bobby nicht erschien, war auch für sie ein Schock. Es waren zwei Monate vergangen und sie hatte noch kein Lebenszeichen von ihr. *Wenn sie etwas macht, dann macht sie es richtig,* ging es Eve durch den Kopf, ehe sie sich an ihren

Platz vor dem Altar begab.

»Ich will!«, sagte Matt und steckte Kerry den Ring an den Finger.

»Sie dürfen die Braut jetzt küssen!« Unter lautem Jubel tat das Brautpaar genau das und Eve klatschte mit Tränen in den Augen begeistert in die Hände. Ihr Blick schweifte durch die Menge, und sie verharrte, als sie auf ein wohlbekanntes Augenpaar traf.

Sie war nicht weggeblieben! Bobby hatte nicht die Hochzeit ihres besten Freundes versäumt. Als sich ihre Blicke trafen, stand für Sekunden die Zeit still. Eve wollte lächeln, wollte Bobby irgendwie zeigen, dass sie vergeben hatte. Doch nichts regte sich. Bobby starrte zurück. Traurig, einsam und voller Schuldgefühle. Bevor Eve sich gesammelt hatte, war Bobby auch schon wieder verschwunden. Sie schnappte kurz nach Luft, verlor für einen Moment das Gleichgewicht, aber das Brautpaar verdiente ihre volle Aufmerksamkeit, als es gemeinsam den Kirchengang hinunterlief und Glückwünsche entgegennahm.

Eve war nervös. Am liebsten wäre sie auf der Stelle hinausgestürmt und hätte Bobby zur Rede gestellt. Doch das wäre Kerry und Matt gegenüber ziemlich taktlos gewesen. Also schritt sie gemächlich hinter den beiden her, bis sie aus der Kirche traten. Als sie sicher war, dass alle abgelenkt waren, suchte sie nach Bobby, doch vergeblich. Sie war anscheinend nur für die Zeremonie aufgetaucht. Eve war zum Heulen zumute, doch dies war nicht der Tag für Dramen! Sie besann sich

ihrer Aufgabe und war wieder die perfekte Brautjungfer. Sollte Bobby doch zum Teufel gehen, wenn sie zu
feige war,ein klärendes Gespräch zu führen.

Pewee und Eve waren das Tanztraumpaar des Abends,
was Eve von den Gedanken an Bobby ablenkte. Sie
wusste nicht, wann sie das letzte Mal so viel Spaß
gehabt hatte und es tat ihr sichtlich gut. Mit geröteten
Wangen ließ sie sich übers Parkett wirbeln und bekam
sogar einige Avancen von Kerrys männlichen Bekann-
ten. Das Brautpaar schien Bobbys Auftauchen nicht
bemerkt zu haben und Eve behielt es für sich. Matt wäre
wahrscheinlich furchtbar wütend geworden, wenn er
erfahren hätte, dass sie ihn an seinem großen Tag
sitzengelassen hatte.

Es war in den frühen Morgenstunden, als Eve völlig
erschöpft nach Hause fuhr. Die beiden älteren Herrschaften Beth und Archie hatten nur bis Mitternacht
durchgehalten und hatten die Kids - die ebenfalls
eingeladen gewesen waren - mitgenommen. So konnte
Eve unbeschwert die Feier genießen. Noch im Auto
schmunzelte sie über das Gesicht von Kerrys Vorgesetz-
ten, der sie hartnäckig angebaggert hatte, als sie ihm
mitteilte, sie lebe mit einer Frau zusammen und hatte
nicht vor,an diesem Zustand etwas zu ändern. Das war
zum jetzigen Zeitpunkt zwar eine Lüge, aber Eve hoffte
doch stark, dass sich daran bald wieder etwas änderte.
Bobby konnte schließlich nicht ewig wegbleiben. Eve
konnte sich dieses Verhalten sowieso nicht wirklich
erklären, schließlich war sie es doch, die fast betrogen

worden wäre. Aber Bobby hatte ihren eigenen Kopf, daran gab es nichts zu rütteln.

Nachdem Kerry und Matt aus ihren Flitterwochen in Mexiko wiedergekommen waren, erzählte Matt, dass Bobby sich bei ihm gemeldet hatte. Er wusste davon, dass sie auf der Hochzeit anwesend gewesen war und auch, wo sie sich befand.

»In Tulsa also«, sagte Eve. »Wovon lebt sie? Was macht sie dort?«

»Sie kellnert und hat ein Zimmer in einem Motel.« Matt seufzte. »Hör zu Eve, ich glaube ganz fest daran, dass ihr zwei das wieder auf die Reihe bekommt, aber sie braucht Zeit. Nicht meine Worte, sondern ihre. Sie will über einiges nachdenken, sich neu orientieren.«

»Neu orientieren? Was soll das bedeuten?« Eves Stimme wurde laut.

»Genau weiß ich es nicht, sie hielt sich bedeckt, aber sie besucht wohl irgendwelche Abendkurse.«

»Bobby drückt die Schulbank? Soll das ein Witz sein? Das ist das große Geheimnis, was ich nicht wissen darf?« Eve lachte bitter auf. »Will sie jetzt Karriere machen?«

»Eve, bitte ...«

»Nein!« Sie machte eine harsche Handbewegung. »Sie hat mich mit allem alleingelassen, nicht mal eine Telefonnummer hinterlassen. Ich war die ganze Zeit über zu einem Gespräch bereit, aber sie nicht. Macht es dich denn gar nicht wütend, dass sie auf deiner Hochzeit auftaucht, ohne mit uns zu sprechen? Nein, Matt! Ich habe immer nachgegeben, jetzt ist Schluss. Sie soll ihren Selbstfindungstrip gerne durchziehen, aber nicht von mir erwarten, dass ich ewig warte.«

»Sie wird zurückkommen, Eve. Hab etwas Geduld!«

Doch Bobby blieb stumm und das für Wochen. Eve war mittlerweile nur noch überfordert, auch wenn die anderen alles taten, um ihr unter die Arme zu greifen. In der Zwischenzeit hatten es sich Amandas Eltern doch anders überlegt und Eve wegen Vernachlässigung der Aufsichtspflicht angezeigt. Sie konnte zwar beweisen, dass es nicht an dem gewesen war, dennoch hatte das Jugendamt jetzt ein Auge auf sie, und dass, obwohl die vorangegangene Untersuchung positiv ausgefallen war. Der Stress zerrte an Eves Nerven. Sie war übermüdet und fühlte sich, als sei sie um Jahre gealtert. Bald war Weihnachten und es war noch rein gar nichts vorbereitet - wenn es nach ihr gegangen wäre, hätte es dieses Jahr ausfallen können.

Mittlerweile war es November und endlich hatte Eve die Möglichkeit, ein klein wenig durchzuatmen. Sie hatten gute Gewinne erzielt, sodass sie einen weiteren Arbeiter einstellen konnte. Das war bisher immer Bobbys Aufgabe gewesen, doch nun machte Eve es selbst, mit Unterstützung von Keith, der seine Aufgabe als neuer Vorarbeiter zur vollen Zufriedenheit aller ausführte.

Selig lag Eve in der Wanne. Die Kids und Beth hatten heute sämtliche ihrer Aufgaben übernommen, sodass sie einen ganzen Tag für sich gehabt hatte. Am Morgen war sie in die Stadt gefahren, hatte dort in einem Café

143

ausgiebig gefrühstückt und dabei in einem neuen Roman geschmökert. Danach war sie zum Frisör gegangen und hatte sich von ihrer langen Mähne verabschiedet. Nicht ganz, aber es fielen etliche Zentimeter Haare zu Boden, als die Frisörin mit der Schere zugange war. Sofort fühlte sie sich um einiges leichter und verjüngt. Nach dem Frisör gönnte sie sich eine Gesichtsmassage bei der Kosmetikerin und zum Lunch aß sie einen großen Salatteller mit Scampi. Zuhause lümmelte sie den restlichen Tag auf der Couch und genoss eine heiße Schokolade und ihren Roman. Der krönende Abschluss dieses durch und durch entspannten Tages war eine heiße Wanne, mit extra viel Schaum. Während sie mit geschlossenen Augen den Duft des Vanilleschaumbades einsog, überlegte sie, wie es in Zukunft weitergehen sollte. Ohne Bobby, denn diese Hoffnung hatte Eve ad acta gelegt. Hätte Bobby gewollt, wäre sie längst wieder da.

Das heiße Wasser ließ sie schläfrig werden und gerade in dem Moment, als Eve wegdämmerte, klopfte es wie wild an der Haustüre, und zwar so laut, dass es bis ins Bad zu hören war. Sollte sie es ignorieren? Wer konnte um diese Uhrzeit etwas von ihr wolle? Die Menschen auf der Ranch kamen einfach so ins Haus, aber vielleicht war es Bobby? Nein, sie würde vermutlich auch nicht klopfen. Noch während sie darüber nachdachte, erscholl ein weiteres Klopfen und Eve meinte, einen Hilferuf zu hören. Sofort war sie aus der Wanne, wickelte sich tropfnass in ihren Bademantel und stolperte zur Treppe, auf deren Stufen sie fast ausrutschte. Unten angekommen, erstarrte sie, denn sie hätte mit allem gerechnet, aber nicht mit dem, was sie erwartete.

»Jenny«, presste sie überrascht hervor, als sie die Haustüre aufgerissen hatte.

»Eve ...« Jenny krümmte sich. Offensichtlich hatte sie große Schmerzen. »Eve ... ich ... brauche Hilfe.« Sie sackte in sich zusammen, das Gesicht verzerrt und mit tränenüberströmten Wangen.

Geistesgegenwärtig fing Eve sie auf und brachte sie stützend ins Wohnzimmer, wo sie Jenny auf die Couch verfrachtete.

»Ich hole dir ein Glas Wasser«, sagte sie, doch Jenny hielt sie an der Hand zurück.

»Bitte, lass mich nicht alleine. Ich habe Angst«, wimmerte das Mädchen.

Innerlich seufzend setzte Eve sich neben ihren Gast. Von allen Menschen dieser Welt musste es ausgerechnet Jenny sein, die hier auftauchte. Sie studierte ihr Gegenüber. War das alles nur Show? Eve traute ihr keinen Meter weit über den Weg, allerdings sah Jenny wirklich fertig aus.

»Was ist denn passiert? Was macht die Angst?«

»Ich ... ahh.« Jenny hielt sich den Bauch und keuchte auf. Erst jetzt registrierte Eve, wie sehr sich Jenny äußerlich verändert hatte. »Ich bin schwanger. Irgendwas stimmt nicht. Es ... es tut so weh.«

»Schwang ...« Eves Stimme brach ab. Warum hatte sie das nicht bemerkt? Jetzt, wo sie es wusste, waren die Anzeichen deutlich zu sehen. Eves Blick glitt zu Jennys fülliger Körpermitte, und ihr Gehirn schaltete für einen Moment seine Tätigkeit ab. Eben noch hatte sie gefroren, weil die Feuchtigkeit ihres Körpers mittlerweile in den Bademantel gezogen war, der jetzt klamm an ihr hing, wie ein nasser Sack. Die Sekunden wurden zu gefühlten Minuten, ehe Eve sich fasste und routiniert zur Sache kam.

»Wie weit bist du?«

»Ich weiß es nicht. Siebter oder achter Monat«, wimmerte Jenny.

»Hast du schon Fruchtwasser verloren?«

»Ich glaube ... nein!«

»Das ist gut. Wenn du wirklich noch so früh bist, kann eine Frühgeburt noch verhindert werden. Warum bist du nicht sofort ins Krankenhaus gefahren?«, fragte Eve vorwurfsvoll.

»Ich bin nicht versichert.« Jenny wurde rot. »Ich wusste nicht, zu wem ich sonst sollte.«

»Ach, Mädchen ...« Eve schüttelte den Kopf. Auch wenn Jenny immer so erwachsen tat, im Grunde war sie ein dummes, naives Ding. »Warte kurz hier, ich zieh mir was an und dann fahren wir schleunigst in die Klinik.«

Jenny nickte weinend. Während Eve nach oben sprintete, hörte sie, wie Jenny leise vor sich hinwimmerte. Sie warf den Bademantel aufs Bett, schnappte sich das Handy, drückte Beths Nummer und schlüpfte gleichzeitig in Unterwäsche und einen türkisblauen Jogginganzug. Als Beth sich meldete, schilderte Eve - die schon wieder auf dem Weg ins Wohnzimmer war - kurz die Situation und bat darum, dass Beth sich am Morgen um alles kümmerte. Dann hievte sie Jenny in den Wagen und raste Richtung Stadt.

Jenny wurde sofort untersucht und man teilte Eve mit, dass das Kind wohl doch schon auf dem Weg war. Unterwegs hatte Jenny den Blasensprung, es war also nichts mehr zu retten.

»Gibt es irgendjemanden, den wir für Miss Clarkson benachrichtigen sollen?«, fragte die Schwester.

»Nein, ich wüsste nicht wen. Sie hat für uns gearbeitet, hörte aber vor ein paar Monaten auf. Wir hatten keine Ahnung, dass sie schwanger ist.« Eve fuhr sich durchs Haar, welches mit Sicherheit ein trauriges Bild abgab, da sie sich nicht mal gekämmt hatte. »Laut ihrer eigenen Aussage, hat sie keine Verwandten.«

»Mh«, machte die Krankenschwester.»Dann füllen Sie bitte diese Unterlagen aus. Wir brauchen Ihre Daten, auch die der Krankenversicherung.«

»Schon klar.« Eve nahm das Formular entgegen. Sie fühlte sich gerade etwas überfordert. Hinter einer dieser Türen bekam Jenny gerade ein Kind, das viel zu früh auf die Welt wollte und wer wusste schon, ob es gesund war? Jenny führte nicht unbedingt den Lebenswandel einer werdenden Mutter. Hatte getrunken, geraucht und sehr wahrscheinlich Drogen genommen. Eve wurde wütend. Diese Göre setzte das Leben ihres Babys aufs Spiel, weil sie gar nicht einsah, sich zu ändern. Warum durften solche Frauen Kinder bekommen? Ja, sie war verdammt sauer auf Jenny und ja, sie stand kurz davor, sich hineinzusteigern. Mit wilden Bewegungen kritzelte Eve alle nötigen Informationen auf das Blatt, das die Schwester später wieder an sich nahm.

»Wie geht es ihr?«, fragte Eve, doch die Krankenschwester zuckte nur mit den Schultern und schüttelte den Kopf. »Super«, stöhnte Eve und lehnte den Kopf an die Wand.

Sie hatte nicht einmal etwas zu Lesen dabei und es versprach eine lange Nacht zu werden. Im Foyer gab es einen kleinen Laden, mit etwas Glück war er noch geöffnet und sie konnte sich wenigstens ein paar Zeitschriften besorgen. Und Kaffee ... viel Kaffee! Eve schulterte ihre Tasche und nahm den Aufzug nach unten. Die Ladenbesitzerin räumte zwar gerade schon ihren Postkartenstand ins Innere, aber sie ließ Eve freundlich lächelnd noch in ihrem Sortiment stöbern. Sie brauchte nicht lange. Zwei Romane und ein Kreuzworträtselheft waren alles, was sie kaufte. Die Nacht war gerettet. Früher hatte sie sich oft in der Praxis die Nächte um die Ohren geschlagen, sie war es gewöhnt und es hatte ihr nie etwas ausgemacht. Doch jetzt saß sie im Wartebereich und versuchte, sich auf den Roman zu konzentrieren, stattdessen machte sie sich Sorgen um Jenny.

Mit dem Kaffeebecher in der Hand ging Eve zum Schwesternzimmer.

»Können Sie nicht mal nachsehen, ob alles in Ordnung ist mit Miss Clarkson?«, fragte sie.

»Eine Geburt dauert eben, Miss ...«

»Doktor! Doktor Dearing. Ich bin mir durchaus bewusst, dass eine Geburt Stunden dauern kann«, antwortete sie der arrogant dreinblickenden Schwester. »Aber das da drin ist ein junges Mädchen, das niemanden hat und wahrscheinlich vor Angst fast stirbt. Außerdem kommt das Baby zu früh, also bitte ich Sie noch einmal, dass Sie nachsehen und mir Bescheid geben, ob alles in Ordnung ist.« Ihre Wut war verraucht und der altbekannte Mutterinstinkt wurde geweckt. Egal, was Jenny getan hatte, Eve wollte nicht, dass ihr etwas passierte.

Die Krankenschwester schnaubte kurz unwillig, rauschte dann aber an Eve vorbei und verschwand im Kreißsaal. Nach wenigen Minuten tauchte sie wieder auf.

»Wie ich schon sagte: Es dauert noch. Es ist aber alles in Ordnung.«

»Vielen Dank für Ihre Mühe«, gab Eve sarkastisch zurück und verzog sich wieder in den Wartebereich.

Kapitel 10

»Doktor Dearing?«

Es war Eve, als riefe sie jemand aus weiter Ferne. Langsam öffnete sie die Augen, um sich zu orientieren, und sprang so hastig von ihrem Sitz auf, dass sie taumelte. Sie war tatsächlich im Wartebereich eingeschlafen. Hatte wahrscheinlich gesabbert und geschnarcht und wäre just in diesem Moment am liebsten im Boden versunken.

»Langsam, langsam«, meinte der Arzt, der vor ihr stand und sie sanft zurück auf den Stuhl drückte. Als sie wieder Platz genommen hatte, setzte er sich neben sie.

»Schwester, bringen Sie uns doch bitte zwei Kaffee«, rief er einer jungen, hübschen Krankenschwester zu, die sehr viel freundlicher wirkte, als die vom letzten Abend. Moment ... Eve sah aus dem Fenster und erkannte, dass es tatsächlich hell war. Sie hatte also die ganze Nacht hier verbracht.

»Ich bin Doktor Young, Jennys Arzt«, stellte er sich vor und lächelte väterlich.

»Wie geht es ihr? Ist mit dem Baby alles in Ordnung?« Eve hätte ihren rechten Arm für einen Schluck Wasser oder einen Kaugummi gegeben, aber den Kaffee, den die Schwester ihr reichte, nahm sie auch dankbar entgegen.

»Doktor Dearing, wie viel wissen Sie über Jenny?«

»Nur das, was sie uns erzählt hat und das war nicht viel. Sie hat für mich und meine Lebensgefährtin gearbeitet, doch wir mussten sie entlassen, weil es da ein kleines Drogenvorkommnis gab.«

Doktor Young nickte wissend.

»Ich kann Ihnen sagen, dass ihr den Umständen entsprechend gutgeht. Jenny hat Sie übrigens als ihren Notfallkontakt genannt und unterschrieben, dass ich mit Ihnen alles besprechen darf. Das Baby - es ist ein Mädchen - wurde direkt auf die Neonatologie gebracht, wo es jetzt im Inkubator liegt. Wir müssen noch einige Tests machen, aber ich befürchte, Jenny hat es während der Schwangerschaft ordentlich krachen lassen, wenn ich das so sagen darf.«

Eve schluckte.

»Ja, sie hat sowohl geraucht, als auch Alkohol getrunken. Und Drogen ... nun, ich weiß von Marihuana, was sonst noch, entzieht sich meiner Kenntnis. Wir wussten nichts von der Schwangerschaft.«

»Ich mache Ihnen keinen Vorwurf, Doktor Dearing. Das ist leider unsere traurige Routine. Sie glauben gar nicht, wie viele junge Frauen so leichtfertig mit dem Leben ihres Kindes umgehen. Wie dem auch sei. Die Kleine wiegt 1700 Gramm - was den Umständen entsprechend noch gut ist - und kam etwa fünf Wochen zu früh. Sie atmet nicht selbstständig und wir vermuten eine Nierenstörung. Aber alles weitere wird sich nach den Untersuchungen zeigen, Sie sollten also zuversichtlich sein.«

»Okay, danke. Darf ich Jenny sehen?«

»Aber sicher.« Doktor Young nickte. Sie wurde bereits auf ein normales Zimmer gebracht. Wenn Sie mich dann entschuldigen.«

151

Eve lächelte ihm zu, trank ihren Kaffee aus und blieb noch einige Minuten sitzen, um sich zu sammeln. Wie würde Jenny damit klarkommen, wenn ihre Tochter dauerhafte Schäden davontrug? Schäden, die sie vielleicht verursacht hatte! Hatte sie die Schwangerschaft absichtlich ignoriert oder hatte sie es selbst gar nicht gewusst? Sie musste damals doch schon recht weit gewesen sein, dennoch war sie zu diesem Zeitpunkt noch gertenschlank. Eve rieb sich die Schläfen. Das war wieder einmal so ein Schlamassel, den sie überhaupt nicht brauchen konnte. Wo sollte Jenny mit dem Kind hin? Sie konnte es ja wohl kaum auf der Straße großziehen.

»Halt dich da raus, Eve«, mahnte sie sich leise, doch sie wusste bereits, dass sie das nicht konnte.

Ächzend erhob sie sich, ließ sich von der Schwester die Zimmernummer geben und machte sich auf den Weg durch die noch leeren, morgendlichen Flure.

Jenny sah blass aus, hatte die Augen geschlossen und atmete ruhig. So leise wie möglich, setzte sich Eve auf einen Stuhl, doch Jenny schlief nicht. Sie lächelte matt.

»Danke, dass du geblieben bist«, sagte sie leise. »Hast du sie schon gesehen?«

»Nein. Sie wird auf der Intensivstation versorgt.«

Jennys Blick wurde glasig und sie nagte schuldbewusst an ihrer Unterlippe.

»Da habe ich ja mal richtig Scheiße gebaut, was? Es tut mir alles so wahnsinnig leid, Eve. Bitte richte das auch Bobby aus.«

»Mach ich.« Eve räusperte sich und schaute zu Boden.

»Ihr seid doch noch zusammen, oder?«

»Darüber solltest du dir jetzt nicht den Kopf zerbrechen«, antwortete Eve. Irgendwie lag eine gewisse Ironie in der ganzen Sache. Die Verführerin hatte ein Kind bekommen und die Betrogene sorgte sich um sie. Eve hatte Jenny die Pest an den Hals gewünscht, doch was wäre sie für ein Mensch, wenn sie sich jetzt nicht kümmerte?

»Ich möchte etwas mit dir - euch besprechen.« Jenny versuchte, sich aufzurichten und Eve sprang auf und schob ihr ein Kissen in den Rücken. »Ich will einmal in meinem Leben etwas richtig machen, verstehst du? Ich kann das Kind nicht behalten. Was soll ich ihr bieten? Also gebe ich es zur Adoption frei und ich möchte, dass ihr euch darum kümmert und gute Eltern findet.«

Eve starrte Jenny mit offenem Mund an und alle Farbe wich aus ihrem Gesicht.

»Tu das nicht, Jenny«, sagte sie schließlich. »Du bist noch nicht wieder ganz fit, aber in ein paar Tagen wirst du die Sachen anders sehen. Überstürze es nicht, denk darüber nach, okay?«

»Das habe ich schon vor einiger Zeit entschieden!« Jenny wirkte mit einem Mal erwachsen. Als wüsste sie ganz genau, was sie tat.

Es ging Eve überhaupt nichts an und vielleicht war es sogar die beste Entscheidung, die das Mädchen für ihre Tochter treffen konnte. Dennoch ... Warum sah Jenny es nicht als zweite Chance an, ihr Leben in den Griff zu bekommen?

»Ruh dich jetzt aus, wir reden später noch mal darüber.«

Obwohl Jenny zustimmend nickte, wurde Eve das Gefühl nicht los, dass dieses Gespräch niemals stattfinden würde.

Als Eve im Auto saß, legte sie ihren Kopf auf das Lenkrad und überlegte, was sie als Nächstes tun sollte. Sie war in Tulsa, Bobby war in Tulsa - man hätte sich treffen und alles bereden können. Eve hatte sogar ihre Adresse, doch sie fühlte sich wie erschlagen und sehnte sich nach einem guten Frühstück und einer Dusche. Also tat sie das Naheliegende: Sie stattete Kerry und Matt einen Besuch ab.

»Guten Morgen.« Matt wirkte verwundert, als er Eve die Türe des neuen Hauses öffnete, in dem er und Kerry jetzt wohnten. »Was ist passiert? Und die viel wichtigere Frage: Warum siehst du aus, als hättest du auf der Straße geschlafen?«

»Bagels?« Eve hielt ihm eine Tüte vor die Nase, drückte sich an ihm vorbei und lief schnurstraks in die Küche, wo Kerry gerade Kaffee aufsetzte.

»Eve, wie schön.« Sie nahm ihre Freundin in den Arm. »Was machst du so früh hier?«

»Ihr glaubt nicht, was ich letzte Nacht erlebt habe«, begann Eve und ließ sich auf einen Stuhl fallen. »Jenny stand gestern Abend vor der Türe und hat in den frühen Morgenstunden eine Tochter zur Welt gebracht. Kurzfassung Ende!« Kerry und Matt starrten erst sie, dann sich gegenseitig fassungslos an.

»Wie bitte, was?« Kerry fand als Erste ihre Sprache wieder und stützte sich auf der Tischplatte ab. »Geht es bitte etwas ausführlicher?«

»Da gibt es nicht viel zu sagen. Ich brachte sie nach Tulsa, blieb die ganze Nacht im Krankenhaus und habe darauf gewartet, dass sie entbindet. Ihrem Baby geht es nicht gut, es liegt im Inkubator und die Ärzte wissen noch nicht, ob die Kleine durchkommt. Jenny möchte es zur Adoption freigeben und hat darum gebeten, dass Bobby und ich passende Eltern finden. Deswegen bin ich hier, schließlich arbeitest du bei der Adoptionsbehörde.«

»Puh!« Kerry setzte sich Eve gegenüber und bedeutete Matt, ihnen Kaffee zu servieren. »Das ist ja mal ein Ding. Ich nehme an, ihr habt nichts von der Schwangerschaft gewusst.« Als Eve den Kopf schüttelte, fuhr sie fort. »Das dachte ich mir. So ein Früchtchen. Das arme Kind. Zumindest kann ich ihre Entscheidung, das Kind zur Adoption freizugeben, voll und ganz unterstützen.«

»Wirklich?« Eve schlürfte ihren Kaffee und sah Kerry über den Rand der Tasse hinweg skeptisch an.

»Du etwa nicht?« Kerry hob verwundert die Brauen. »Wie soll sie das denn schaffen? Wie soll dieses Mädchen ein Kind großzuziehen, noch dazu eines, was eventuell körperlich oder geistig beeinträchtigt ist?«

Eve verschluckte sich und hustete. Darüber hatte sie noch gar nicht nachgedacht. Was, wenn dieses Kind wirklich schwere Folgeschäden davontrug? Niemand - außer Jenny selbst - wusste, was sie sich während der Schwangerschaft alles eingeworfen hatte, also konnte auch niemand zum jetzigen Zeitpunkt mit Gewissheit sagen, wie es gesundheitlich mit dem Baby weiterging.

»Um ehrlich zu sein ... ich hatte darüber nachgedacht, Jenny und das Baby bei uns ...«

»Nein!«, schnitten Matt und Kerry ihr gleichzeitig das Wort ab. »Eve,« Kerry legte ihre Hand auf Eves. »Wie stellst du dir das vor? Jenny ist Schuld daran, dass Bobby ausgezogen ist, willst du sie da allen Ernstes wieder in euer Leben lassen? Ich weiß, du hast ein großes Herz, aber du kannst sie nicht alle retten. Halt dich am besten zurück und lass mich das machen, einverstanden? Je weniger du darin involviert bist, desto besser. Ich werde später ins Krankenhaus fahren und mit den Ärzten sprechen. Wenn die Kleine über dem Berg ist, suchen wir Eltern, aber solange fällt sie unter die Obhut des Jugendamtes.«

Hatte sie eine andere Wahl? Dass Kerry recht hatte, war für Eve nachvollziehbar, aber ein kleiner Teil in ihrem Inneren weigerte sich, diese Tatsache anzuerkennen.

»Danke«, sagte sie, sich erhebend. »Das ist ein guter Plan. Ich werde dann mal jetzt nach Hause fahren und mich herrichten. Ich bin ein grauenvoller Anblick.« Sie lachte gekünstelt, was dazu führte, dass Matt und Kerry einen Blick wechselten.

»Du bist eine verdammt schlechte Lügnerin, Liebes, aber ich weiß, dass ich dich nicht davon abhalten kann.«

Dankbar lächelte Eve Kerry an, schnappte sich einen Bagel und machte sich auf den Weg nach Hause.

Beth bombardierte sie mit Fragen, die Eve so ausführlich wie möglich beantwortete. Als die Neugier der Haushälterin befriedigt war, nahm Eve die heißersehnte Dusche. Kerrys Worte gingen ihr nicht mehr aus dem Kopf, aber konnte sie wirklich tatenlos dabei zusehen, wie Jenny eine übereilte Entscheidung traf, die sie vielleicht irgendwann bereute? Sie war achtzehn Jahre alt, zu jung, um die gesamte Reichweite ihrer Entscheidungen zu erkennen. Wenn sie gewillt war, könnte sie eine Therapie machen und ihren alten Job wieder aufnehmen. Sie war jetzt Mutter, müsste sie da nicht von Liebe und Verantwortungsbewusstsein überschwemmt werden? Eve sah gar nicht ein, tatenlos die Segel zu streichen, sie wollte und sie würde Jenny und auch ihr Baby retten!

Wieder im Krankenhaus erfolgte die große Ernüchterung. Jenny befand sich nicht in ihrem Zimmer und eine ältere Krankenschwester teilte Eve mit, dass sie auf eigenen Wunsch die Klinik verlassen hatte.

»Es ist bereits jemand vom Jugendamt da, mit denen können Sie direkt sprechen, Doktor Dearing.«

Eve war wie vor den Kopf geschlagen. Warum hatte sie nicht auf Kerry gehört? Wieso hatte sie sich der Hoffnung hingegeben, Jenny könnte sich ändern?

»Was ist mit dem Kind?«, fragte sie tonlos.

»Darüber kann Ihnen die Dame vom Amt mehr sagen.« Die Krankenschwester begleitete Eve in den Konferenzraum, wo Doktor Young mit Kerry saß.

»Doktor Dearing, das ist ...«

»Wir kennen uns«, sagte Eve und lächelte Kerry zu.

»Wir sind Freundinnen und ich habe Misses Connor hergebeten.«

»Na, das trifft sich ja ausgezeichnet.« Doktor Young deutete Eve an, sich zu setzen. »Ich habe Misses Connor schon über die neusten Ereignisse in Kenntnis gesetzt. Miss Clarkson ist gegangen, hat aber vorher alle notwendigen Papiere ausgefüllt. Sobald der Säugling stabil ist, steht einer Adoption nichts mehr im Wege. Des Weiteren hat Miss Clarkson bestimmt, dass Sie, Doktor Dearing, und eine gewisse Roberta Hale die Vormundschaft für den Säugling haben, solange keine Adoption vorliegt. Das bedeutet«, fuhr er fort, ohne darauf zu achten, dass Eves Kinnlade nach unten klappte, ihre Augen sich ungläubig weiteten und sie kurz davor stand, an Ort und Stelle in Ohnmacht zu fallen. »Dass Sie und Miss Hale ab sofort sämtliche Entscheidungen zu treffen haben, die das Kind betreffen.«

Stille legte sich über sie, eingeschlossen in einem Vakuum, nicht begreifend, was sie soeben gehört hatte. Hilfesuchend sah Eve Kerry an, die mitleidig die Schultern hob. Sie wollte zum Sprechen ansetzen, doch ihre Stimme versagte. Eve räusperte sich zwei-,dreimal, bis Doktor Young ihr ein Glas Wasser anbot und sie davon trank, als hätte sie einen tagelangen Marsch in der Wüste hinter sich.

»Es ist alles etwas viel auf einmal, nicht wahr?«

»Kann man so sagen«, erwiderte Eve, immer noch völlig perplex.

»Wir werden dich bei allem unterstützen«, versprach Kerry. »Du solltest aber schnellstens mit Bobby darüber reden, meinst du nicht?«

Eve schluckte. Um diese unangenehme Aufgabe würde sie wohl jetzt nicht mehr herumkommen.

Kapitel 11

Bobby zog ihre Arbeitsuniform an. Rote Hose, weißes Hemd und eine lächerliche rote Schleife um den Hals. Sie hasste diesen Job mit jeder Faser ihres Körpers, aber er hielt sie über Wasser. Dass sie mal als Kellnerin in einem zweitklassigen Diner enden würde, hatte sie sich auch nicht träumen lassen. Na ja, *enden würde* war vielleicht etwas hochgegriffen, sie wollte diesen Job schließlich nicht bis in alle Ewigkeit machen. Nur solange, bis sie bereit war, wieder nach Hause zu gehen.

Sie vermisste Eve. Es tat jeden Tag weh, ohne sie aufzuwachen. Nicht in ihr Gesicht blicken zu können, nicht ihre Haut zu spüren, nicht von ihrem sonnigen Gemüt in den Wahnsinn getrieben zu werden. Auf dem Nachtschrank ihres Motelzimmers stand ein Foto von Eve, auf dem sie eine pinkfarbene Bluse trug und aus vollster Kehle lachte. Es war ihre Fröhlichkeit, die Licht in Bobbys Dasein brachte. Jeden Morgen, bevor Bobby aus dem Haus ging, hauchte sie dem Foto einen Kuss zu, ebenso tat sie es abends, bevor sie sich schlafen legte. Sie wünschte sich jede Minute des Tages, Eve wäre bei ihr. Eigentlich hatte Bobby gar nicht vorgehabt, so lange wegzubleiben. Sie wollte etwas Abstand, vielleicht zwei oder drei Wochen, wollte Eve die Möglichkeit geben, alles zu verarbeiten und hinter sich zu lassen. In dieser Zeit versuchte Bobby, die Welt mit Eves Augen zu sehen. Doch je größer der Abstand wurde, desto mehr stellte Bobby fest, dass sie ihre ausgetretenen Pfade verlassen musste, um sich auf gleicher Augenhöhe wie Eve zu bewegen. Zum ersten Mal in ihrem Leben suchte sie eine Psychotherapeutin auf und ihr wurde klar, dass sie ihre Vergangenheit nie wirklich aufgearbeitet hatte. Die Angst, Eves Vorstellungen nicht zu genügen, lähmte sie und machte es ihr unmöglich, auf Dauer eine stabile Beziehung zu führen. Sie hatte sich hinter Eve versteckt, weil es für sie leichter war, die Verantwortung abzugeben, als sie selbst zu übernehmen.

Bobby begann die Abendschule zu besuchen und belegte als Erstes einen Computerkurs. Selbst dafür hatte sie sich nie interessiert und wusste gerade mal so, wie sie eine E-Mail verschickte. Sie hatte Eve ins kalte Wasser gestoßen, als sie von ihr verlangte, den Bürokram der Ranch zu erledigen. Zwar hatte sie es nicht laut ausgesprochen und Eve hatte es von Anfang an freiwillig gemacht, aber wer hätte es auch sonst machen sollen? Früher war Eddy dafür verantwortlich gewesen, als er starb, hatte Bobby vieles einfach liegenlassen und nur das Nötigste getan. Doch sie hatte weder Ahnung von Buchhaltung, noch davon, wie man einen anständigen Geschäftsbrief formulierte. Das sollte sich jetzt ändern und nach wenigen Wochen hielt sie stolz ein Zertifikat in den Händen. Des Weiteren half sie ehrenamtlich im Krankenhaus auf der Kinderstation aus, um ihre panische Angst vor den kleinen Wesen zu verlieren. Sie wollte sehen, was Eve sah. Warum ihre Lebensgefährtin so versessen darauf war, ein Baby zu bekommen. Und sie begann zu verstehen ...

»Darf es sonst noch etwas sein?«, fragte Bobby lustlos, als sie einem Gast Kaffee einschenkte. Seine Bestellung notierte sie auf einem kleinen Block und gab sie dann der Küche weiter. Gerade als sie in die Pause wollte, bimmelte die Türglocke und als Bobby aufsah, wich alle Farbe aus ihrem Gesicht. Wie gebannt starrte sie auf die Person, die soeben hereingekommen war und die unverhohlen, mit bewegungsloser Mine zurückstarrte. Eve sah verändert aus, was nicht nur an ihrer neuen Frisur lag. Müde, abgeschlagen und um ihre Lippen hatte sich ein Zug gelegt, denn Bobby bis dahin noch nie gesehen hatte. Hart und irgendwie verkniffen. Bobbys Gewissen regte sich. Sie trug Schuld daran, dass Eve litt. Sie sah zu, wie sich Eve bewegte. Langsam und zögerlich, so als hatte sie gar nicht vor, jetzt hier in diesem Diner zu sein. Sie setzte sich an den Tisch nahe der Türe, ein Zeichen dafür, dass sie nicht vorhatte, sich lange aufzuhalten, denn der Rest des Lokales war beinahe leer.

»Ich mache Pause, Rita«, sagte Bobby zu ihrer Kollegin, ohne Eve aus den Augen zu lassen. »Der Typ in dem schmuddeligen Sporthemd bekommt gleich die Würstchen im Schlafrock. Kannst du das übernehmen?« Sie wartete die Antwort nicht ab, sondern schnappte sich die Kaffeekanne und zwei Tassen und ging damit zu Eves Tisch.

Innerlich war Bobby total aufgewühlt, doch sie versuchte, sich nichts anmerken zu lassen.

»Wie schön, dich zu sehen.« Ihre Stimme klang kratzig und sie musste an sich halten, Eve nicht um den

Hals zu fallen. Unaufgefordert stellte sie die Tassen ab, füllte sie mit Kaffee und rutschte in die Bank Eve gegenüber, die das Ganze skeptisch beobachtete.

»Eve, es tut mir wahnsinnig leid. Ich ...«

»Lass das!« Eves Stimme klang schneidend und eiskalt, sodass Bobby zusammenzuckte. Das war nicht ihre Eve, die vor Optimismus übersprudelte. Die jeden Tag mit einem Lächeln begann. »Drei Monate, Bobby. Du verschwindest drei Monate und ich muss dich in diesem, diesem ... Was ist das hier?« Eve hob verärgert und nach Worten suchend die Arme. »Das ist das schrecklichste Lokal, in dem ich je gesessen habe.«

»Es ist ein Job, nicht mehr und nicht weniger.«

»Du hast einen Job, verdammt noch mal! Einen, wo du dich nicht anziehen musst wie Pennywise.«

Bobby bekam rote Ohren und nahm die lächerliche Fliege vom Hals. Einmal mehr wurde ihr bewusst, wie dämlich sie in diesem Outfit aussah.

»Wie geht es dir?«, fragte sie leise.

»Was denkst du, mh?« Eve sah in eine andere Richtung, denn sie spürte, wie ihr die Tränen kamen. Schon wieder! Wie oft hatte sie in den letzten Monaten wegen Bobby geheult und wie oft hatte sie sich deswegen verflucht? Ihr Herz klopfte so schnell, dass sie dachte, es würde ihr aus der Brust springen. Sie war so unendlich zornig auf Bobby, aber es tat gut, ihre Stimme zu hören, so nah bei ihr zu sein. Nur mit Mühe konnte sie ein Zittern unterdrücken. »Ich bin nicht hier, um über dich und mich zu reden. Ich habe zwar keine Ahnung, was du dir für deine Zukunft vorstellst, aber wir haben ein

Problem, was uns beide betrifft und bei dem ich dich nicht übergehen kann.« Sie machte eine Pause und Bobby wusste nicht, ob sie darauf antworten sollte oder nicht. Sie unterließ es und Eve erzählte ihr von Jenny.

»Das ist nicht dein Ernst?«, antwortete sie fassungslos, als Eve geendet hatte. Bobby ließ sich gegen die Rücklehne fallen. »Das ist, das ist ... Ich brauche was zu trinken!« Sie verschwand und kam kurz darauf mit einer Flasche billigen Whiskey und zwei Gläsern zurück.

»Es ist zehn Uhr morgens«, sagte Eve.

»Das ist mir gerade so was von egal!« Bobby kippte sich das Glas zur Hälfte voll und stürzte es hinunter. Nach einem kurzen Schütteln sah sie Eve eindringlich an.

»Das bedeutet also, du ... wir kümmern uns jetzt um die Kleine? Egal, was passiert? Jenny ist raus?«

»Genau das. Du und ich müssen ab sofort gemeinsam entscheiden, auch wenn es darum geht, wie es medizinisch mit der Kleinen weitergeht.«

»Du meinst, Maschinen abschalten und so?«

»Wenn es hart auf hart kommt - ja.« Eve genehmigte sich ebenfalls ein Glas von dem grauenvollen Gesöff.

»Das ist hart.« Bobby griff nach Eves Hand, die auf dem Tisch lag, doch sie zog sich zurück. »Eve, ich wollte ... will nach Hause kommen. Das wollte ich die ganze Zeit, aber ich musste mir über einiges klarwerden. Ich mache eine Therapie.«

Eve warf ihr einen undefinierbaren Blick zu.

»Wofür? Mit dir ist alles in Ordnung.«

»Nein, eben nicht. Wäre es so, hätte ich nicht diese Scheiße gebaut. Ich sehe die Dinge jetzt ganz anders, ich verstehe dich. Lass mich zurückkommen, Eve, bitte. Ich schlafe im Gästezimmer, wir müssen nicht so tun, als sei nie etwas vorgefallen. Aber ich will dich unterstützen, ich will, dass wir das zusammen durchstehen. Wir sind ein Team, oder nicht?«

»Das waren wir.« Eve trank nachdenklich von ihrem Kaffee. »Ich will ehrlich sein, Bobby. Ich habe dich vermisst. Gott ist mein Zeuge, ich habe dich wie die Hölle vermisst, doch ich habe mich damit arrangiert. Ich wusste nicht, ob und wann du zurückkommst, verstehst du? Ich kann nicht von jetzt auf gleich da weitermachen, wo wir aufgehört haben. Ich habe dir vor langer Zeit das mit Jenny verziehen und das hätte ich dir gerne gesagt, doch ich wusste nicht, wo du warst. Dann erscheinst du auf der Hochzeit und verschwindest, bevor wir reden konnten. Als Jenny auftauchte ... Hast du auch nur den Ansatz einer Vorstellung davon, wie ich mich gefühlt habe? Dieses Mädchen macht mich fertig, Bobby. Wegen ihr haben wir uns getrennt und jetzt hinterlässt sie uns ein Kind.«

»Es war nicht Jennys Schuld, sondern meine«, gab Bobby zurück. »Sie war nur zur falschen Zeit am falschen Ort. Ich alleine hätte dem Ganzen von Anfang an einen Riegel vorschieben müssen, aber das tat ich nicht. Weil es mir schmeichelte, weil ich mich plötzlich wieder jung und frei fühlte und nicht diese Belastung im Nacken hatte, dass du ein Kind möchtest. Ich sehe das mittlerweile ganz anders, glaub mir, aber wie ich dir

165

schon einmal sagte, es hat mir Angst gemacht. Dein klarer Plan von der Zukunft ... ich fühlte mich plötzlich deplatziert. Ich erkannte, dass ich nicht mehr die Bobby von früher war. Die, die immer alles unter Kontrolle hatte.«

Eve verstand Bobby jetzt um einiges besser, nachdem sie die letzten Monate für alles alleine verantwortlich gewesen war. Na ja, sie hatte jede Menge Unterstützung erhalten, dennoch gemerkt, wie viel Arbeit wirklich hinter alldem steckte. Bobby war nicht der Typ Frau, der sich gerne das Ruder aus der Hand nehmen ließ, sie war kein Mensch der Worte, sondern der Taten. Sie hatte immer und überall mit angepackt, dass sie kürzer getreten war, hatte sie nur Eve zuliebe getan.

»Komm nach Hause«, sagte Eve nach einer Weile. »Um Himmels willen, kündige diesen Job! Ich wollte noch ins Krankenhaus und mich erkundigen, wie es der Kleinen geht. Wenn du mitkommen möchtest?«

»Nichts lieber als das.« Bobby grinste. »Wir müssen nur kurz bei mir vorbei, damit ich mich umziehen kann. Ich will ja nicht, dass die armen Würmchen Angst vor Clowns bekommen.«

Ein Pfleger verpasste Eve und Bobby Schutzkittel und ließ sie dann zu dem Säugling. Eve schlug die Hand vor den Mund, als sie den Winzling sah, der an der Beatmungsmaschine angeschlossen war. Die Haut so zart und durchscheinend wie Porzellan, im ganzen Körper steckten Schläuche. Auch Bobby schluckte und bekam feuchte Augen. Genau so etwas hatte sie nie gewollt.

Hier lag ein kleiner Mensch, der niemanden auf der Welt hatte, ja, die Kleine besaß noch nicht einmal einen Namen, und sie stand hilflos daneben und konnte nichts machen.

»Wir nennen sie Amy«, sagte die Krankenschwester, die gerade einen neuen Tropf befestigte. »Wir geben den Frühchen immer Namen, wenn sie niemanden haben, auch wenn nicht alle durchkommen, aber so ist es persönlicher.«

»Amy«, flüsterte Eve. »Ein hübscher Name für ein hübsches, kleines Mädchen.« Wie gerne hätte sie dieses winzige Bündel an sich gedrückt und ihm alle Liebe geschenkt, die sie zu geben hatte.

»Leider können Sie derzeit gar nichts tun, ich weiß, wie Sie sich fühlen müssen, aber Sie sind ja zum Glück nicht die Eltern«, plapperte die Schwester.

»Nein, zum Glück«, sagte Eve leise und senkte den Kopf. »Wir sollten gehen und deinen Kram holen, meinst du nicht?«

Es brach Eve das Herz. Sie war nur gesetzlich der Vormund der kleinen Amy, was so viel bedeutete, sie und Bobby würden ihre ganzen Leidensmomente mit ansehen und sie dann gehen lassen müssen. Dann, wenn sie ein gesundes, normales Kind war, müssten sie es anderen Eltern überlassen.

Bobbys Gedanken gingen in eine ähnliche Richtung. Zum ersten Mal in ihrem Leben erwachte in ihr der Wunsch, jemand anderen beschützen zu wollen. War es das warme Gefühl, der Wunsch, dieses Kind mit dem eigenen Leben zu verteidigen, das, was Frauen als

Mutterinstinkt wahrnahmen? Sie schluckte hart. Jetzt, in dieser Sekunde, verstand sie Eve zum ersten Mal wirklich und das ließ nur eine einzige Möglichkeit zu.

»Wir sollten Amy adoptieren!«

»Bobby«, rief Eve viel zu laut für die Flure eines Krankenhauses. »Was stimmt nicht mit dir? Eben noch verlässt du mich, weil du Schiss davor hast, eine Familie zu gründen und jetzt kommst du mir mit dem Vorschlag, ein krankes Kind zu adoptieren.«

»Na ja, du willst ein Kind, Amy braucht eine Mutter. Wo ist das Problem?«

»Wo ist das Problem?« Eve stapfte wutentbrannt zu ihrem Wagen. »Wo ist ...?« Sie trat gegen die Reifen. »Wo das scheiß Problem liegt?«, schrie sie außer sich. »Du bist das scheiß Problem, Bobby. Denkst du ernsthaft, ich würde dieses Kind adoptieren, nur weil es keine Mutter hat? Weil seine Mutter es nicht haben will?«

»Aus diesem Grund werden Kinder adoptiert, Eve. Sonst gäbe es dieses Verfahren nicht.«

»Ach, jetzt willst du auch noch klugscheißen, oder was?« Eves Brustkorb schmerzte, eigentlich tat es ihr überall weh. Ihr ganzer Körper schien zu rebellieren, weil sie sich so zusammenriss, Bobby nicht ins Gesicht zu schlagen. Zum ersten Mal in ihrem Leben hatte sie dieses Gefühl und sie wusste nicht, wie sie damit umgehen sollte.

»Erzähl mir nicht, dass du darüber nicht auch schon nachgedacht hast.« Bobby näherte sich ihr vorsichtig, spürte ihre Gegenwehr und schloss sie doch in die

Arme. Eve ließ sich fallen. All die Last der letzten Monate begann zu bröckeln, sie hatte sich so nach Bobby gesehnt, dass sie in deren Armen versank und den Tränen freien Lauf ließ.

»Das heißt jetzt nicht, dass ich dich wieder ins Schlafzimmer lasse«, schniefte sie nach einigen Minuten. »Lass uns nach Hause fahren. Ich brauche dringend Schlaf. Was dann wird ... wir werden es sehen. Aber schlag dir das mit dem Baby aus dem Kopf, weil das die dümmste Idee ist, die du je hattest!«

Sie stiegen in den Wagen und holten Bobbys Sachen aus dem Motel.

»Ich finde dich übrigens total sexy mit der neuen Frisur«, sagte Bobby schmunzelnd, als sie den Weg nach Bird Creek fuhren.

Wie zu erwarten reagierten Beth und die anderen mit gemischten Gefühlen auf Bobbys Rückkehr. Sie hatte einiges zu erklären und führte besonders mit Beth ein eindringliches Gespräch, bei dem die Haushälterin ihr ordentlich die Leviten las. Eve wusste nicht, was die beiden alles besprachen, aber das war ihr im Moment auch egal. Sie fühlte sich ausgelaugt und hätte eine Woche durchschlafen können, gleichzeitig brachte Bobbys Anwesenheit ihr eine innere Unruhe ein. Sie haderte noch mit sich, wie sie damit umgehen sollte, entschied aber, ihren Plan durchzuziehen und Bobby noch schmoren zu lassen. Daher blieb Eve auch bei Bobbys unterschwelligem Dackelblick hart, als sie dabei zusah, wie diese ihren Kram ins Gästezimmer verfrachtete. Sie wollte erst herausfinden, ob Bobby es wirklich ernst meinte oder ob sie wieder einmal einem spontanen Drang folgte.

Müde holte sich Eve einen Kaffee aus der Küche. Der wievielte es an diesem Tag schon war, vermochte sie nicht mehr zu zählen. Hoffend, dass das Koffein sie noch ein paar Stunden wach hielt, schleppte sie sich ins Büro, wo ein Haufen Arbeit auf sie wartete.

»Ruh dich aus«, meinte Bobby, die mit verschränkten Armen im Türrahmen stand. »Du siehst aus, als kippst du jeden Moment aus den Latschen.«

Eve zog eine Grimasse. »Nichts lieber als das, aber du siehst ja, was hier los ist.«

»Ich übernehme das«, sagte Bobby, und erntete einen überraschten Blick. »Du brauchst gar nicht so zu gucken, ich weiß jetzt, wie man mit dem Ding umgeht.«

»Du meinst den Computer?« Eve grinste.

»Ich habe einen Kurs gemacht, also sag mir, was zu tun ist und es wird im Handumdrehen erledigt.« Motiviert stieß sie sich von der Türe ab, rieb sich die Hände und sah Eve hochkonzentriert über die Schulter.

»Okay.« Eve war zwar skeptisch, wollte Bobby aber nicht vor den Kopf stoßen. »Siehst du diese Tabelle? Hier trage ich die Einnahmen ein, auf der anderen Seite die Ausgaben. Weiter unten stehen die Namen aller Mitarbeiter und daneben das, was wir für sie zahlen. Dann die Nächste.« Eve klickte mit der Maus auf dem Bildschirm herum. »Hier findest du die Bestellungen. Die müssen aus diesem schwarzen Buch übertragen werden.« Sie deutete auf ein Notizbuch zu ihrer Linken.

»Wenn etwas fehlt, wird es in die Liste eingetragen. Bekommst du das hin?«

»Ist der Papst katholisch?«, gab Bobby zurück und scheuchte Eve vom Stuhl. »Los, verschwinde, ich komme klar.«

Eve beobachtete noch einige Sekunden, wie Bobby sich mit dem Programm vertraut machte, doch sie wirkte sehr selbstbewusst. Was sollte schon passieren? Selbst wenn sie Fehler machte, könnte Eve sie hinterher wieder ausbügeln. Sie freute sich über Bobbys Enthusiasmus. Lächelnd verzog sie sich ins Schlafzimmer, ließ sich aufs Bett fallen und war im Nu eingeschlafen.

Während Eve friedlich schlummerte, arbeitete Bobby konzentriert am PC. Eve war bei solchen Sachen immer sehr korrekt, deswegen kam Bobby schnell in die neue Arbeit hinein. Nach zwei Stunden hatte sie es geschafft, kontrollierte alles noch einmal und klatschte zufrieden in die Hände. Da Eve immer noch schlief, nutzte Bobby die Gelegenheit, um im Internet zu surfen. Das hatte sie früher nie interessiert und dementsprechend wenig Erfahrung hatte sie damit. Doch schnell ließ sie sich in den Bann der bunten, virtuellen Welt ziehen und las sich sämtliche Informationen zum Adoptionsrecht in Oklahoma durch. Ernüchtert stellte sie fest, dass - sofern sie ernsthaft über die Adoption der kleinen Amy nachdenken würden - sie dies nur gemeinsam tun könnten, wenn sie auch verheiratet wären. Andernfalls wäre nur eine Partei als Elternteil zugelassen.

»Uff«, machte Bobby und lehnte sich in dem Drehstuhl zurück. War sie bereit für das Gesamtpaket? Ehefrau und Mutter? *Ja,* beantwortete sie sich ihre eigenen Fragen. Sie wollte Eve mit allem, was dazu gehörte. Nie wieder wollte sie so einen Mist verzapfen und ihre Beziehung gefährden.

Bobby hörte Schritte im Flur und klickte eilig die Seiten zu. Eve brauchte davon noch nichts zu erfahren, nicht, solange sich Bobby etwas ausgedacht hatte, um ihre Beziehung wieder zu kitten.

»Na, wie läuft es?«, fragte Eve gähnend und rieb sich die Augen. Auf ihrer rechten Wange zeichneten sich tiefe Schlaffalten ab und ihr Haar stand in alle Richtungen.

»Bin fertig«, gab Bobby zufrieden zurück. »Sieh es dir an.« Sie rollte mit dem Bürostuhl zur Seite und gewährte Eve einen Blick auf ihre Arbeit, gespannt wartend, ob sie den Daumen hoch oder runter erhielt.

»Das hast du toll gemacht«, lobte Eve. »Einen Computerkurs also, hm? Was hast du mir sonst noch verheimlicht?«

Bobby grinste von einem Ohr zum anderen und drehte sich mit dem Bürostuhl im Kreis.

»Das mit der Therapie weißt du ja schon und dann habe ich noch ... also ich helfe hin und wieder im Krankenhaus aus. Auf der Kinderstation. Ich lese den Zwergen vor oder male mit ihnen - dabei bekomme ich gerade mal Strichmännchen hin, aber das ist egal, weil die Kleinen noch viel unbegabter sind.«

Eve blieb der Mund offenstehen. Sie wusste nicht, ob sie lachen oder weinen sollte über Bobbys Art, ihr solche Neuigkeiten zu unterbreiten und es dann so dastehen zu lassen, als würde sie das nicht im Geringsten berühren.

»Wow«, brachte sie heraus. »Das ist ... das ist ... wow.«

»Wusstest du«, begann Bobby, schlug ihre Beine übereinander und wippte mit dem Fuß, »dass jeweils eine Murmel in ein Nasenloch passt? Ich hatte damit nichts zu tun, ehrlich.«

Eve schlug sich lachend die Hand vor den Mund. Bobby würde sie nie ändern, aber das war auch gut so, denn eines wusste Eve ganz genau: Auch wenn Bobby wahrscheinlich immer selbst ein Kindskopf bleiben würde, sie würde ihr Leben geben, für die, die sie liebte.

»Wie wäre es mit einem Stück Kuchen?«, fragte sie. »Und dabei kannst du mir noch mehr spannende Fakten über Kinder erzählen.«

Kapitel 12

Am Abend fuhr Eve wieder ins Krankenhaus, um nach Amy zu sehen. Auch wenn sie nicht viel ausrichten konnte, sie war überzeugt, ihre Anwesenheit gab Amy Kraft. Die Nachtschwester brachte ihr eine Decke und ein Kissen, sodass sie es sich einigermaßen neben dem Inkubator gemütlich machen konnte. Außerdem durfte sie durch die seitlichen Öffnungen ihre Hände stecken und konnte zum ersten Mal Kontakt mit Amy aufnehmen. Sie fühlte sich so zart und zerbrechlich an, der kleine Körper hob und senkte sich mithilfe der Beatmungsmaschine und Eve betete inständig, dass Amy bald von alleine atmete. Die Krankenschwester erklärte ihr, dass zumindest die Nieren mittlerweile von alleine arbeiteten und Amy auch schon ausgeschieden hatte.

»Das sind die besten Ergebnisse, die wir heute erzielen konnten.« Schwester Nancy lächelte. »Sollten Sie etwas brauchen, Doktor Dearing, ich bin im Schwesternzimmer.«

Als die Schwester gegangen war, sprach Eve leise mit Amy. Sie erzählte ihr von der Farm, von den Tieren und von Beth und Bobby. Es ergab zwar keinen Sinn, aber sie wollte, dass Amy ihre Stimme hörte. Also berichtete sie dem Säugling auch Geschichten aus ihrer Zeit in Chicago, so lange, bis ihr die Augen zufielen.

Schwester Nancy weckte Eve am nächsten Morgen und teilte ihr mit, dass jetzt Schichtwechsel war.

»Alles unverändert, aber ich bin mir sicher, Amy spürt, dass sie da sind«, sagte Nancy und Eve wünschte ihr einen schönen Feierabend. Jede Stunde, die Amy überlebte, war ein Schritt in die richtige Richtung.

Eve versprach, am Nachmittag wiederzukommen, doch jetzt musste sie nach Hause fahren und sich um ihre Schützlinge kümmern. Siedendheiß fiel ihr ein, dass Mayla ihren letzten Tag bei ihnen verbrachte und den wollte sie ihr so schön wie möglich gestalten. Auf dem Weg nach Hause klingelte Eves Handy. Sie schaltete die Freisprechanlage an.

»Hallo«, meldete sie sich.

»Hier ist Kerry, guten Morgen. Habe ich dich geweckt?«

»Nein, ich habe die Nacht im Krankenhaus verbracht«, antwortete Eve.

»Oh. Wie geht es der Kleinen?«

»Unverändert, allerdings arbeiten ihre Nieren jetzt alleine.«

»Das ist sehr gut.« Kerry machte eine Pause - zu lange, für Eves Geschmack. »Hör zu, Eve, es ist etwas vorgefallen. Die Polizei sucht nach Jenny - deren Name übrigens nicht Clarkson ist. Sie haben uns um Hilfe gebeten, weil wir sie in unserer Vermisstedatenbank haben. Ihre Eltern suchen bereits seit drei Jahren nach ihr. Anscheinend war sie irgendwann in einen Überfall verwickelt und da man den Mittäter jetzt gefasst und er Jenny verpfiffen hat, wird nach ihr gefahndet.«

Eve lenkte den Wagen an die Seite und stellte den Motor ab. Welche Überraschungen hielt dieses Mädchen noch parat? »Das ist wirklich harter Tobak«, sagte sie. »Vermutlich hatte sie sich deswegen bei uns verkrochen.«

»Da ist noch mehr«, fuhr Kerry fort, und Eve seufzte. Auf weitere Hiobsbotschaften hätte sie gerne verzichtet. »Man hat Jennys Eltern informiert, die - Überraschung - gar nicht tot sind, sondern sich bester Gesundheit in Kansas erfreuen. Ihre Mutter, Misses Ann-Marie Porter, meldete sich gestern bei uns. Sie kommen heute vorbei. Wir werden das natürlich alles prüfen, aber ich muss ihnen von dem Kind erzählen, Eve.«

»Natürlich«, entgegnete Eve mit belegter Stimme. »Ist es nach wie vor rechtskräftig, dass wir der Vormund sind? Jenny war doch volljährig, oder?«

»Ich will ehrlich sein, Eve, ich glaube bald gar nichts mehr, was mit dem Mädchen zu tun hat. Ich lasse es dich aber wissen, sobald ich Gewissheit habe.«

»Danke.« Eve drückte das Gespräch weg und hieb auf das Lenkrad ein. Gerade als sie dachte, sie könne wieder durchatmen, kam der nächste Hammer. Sie brannte darauf, zu erfahren, aus was für einem Elternhaus Jenny stammte. Warum war sie weggelaufen und erzählte, ihre Familie sei tot? Es machte Eve fast wahnsinnig, dass sie bei dem Gespräch nicht dabei sein konnte, doch sie zählte auf Kerry, dass sie die nötigen Informationen aus den Porters herausbekam.

Nachdem sie sich gefasst hatte, nahm Eve ihren Weg wieder auf. Sie würde am Abend mit Bobby sprechen, jetzt war erst einmal Mayla wichtig. Sie konnte nicht ihre gesamte Arbeit vernachlässigen und musste Amy und Jenny aus ihrem Kopf bekommen. Maylas Abschied war tränenreich - auf beiden Seiten, wenngleich Eves sich freute, dass das Mädchen hier gelernt hatte, was in ihr steckte. Als sie vor einem Jahr auf Bird Creek ankam, war sie ein schüchternes Mädchen, das unter Depressionen litt und kurz davor gewesen war, in eine Magersucht zu driften. Sie hatte gelernt, sich selber zu akzeptieren und sich so anzunehmen, wie sie war. Ihre Eltern schlossen sie freudig in die Arme und versprachen Eve und Bobby, jetzt mehr auf Mayla zu achten und auf ihre Bedürfnisse einzugehen.

»Und wieder eine Erfolgsstory. Bravo, Doktor Dearing«, sagte Bobby, als sie alleine im Wohnzimmer saßen und ein Glas Wein tranken.

»Tja, wenn nur alles so einfach wäre.« Eve drehte ihr Glas in der Hand und starrte geistesabwesend in die Flammen, die im Kamin knisternd tanzten. »Kerry hat mich heute angerufen.« Sie berichtete Bobby von dem Gespräch.

»So eine Scheiße«, entfuhr es Bobby und sie verengte wütend die Augen. »Ich weiß nicht, wie ich das jemals wieder gutmachen soll. Ich hätte auf dich hören und sie bei der erstbesten Gelegenheit rausschmeißen sollen.«

»Darum geht es doch gar nicht mehr«, antwortete Eve. »Darüber will ich nicht mehr reden, es ist vergeben und vergessen. Mir geht es um Amy. Was ist, wenn man den Porters das Sorgerecht zuspricht und sie sind ganz furchtbare Menschen? Ich meine, Jenny ist absolut verkorkst, da sind wir uns doch einig, oder? Ich weiß ja, dass Eltern nicht immer die Schuld daran tragen, wenn ihre Kids auf die schiefe Bahn geraten, aber ich wüsste gerne die Hintergründe.«

»Die wird Kerry dir liefern«, beruhigte Bobby sie. »Ich finde ja immer noch, wir sollten beantragen, Amy adoptieren zu dürfen. Du bist doch sowieso mittlerweile gefühlsmäßig so involviert, dass du an nichts anderes mehr denken kannst. Es ehrt dich, dass du dir Sorgen machst, aber nachts am Bett eines fremden Kindes zu sitzen, geht meines Erachtens darüber hinaus.«

Eve warf ihrer Freundin einen finsteren Blick zu.

»Ich habe eben Mitgefühl, mehr nicht«, gab sie zurück.

»Red dir das nur ein.« Bobby lachte auf. »Ich kenne Sie viel zu gut, Doktor, als dass Sie mir irgendwelche Märchen erzählen können.« Sie zwinkerte Eve zu. »Solltest du allerdings ernsthaft darüber nachdenken, gebe ich dir noch einen weiteren Grund zum Nachdenken: Lass uns heiraten!«

Eve spuckte den Wein, den sie soeben getrunken hatte und der sich noch in ihrem Mund befand, quer über den Tisch. Ihre Gesichtszüge entglitten völlig, ihr Puls machte ein paar überaus merkwürdige Stolperer und sie glaubte, mit ihrem Gehör stimme irgendwas nicht.

»Sag mal, Bobby, geht es dir gut?«, fragte sie entgeistert. »Was hat diese Therapeutin mit dir gemacht? Wurde dein Gehirn gewaschen? Experimente vielleicht? Bewusstseinsverändernde Drogen? Eine Alienentführung womöglich?« Bobby lachte schallend.

»Nein, du dumme Nuss, nichts dergleichen. Darf eine

Frau eine andere Frau nicht fragen, ob sie sie heiraten möchte?«

»Und ob, aber nicht du! Das ist so ... so absurd!«

»Ach, ich bin also absurd?« Bobby zog eine beleidigte Schnute.

»Nein, nicht du. Aber die Vorstellung, dass du und ich ... Haha, Bobby, wirklich witzig!«

»Das ist mein voller Ernst und nicht nur deswegen, weil wir Amy nur als Paar adoptieren dürfen, wenn wir verheiratet sind. Ich wollte damit eigentlich noch warten, aber die gegenwärtige Situation verlangt Handlungen.«

»So, so, verlangt sie also, hm?« Eve schmunzelte. »Du denkst also, du bekommst eine Frau wie mich mit so einem schnöden Antrag? Mitnichten!« Sie machte eine übertriebene Handbewegung und warf das Haar in den Nacken.

»Was willst du? Ein Bett aus rosa Blüten? Einen Kniefall?«

»Das ist ja wohl das Mindeste.«

Bobby stöhnte auf und schüttelte den Kopf.

»Okay! Du bekommst von mir den, verdammt noch mal, romantischsten Antrag aller Zeiten, aber nur unter einer Bedingung.«

»Die da wäre?«

»Dass du ja sagst und völlig verzaubert bist!«

Eve lachte immer noch, als sie auf dem Weg ins Krankenhaus war. Bobby hatte einfach einen liebenswerten Knall. Während sie den Wagen durch Tulsa lenkte, überlegte sie, ob sie den Antrag - sofern er denn ernstgemeint war - annehmen sollte. Konnte sie darauf vertrauen, dass Bobby sich hinsichtlich ihrer Einstellung so geändert hatte? Im Moment verlief zwar alles sehr harmonisch, aber auch irgendwie oberflächlich. Sie verhielten sich wie zwei verliebte Teenies, die umeinander herumscharwenzelten, sich aber nicht trauten, sich dem anderen zu nähern. Es hatte ein bisschen was von Jugendcamp, wie sie in getrennten Zimmer schliefen und sich doch so sehr wünschten, sie würden es endlich miteinander treiben. Immerhin hatte Bobby es geschafft, dass Eves Verfassung deutlich besser geworden war. Es sah nicht mehr alles so trüb aus. Wer wusste schon, was die Zukunft für sie beide noch bereithielt? Aber ein bisschen sollte Bobby ruhig noch schmoren, denn Eve war immer noch tief verletzt, dass sie sich einfach so aus dem Staub gemacht hatte.

Als sie auf der Säuglingsstation eintraf, sah sie Schwester Nancy mit einem Paar diskutieren. Die schrille Stimme der Frau drang zu Eve, doch sie konnte nicht genau verstehen, worum es bei dem Gespräch ging.

»Doktor Dearing, Gott sei Dank«, sagte Nancy und atmete erleichtert auf, als sie Eve erspähte.

»Ist das die zuständige Ärztin? Sind Sie die Ärztin meiner Enkeltochter?«, fragte die Frau aufgebracht und trat so nah an Eve heran, dass diese einen Schritt zurückwich.

»Nein, ich bin keine Humanmedizinerin«, antwortete Eve.

Die Frau stutzte einen Moment, dann rümpfte sie die offensichtlich chirurgisch veränderte Nase.

»Ach, dann sind Sie wohl diese lesbische Tierärztin, die der Vormund meiner Enkeltochter ist.«

Eve fiel es wie Schuppen von den Augen. Vor ihr stand das Ehepaar Porter, Jennys Eltern! *Oh, Jenny, mir wird einiges klar*, dachte sie, als sie die beiden musterte. Er, Typ Autoverkäufer, mit einer getönten Sonnenbrille, einem teuren, aber äußerst geschmacklosen Anzug und einer übertrieben großen Rolex am Handgelenk. Misses Porter stand ihrem Mann in puncto Übertriebenheit in nichts nach. Die auffällig lackierten und mit Strasssteinchen beklebten Fingernägel, trommelten geräuschvoll auf der Theke, hinter der sich Schwester Nancy in Sicherheit gebracht hatte und Eve entschuldigend ansah.

»Ja, die bin ich«, antwortete Eve jetzt. »Ich nehme an, Sie haben bereits mit Misses Connor gesprochen?«

»So ist es. Wir wissen, dass unsere missratene Tochter wohlauf ist - wobei das ja nicht ganz so zutreffend ist, wenn man bedenkt, in welche Scheiße sie sich geritten hat. Wir würden jetzt gerne die Kleine sehen.«

»Misses Porter, Amys Zustand ist noch nicht stabil, daher halte ich es für das Beste, sie kommen wieder, wenn es ihr besser geht.«

»Aber wir sind die Großeltern, also haben wir jegliches Recht auf unserer Seite.« Misses Porter verzog die rotgeschminkten Lippen zu einem süffisanten Grinsen.

»Leider nein«, gab Eve zurück. »Ihre Tochter hat im

vollen Bewusstsein ihrer geistigen Kräfte die Adoptionspapiere aufgesetzt und unterschrieben - es ist also rechtskräftig. Jenny war volljährig, ich bin der Vormund und in dieser Funktion sage ich Ihnen, kommen Sie bitte zu einem späteren Zeitpunkt wieder.«

»Hast du gehört, Frank? Im Vollbesitz ihrer geistigen Kräfte!« Misses Porter lachte unschön auf. »Meine Tochter war noch nie im Vollbesitz ihrer geistigen Kräfte, Doktor Dearing. Ich könnte Ihnen Geschichten über diese kleine Schlampe erzählen, da würden Sie mit den Ohren schlackern.«

Eve musste an sich halten, dieser ordinären Person nicht an die Gurgel zu gehen. Zu solchen Menschen sollte die kleine Amy? Sie schwor sich, alles in ihrer Macht stehende zu tun, dass dieses worst case Szenario niemals eintrat!

»Hören Sie, Doktor Dearing. Wir haben einen langen Atem und genug Geld, um das Sorgerecht für das Kind einzuklagen. Es spielt keine Rolle, wie lange das dauert, verstehen Sie? Amy - oder wie auch immer Sie das Baby nennen - ist unser Fleisch und Blut und wir lassen sie uns nicht wegnehmen!« Sie drehte Eve den Rücken zu. »Komm, Frank, wir sind hier fertig!« Damit rauschte das *Ehepaar Bizarr* ab und ließ Eve und eine blassgewordene Nancy zurück.

»Um Himmels willen, was sind das für Leute?«, fragte die Krankenschwester. »Ich war kurz davor, den Sicherheitsdienst zu rufen. Ich hoffe für Amy, dass sie niemals bei diesen Verrückten aufwachsen muss.«

»Das hoffe ich auch«, murmelte Eve und suchte sich

eine ruhige Ecke, um Kerry anzurufen. Sie wünschte sich, Bobby wäre dabeigewesen, sie hätte dieser Frau ordentlich Paroli geboten und wäre nicht so höflich geblieben. Hoffentlich konnte Kerry mit hilfreichen Informationen aufwarten.

»Hier ist Eve«, meldete sie sich, als Kerry das Gespräch entgegengenommen hatte.

»Hallo. Ich habe schon mit deinem Anruf gerechnet. Du hast sie also kennengelernt, die Möchtegernpromis aus Topeka.«

»Ähm, ja. Mich gruselt's immer noch«, gab Eve zurück. »Was kannst du mir berichten?«

»Also, Frank Porter ist der Autoking von Topeka ...« Eve lachte auf. Ihre Menschenkenntnis war einfach unschlagbar. »Misses Porter war Miss Kansas Neunzehnhundert irgendwas. Ist auf jeden Fall ewig lange her. Vor vier Jahren räumten sie beim Lotto ab - ganze drei Millionen Dollar - und waren in allen Zeitungen und irgendwelchen Talkshows zu Gast. Das ist den beiden wohl etwas zu Kopf gestiegen. Als Jenny verschwand, machten sie daraus eine Riesenshow.«

»Aha, Neureiche also. Tja, schade, dass man sich Benehmen nicht kaufen kann.« Eve schnaufte ungehalten. »Wie gehen wir jetzt weiter vor? Sie drohten mir damit, das Sorgerecht einzuklagen und bei drei Millionen Dollar kann ich leider nicht mithalten.«

»Musst du auch nicht«, antwortete Kerry zuversichtlich. »Denkst du, irgendein Richter mit Verstand, wird denen das Kind überlassen? Zumal sie ihre eigene Tochter erst dann gesucht haben, als sie im Interesse der Öffentlichkeit standen.«

Wieder schnaufte Eve wütend.

»Das Jugendamt wird sehr genau prüfen, wie die Lebensbedingungen der einzelnen Bewerber sind, also wird Amy andere, ganz tolle Eltern erhalten.«

»Wo wir gerade beim Thema sind«, warf Eve ein. »Bobby hat mich gefragt, ob ich sie heiraten möchte, damit WIR Amy adoptieren können.«

»Eve«, kreischte Kerry. »Das erzählst du mir so nebenbei? Das ist die beste Neuigkeit, die ich je gehört habe!«

»Hey, mach mal langsam. Ich habe mich noch gar nicht entschieden, klar?«

»Ach Eve, wir wissen doch beide, dass du das längst hast, oder?« Kerry kicherte, während Eve schmollte.

»Du und Bobby scheint euch ja ziemlich sicher zu sein«, gab sie zurück. »Etwas Ähnliches sagte sie nämlich auch. Ich lege jetzt auf, bevor du noch anfängst, meine Hochzeit zu planen. Gute Nacht und grüße Matt von mir.«

Sie hörte noch, wie Kerry weiterhin lachte, dennoch drückte Eve das Gespräch weg. Heute wollte sie Amy eine Geschichte vorlesen. Dafür borgte sie sich auf der Kinderstation ein passendes Buch und verbrachte die Nacht wieder in dem Sessel an Amys Seite.

Unterdessen hockte Bobby im Schneidersitz auf ihrem Bett, auf den Beinen der Laptop und frönte ihrer neuen Leidenschaft: Internetsurfing. Sie hätte es nie für möglich gehalten, aber sie sah sich gerade Seiten für

Brautmoden und Hochzeiten an, um sich inspirieren zu lassen. War Eve noch dieselbe Person wie vor drei Jahren und wollte eine pompöse Hochzeit? In den weißen Kleidern, die Bobby sich gerade betrachtete, würde Eve umwerfend aussehen. Sie seufzte. Vor alledem stand aber erst einmal ein Antrag, und zwar einer, der es Eve unmöglich machen sollte, nein zu sagen. Aber wo sollte sie anfangen? Was war romantisch? Ein Heißluftballon? Nein, Eve hatte Höhenangst. Eine Reise nach Paris? Sicher, nur wer bezahlte das? Bobby hätte sich selbst eine Ohrfeige verpassen können, denn sie hatte den Mund mal wieder zu vollgenommen und stand jetzt da mit ihrem Talent. Es sollte trotz allem eine Überraschung werden. Eve wusste zwar, dass sie noch einen Antrag bekam, aber nicht wann. Bald war Weihnachten, eventuell würde sich dann eine Möglichkeit ergeben. Aber rechnete Eve nicht damit? Das wäre alles andere als originell. Vorher brauchte sie sowieso noch einen Ring, aber was gefiel Eve? Wieder seufzte Bobby. Sie befand sich im Tal der Ahnungslosen. Wenn es nach ihr ginge, würden sie einfach zum Standesamt fahren, unterschreiben zackzack, und der Drops wäre gelutscht. Doch das konnte sie Eve nicht antun. Da sie selbst keinen Schmuck trug, außer zwei Lederbänder, die um ihr Handgelenk gewickelt waren, hatte sie nicht den blassesten Schimmer, welche Art von Ring man auswählte. Mit Stein oder ohne? Gold, Silber oder Edelstahl? Schnell merkte Bobby, dass sie ohne Hilfe völlig aufgeschmissen war und sie kannte nur einen, der ihr dabei helfen konnte:

Matt! Bei ihm war das Honeymoonfeeling noch frisch und er schwebte wahrscheinlich immer noch auf Wolke Sieben, also genau der richtige Kandidat, um ihr Romantik beizubringen.

»Doktor Dearing.« Jemand rüttelte sanft an ihrem Arm und holte sie aus einem verworrenen Traum.

Eve schreckte hoch, sah in Schwester Nancys Gesicht und spürte eine Panikwelle über sich hereinbrechen. Sofort glitt ihr Blick zum Inkubator.

»Was ist passiert?«

»Alles gut.« Nancy lächelte und Eve entspannte sich. »Ich wollte sie nicht erschrecken, aber es ist gleich Zeit für den Schichtwechsel.«

»Oh.« Eve rieb sich die Augen. »Danke.«

»Ich habe frischen Kaffee gekocht, kommen Sie, etwas Zeit habe ich noch.«

Eve gähnte, reckte sich und sah noch einmal zu Amy, die unverändert in ihrem Kasten lag und beatmet wurde. Eve seufzte. Wenn die Kleine nicht bald selbstständig zu atmen begann, sanken die Chancen, dass sie schaffen würde.

»Das wird schon.« Nancy berührte leicht Eves Arm.

Eve folgte ihr ins Schwesternzimmer, wo zwei Assistentsärzte saßen und miteinander plauderten. Sie wünschten Eve einen guten Morgen, auch wenn sie nicht so aussehen, als hätten sie eine entspannte Nacht gehabt.

»Doktor Young kommt gleich, falls Sie mit ihm sprechen möchten«, sagte Nancy und stellte Eve Kaffee und

Gebäck vor die Nase. »Dieses Ehepaar gestern - Amys Großeltern - besteht wirklich die Chance, dass die Amy zu sich nehmen?«

»Tja, das wird wohl das Gericht entscheiden, wenn es hart auf hart kommt«, seufzte Eve. »Meine Freundin Kerry Connor arbeitet als Sozialarbeiterin und sie meint, dass die Chancen gut stehen, dass es nicht so weit kommt.«

»Ich fände es wunderbar, wenn Sie Amy adoptieren könnten«, meinte Nancy. »Sie kümmern sich so rührend um die Kleine, man könnte fast annehmen, Sie seien die Mutter.«

Oh, diese ahnungslose Schwester hatte ja keinen Schimmer, in welches Wespennest sie mit ihren Worten stach. So langsam gestand Eve sich ein, dass sie es in ihren Gedanken bereits durchgespielt hatte. Ihre Gefühle für das Kind wuchsen mit jedem Tag, sie konnte sich fast schon gar nicht mehr vorstellen, nicht am Bett der Kleinen zu sitzen und ihr Geschichten vorzulesen. Auf der anderen Seite hatte sie Angst. Angst davor, dass ihre Bindung zu Amy so stark wurde, sodass sie es nicht verkraften würde, wenn das Baby dann doch von jemand anderem adoptiert wurde oder - Gott bewahre - es nicht schaffte, zu überleben. Bevor sie ganz in ihre Gedanken abdriften konnte, steckte Doktor Young den Kopf zur Türe herein. Eve mochte den väterlich wirkenden Arzt, der ungemein viel Ruhe und Freundlichkeit ausstrahlte.

»Guten Morgen, allerseits«, warf er lächelnd in die Runde. »Ich rieche Kaffee.«

»Kommt sofort, Doktor.« Nancy überschlug sich fast und bekam rote Wangen.

Eve versteckte ein wissendes Grinsen hinter ihrer Tasse. Was für ein Klischee! Die hübsche Krankenschwester hatte was für den Oberarzt übrig - wie wahrscheinlich achtzig Prozent der Schwestern.

»Kann ich Sie gleich kurz sprechen, Doktor Young?«, fragte sie, als Nancy sich wieder gesetzt hatte und selig vor sich hinlächelte.

»Aber sicher. Folgen Sie mir ins Arztzimmer.«

Eve nahm ihre Tasse - die sie noch einmal auffüllte - wünschte Nancy einen schönen Feierabend und trottete Doktor Young hinterher. Nachdem sie an dem blankpolierten Mahagonietisch Platz genommen hatte, sah Doktor Young sie eindringlich an.

»Doktor Dearing, ich muss Ihnen wohl nicht sagen, dass Amy noch lange nicht über dem Berg ist«, sagte er, und Eve knetete nervös ihre Hände. »Sie ist ein frühes Frühchen, das bedeutet, ihre Lunge ist noch nicht vollständig ausgereift und sie wird noch einige Zeit von der künstlichen Beatmung abhängig sein. Zudem haben wir noch die Neugeborenen-Iktarus - die Gelbsucht - die bei Amy aufgrund ihrer noch nicht ausgereiften Leber sehr stark ist. Die Nieren arbeiten selbstständig, das ist auf jeden Fall schon einmal ein Pluspunkt.« Bevor Eve aufatmen konnte, fuhr Doktor Young fort: »Reden wir über mögliche Folgeschäden und Erkrankungen. Sie sollten sich darüber im Klaren sein, dass es durchaus sein kann, dass Amy körperliche oder sogar geistige Behinderungen davonträgt. Im besten Fall wird sie unter Asthma leiden, im schlimmsten ist ihr Seh, -und- oder ihr Hörvermögen beeinträchtigt. Ob dem so ist, können wir aber zum jetzigen Zeitpunkt noch nicht sagen.«

Eve schluckte und senkte den Blick einen Moment auf ihre Hände, die immer noch ineinander verknotet waren und mittlerweile schmerzten. Die Aussichten auf Amys vollständige Genesung war alles andere als rosig, dennoch wollte sie die Hoffnung nicht aufgeben.

»Sie schafft das!«, sagte sie leise, trotzdem bestimmt.

»Ich wünsche mir nichts mehr als das, Doktor Dearing, aber Sie müssen auf alles gefasst sein.«

»Ja, natürlich. Danke.« Eve blieb noch sitzen, um das Gehörte zu verarbeiten. Welche Chance würde ein vielleicht körperlich eingeschränktes Kind haben, adoptiert zu werden? So gut wie gar keine! Ihr Entschluss stand fest: Sie würde Amy selbst adoptieren!

Kapitel 13

Bobby war schon bei der Arbeit, sodass Eve bei Beth ihr Herz ausschüttete und Rat bei ihr suchte. Die Haushälterin war immer noch der gute Geist von Bird Creek und es gab nichts, was Eve ihr nicht anvertraut hätte.

»Ich kann dir nicht sagen, heirate Bobby nicht, ebenso wenig kann ich sagen, heirate sie. Das musst du ganz alleine mit dir ausmachen, Eve«, sagte Beth und massierte ihren Nacken mit einer Hand. »Ihr liebt euch - das sieht ein Blinder. Die Frage ist nur, ob du nach dem Debakel zwischen Bobby und Jenny wieder genug Vertrauen hast, um so einen Schritt zu tun. Denn wenn du ihr verziehen hast, wie du sagst, dann sollte es für immer sein, verstehst du? Hak die Sache ab, pack sie ganz weit weg und bring es nie wieder zur Sprache. Nicht im Streit und auch sonst nicht. Kannst du das? Hast du ihr wirklich so weit verziehen, dass dieses Thema ein für allemal erledigt ist?«

»Ja«, antworte Eve spontan und voller Inbrunst.

»Gut.« Beth nickte. »Dann nimm ihren Antrag an und adoptiert die Kleine. Gründet eine Familie und macht mich zur Großmutter - oder wie auch immer ihr mich nennen möchtet.« Sie grinste schelmisch und Eve fiel ihr lachend um den Hals.

»Amy könnte sich keine bessere Großmutter wünschen«, sagte sie. »Dann lassen wir uns überraschen, wie Bobby ihren Antrag zum Spektakulärsten aller Zeiten machen will.« Sie lachten gemeinsam, bis ihnen die Tränen über die Wange liefen.

»Himmel noch mal, Bobby, du musst doch wissen, welche Ringe dir gefallen?« Matt fuhr sich entnervt durchs Haar und schaute zum wiederholten Male auf seine Armbanduhr.

Er hatte sich breitschlagen lassen und war mit Bobby in die Stadt gefahren, um ihr zu helfen, irgendetwas Hochzeitstechnisches auf die Beine zu stellen. Doch Bobby war eine solche Niete in diesen Dingen, dass sie noch so eben den Unterschied zwischen Gold und Silberschmuck kannte.

»Die Frage ist doch nicht, welche mir gefallen, du Rindvieh. Die Frage ist, was gefällt Eve? Sie soll den dicken Klunker bekommen, mir reicht auch die Lasche einer Bierdose.«

»Bobby ... du führst dich manchmal schlimmer auf, als jeder Kerl.« Matt verschränkte die Arme vor der Brust.

»Zeig mir mal deinen Ring.« Sie griff seine Hand. »Kann ich nicht einfach die Gleichen nehmen?«

»Du hast nicht zufällig mal daran gedacht, Eve nach ihrem Geschmack zu fragen?« Matt zog mit gekräuselter Stirn seine Hand weg. »Oder anders gefragt: Warum kennst du nach drei Jahren nicht ihren Geschmack?«

»Oh, Mister »Bester Ehemann aller Zeiten«, du bist manchmal so ein ...« Bobby ballte eine Hand zur Faust und fuchtelte ihm damit vor dem Gesicht herum. »Vielleicht ist in eurem perfekten Leben Platz für ergreifende Gespräche über Schmuck, aber wir haben anderes zu tun. Außerdem kenn ich Eve ganz genau!«

Sie warf dem Schmuckverkäufer einen entschuldigenden Blick zu, woraufhin er seine Brille und die

Krawatte zurechtrückte, und blickte wieder in die Auslage. Mochte Eve Diamanten? Gold? Silber? War sie ein Herbst-Sommer oder Frühlingstyp? Bobby kratzte sich den Kopf. Diese Begriffe kannte sie nur von den Webseiten, die sie die letzten Tage durchforstet hatte. *Die perfekte Herbstbraut! Das passende Make-up für jeden Typ! Welcher sind Sie?* Immerhin wusste sie jetzt, dass sie ein Herbsttyp war - wie sie diese Information im Leben weiterbringen sollte, wusste sie allerdings nicht.

»Also ich sehe Eve ganz klar nicht mit einem Diamanten«, sagte sie nach einigen Minuten.

»Immerhin schon mal ein Anfang«, murmelte Matt. »Bobby, es gibt Menschen, die haben einen Job. Könnten wir das Ganze bitte irgendwie beschleunigen?«

Bobby hob einen Finger, öffnete den Mund und senkte dann genervt den Kopf.

»Ich sollte das besser mit Beth besprechen, du bist mir ehrlich gesagt zu überheblich geworden, seit du eine Ehefrau hast.« Sie rauschte an Matt vorbei und aus dem Laden. »Weißt du eigentlich, wie unfair du bist?«, wetterte sie, als sie noch einmal zurückkam. »Eve hat Kerry bei der gesamten Hochzeit geholfen und du kriegst es nicht auf die Reihe, einen Vormittag für mich da zu sein. Ist es Rache? Sag schon, du bist immer noch angepisst, weil ich nicht deine Trauzeugin war, oder?« Sie stieß Matt ein Stück nach hinten, der ihren Arm griff und sie aus dem Laden beförderte.

»Nein, es ist keine Rache. Und ja, ich bin immer noch sauer, dass meine beste Freundin nicht an meiner Seite war, als ich den wichtigsten Schritt in meinem Leben getan und die wundervollste Frau der Welt geheiratet habe. Ja, Bobby, ich bin immer noch verdammt sauer, weil du ständig denkst, alles wäre wieder gut, weil du es so willst. Jeder muss dir verzeihen, weil du Bobby bist und weil in deinem Kopf irgendwas falsch läuft. Aber weißt du was? Dass Eve dir verziehen hat, ist das größte Glück, was du je hattest und ich hoffe, sie bereut diesen Schritt nicht. Gott ist mein Zeuge, ich würde niemals eine Frau schlagen, aber wenn du Eve noch mal so einen Kummer bereitest, Fräulein, schlag ich dich grün und blau!« Matt zitterte am ganzen Körper, als er versuchte, sich wieder zu fassen.

»Fräulein?« Bobby gluckste. »Welcome back to the Fifties, Mister!«

»Halt die Klappe, Miststück.«

»Fahr zur Hölle, Arschloch.« Sie grinsten beide, doch dann wurde Bobby ernst. »Tut mir leid, dass ich nicht für dich war. Ich habe euch gesehen, ihr saht wundervoll aus. Die Zeremonie war sehr schön und ergreifend, aber als ich Eve sah, verließ mich der Mut.«

»Ich habe es überlebt, und weißt du, warum? Weil Eve an meiner Seite war. Sie hat dich in Schutz genommen, obwohl ich dir am liebsten den Kopf abgerissen hätte.«

»Ich weiß.« Bobby scharrte verlegen mit dem Fuß auf dem Boden.

»Sei für sie da, Bobby. Eve kennt dich, sie verlangt nicht von dir, dass du eine perfekte Hochzeit oder einen Wahsinnsantrag inszenierst. Aber sie verdient, dass du ehrlich bist. Sie liebt dich schließlich, obwohl du die unmöglichste Person auf Erden bist. Kerry und ich werden dir helfen, aber mach dir einen Plan und renn nicht kopflos drauflos, okay?«

»Okay«, gab Bobby kleinlaut zurück. »Los, fahr schon, deine Viecher warten. Ich werde mich betrinken oder so.« Sie grinste. »Das war ein Scherz! Ich werde ... bummeln gehen. Schaufenster gucken, eben was man als Frau so macht.«

»Mach das.« Matt grinste schief. »Es wird dich nicht umbringen und vielleicht findest du eine Inspiration.«

»Ist klar. Weiß du, was mir immer Inspiration gebracht hat? Meine Arbeit als Vorarbeiterin. Aber Eve hat mittlerweile so viele Leute eingestellt, sodass ich fast überflüssig bin. Aber ich habe es versprochen, oder nicht? Also gut.« Bobby streckte sich. »Ich werde zum ersten Mal im Leben einen Schaufensterbummel unternehmen.«

Sie schaute sich die Auslagen ihres Lieblingsgeschäftes an und dachte kurz über den Kauf einer neuen Kettensäge nach, doch sie verkniff sich die Neuanschaffung und blieb bei einem Antiquitätenhändler hängen, der eine hübsche Lampe mit Buntglas im Fenster präsentierte. Kurzerhand betrat Bobby das Geschäft, weil sie diese Lampe für Eve als Geschenk kaufen wollte. Natürlich wusste sie nicht, was eine Tiffanylampe war, aber sie ließ sich gerne beraten und während sie den Kauf tätigte, fiel ihr Blick auf einen Ring.

»Zeigen Sie mir bitte den da«, sagte sie und tippte auf

die Glastheke. Der Verkäufer, ein fetter Kerl mit Cowboyhut und Schweißflecken unter den Achseln, reichte ihr das Schmuckstück aus Sterlingsilber, welches mit einem türkisfarbenen Zackenmuster verziert war, an deren Enden jeweils ein winziger Opal saß.

Bobby lächelte. Eve brauchte keine Diamanten, sie war der Typ für Türkis.

»Aus einem Reservat der Navajo«, erklärte der Verkäufer. »Handarbeit. Man nennt es den Hochzeitsring, das Muster ist traditionell.«

Bobby grinste wie ein Honigkuchenpferd. Das war er! Der Ring für Eve!

»Ich nehme ihn«, sagte sie und knallte ihre Kreditkarte auf den Tisch.

Und ganz plötzlich kam ihr die zündende Idee, wie sie Eve einen Heiratsantrag machen konnte. Lächelnd bestieg Bobby ihren Wagen und für auf direktem Weg nach Tulsa ins Krankenhaus.

Sie ließen sich auf ihr »Campabenteuer« ein. Eve war zwar längst dazu bereit, Bobby wieder ins Schlafzimmer zu lassen, doch irgendwie fanden es beide spannend, den anderen abends in seinem Zimmer zu besuchen und dann wieder in das eigene zu verschwinden. Es war ein reizvolles Spiel, ein Geplänkel, etwas, das Eve von den Problemen mit Amy ablenkte, und verdammt erotisch war es obendrein.

Sie hatte Kerry um die Adoptionsanträge gebeten und diese ausgefüllt. Bisher hatte Bobby noch keinen weiteren Antrag gemacht und es ging schon steil auf Weihnachten zu. Die Zeit drängte, denn Amys Zustand besserte sich von Tag zu Tag und die Porters saßen Eve auch im Nacken. Mehrfach hatten sie versucht, sich Zugang zu dem Säugling zu verschaffen, doch das gesamte Pflegepersonal und auch die Ärzte waren angewiesen worden, dieses zu verhindern. Jenny wurde von der Polizei aufgegriffen und kam in U-Haft, von wo aus sie Eve anrief und um ein Gespräch bat. Mit Bobby und Kerry im Schlepptau machte sich Eve auf den Weg ins Gefängnis. Jenny wirkte, als hätte sie ihren Frieden geschlossen und sei endlich zu der Einsicht gelangt, ihr Leben nach einer Verurteilung in den Griff zu bekommen.

»Ich komme schon klar«, sagte sie und sah dabei so unendlich jung aus. Es war nicht mehr viel übrig von ihrer großen Klappe und dem frechen Auftreten. »Ich habe Scheiße gebaut und werde dafür bestraft - Shit happens.« Sie machte eine kurze Pause, ehe sie weitersprach. »Meine Eltern haben mich besucht und verlangt, ich solle ihnen das Sorgerecht für die Kleine übertragen. Bitte, ihr müsst das unbedingt verhindern«, flehte sie. »Diese Menschen sind Abschaum, sie waren grauenvolle Eltern und werden es auch für ... Amy sein.« In Jennys Augen glitzerten Tränen, als sie den Namen ihrer Tochter aussprach. »Werdet ihr sie adoptieren?«

»Wir haben den Antrag bereits ausgefüllt«, erwiderte Eve. »Alles Weitere entscheidet das Jugendamt.«

»Das ist gut. Ich werde ein Schreiben aufsetzen und darum bitten, euch bei der Adoption den Vorrang zu geben. Könntest du mir dabei helfen, Kerry?«

»Sicher.« Kerry nickte.

»Wann ist deine Verhandlung?«, fragte Bobby.

»Am Montag. Mein Anwalt meinte, da die Straftat begangen wurde, als ich noch minderjährig war, besteht die Chance, dass ich mit einer Bewährungsstrafe davonkomme. Was danach kommt ... keine Ahnung.« Jenny zuckte ratlos mit den Schultern. »Ich werde wohl eine Therapie machen und mir dann einen Job suchen. Vielleicht hole ich auch das College nach.«

Bobby und Eve wechselten einen Blick, sahen sich sekundenlang schweigend an, so als läsen sie die Gedanken des anderen, und nickten sich dann übereinstimmend zu.

»Weißt du, ich kenne da zwei wirklich ausgesprochen sympathische Frauen, die eine Ranch leiten und die noch einen Job zu vergeben hätten«, meinte Bobby schmunzelnd.

Jennys Augen weiteten sich ungläubig.

»Ihr meint ... nach allem, was geschehen ist? Ihr würdet mir echt eine zweite Chance geben?«

»Die Zweite und Letzte, also versau es nicht!« Eve blickte sie ernst an. »Jenny, du musst dein Leben in normale Bahnen lenken, also ja, wir sind dazu bereit, dir zu helfen, bis du auf eigenen Beinen stehen kannst und weißt, was du willst.«

Jenny schluchzte laut auf, schlug sich die Hände vor die Augen und weinte.

»Danke«, flüsterte sie. »Ich werde euch nicht wieder enttäuschen, versprochen. Es tut mir so wahnsinnig leid, was ich alles verbockt und euch angetan habe. Aber ich werde mich bessern!«

»Ja, das wirst du«, sagte Bobby streng. »Ich werde dich so mit Arbeit überschütten, dass du keine Zeit für Dummheiten hast. Und jetzt hör auf zu heulen. Wir sind am Montag bei deiner Verhandlung dabei, okay?«

Mit tränenüberströmten Gesicht lächelte Jenny die Frauen an. Es war ein ehrliches, dankbares Lächeln, in dem die Zuversicht stand, in eine gesicherte Zukunft blicken zu können.

»Dann also am Montag«, sagte sie, und Eve und Bobby verließen den Raum, damit Kerry das Schreiben aufsetzen konnte.

»Was ist, wenn sie irgendwann auf den Trichter kommt, Amy doch zu behalten?«, fragte Bobby, als sie im Wagen saßen und auf Kerry warteten.

»Das wird sie nicht. Außerdem ist die Adoption rechtsgültig. Wir sollten nicht schon jetzt darüber nachdenken, schließlich wissen wir nicht mal, ob wir sie wirklich bekommen.«

Bobby trommelte mit den Fingern eine imaginäre Melodie aufs Lenkrad und sah Eve aus dem Augenwinkel an.

»Fährst du heute noch ins Krankenhaus?«, fragte sie wie beiläufig.

»Ehrlich gesagt sehne ich mich nach meinem Bett«, seufzte Eve. »Die Nächte auf dem harten Sessel bei Amy bringen mich noch um.«

»Ich finde, du solltest trotzdem fahren. Ich wollte

nämlich mitkommen. Dann können wir zusammen unsere Rücken ruinieren.«

»Wie romantisch.« Eve streckte ihrer Freundin die Zunge raus. »Du weißt einfach, was mich scharf macht. Okay, dann fahren wir zusammen.«

»Gut.« Bobby grinste.

»Gut?« Eve runzelte die Stirn. »Warum werde ich das Gefühl nicht los, dass du etwas im Schilde führst?«

Bevor Bobby antworten konnte, bestieg Kerry den Wagen und hielt triumphierend ein Blatt Papier in die Höhe.

»Erledigt«, sagte sie strahlend. »Dann wollen wir mal zusehen, dass ihr euer Baby bekommt.«

Nachdem sie Kerry zuhause abgesetzt hatten, waren sie auf direktem Wege ins Krankenhaus gefahren. Bobby nahm Eve geheimnisvoll lächelnd an die Hand und zog sie hinter sich her.

»Komm, ich habe dir noch gar nicht die Kids von der Kinderstation vorgestellt. Ich möchte, dass du siehst, was ich in den Monaten unserer Trennung gemacht habe.«

Auf der Station winkte Bobby einer älteren Krankenschwester zu, die einen Jungen im Rollstuhl schob.

»Geh in den Aufenthaltsraum, Bobby. Ronald wartet schon«, rief die Schwester und musterte Eve, mit demselben merkwürdigen Lächeln, das auch Bobby zur Schau trug.

»Ron wird dir gefallen«, meinte Bobby, während sie den Gang bis ans Ende liefen. »Er ist der Herzensbrecher der Station. Leukämie, aber er hat gute Chancen.«

Als sie den Aufenthaltsraum betraten, wurden sie von einem breit grinsenden, kahlköpfigen Jungen von etwa elf Jahren begrüßt.

»Ron, das ist Eve. Ich habe dir von ihr erzählt.«

»Freut mich ganz außerordentlich, Eve.« Ron verbeugte sich galant, griff nach Eves Hand und hauchte einen Kuss darauf.

»Oh, wie charmant.« Eve lachte über den Jungen, der in einem blauen, mit Transformersmotiven bedruckten Pyjama steckte.

»Ron ist unser Superhirn und möchte mal Tierarzt werden«, erklärte Bobby.

»Der beste Beruf, den man sich aussuchen kann«, meinte Eve an Ron gewandt.

»Tja, na ja, eigentlich wollte ich Gigolo werden, die Mädchen stehen nämlich auf meine tollen Locken, aber ich dachte mir, ich sollte zunächst einen anständigen Beruf erlernen.« Er wackelte grinsend mit den Augenbrauen und Eve blieb einen Moment der Mund offenstehen, bis sie schließlich lachte. Sie war beeindruckt, wie scheinbar locker Ron mit seiner Krankheit umging, dass er Witze riss und offensichtlich voller Hoffnung steckte.

»Doktor Eve, ich habe die große Ehre, Ihnen dieses kleine Präsent zu überreichen.« Ron ging zu dem Tisch, an dem er vorher gesessen hatte und kam mit einem Umschlag zurück, den er Eve überreichte.

»Vielen Dank. Ich liebe Geschenke.« Gespannt öffnete sie den Umschlag und zog ein gemaltes Bild heraus, welches eine blonde Frau zeigte, die vor einem pink-farbenen, winzigkleinen Auto stand. Im Hintergrund befand sich eine Kuh, daneben ein großes Haus, mit einem Garten. Auch wenn es offensichtlich von einem Kind gemalt wurde, erkannte Eve, was es darstellen sollte.

»Bin ich das?«, fragte sie und sah Bobby an, die wild nickte.

»Erinnerst du dich an deine Ankunft auf Bird Creek? Als dich Archie über die Weiden schickte und du fast wegen des Fußmarsches zusammengebrochen wärst?«

»Wie könnte ich das vergessen?«, schmollte Eve.

»Komm«, sagte Bobby. »Die anderen Kinder wollen dich auch kennenlernen.

Sie gingen von Zimmer zu Zimmer und von jedem Kind bekam Eve einen Umschlag mit einem Bild darin in die Hand gedrückt. Es waren alles Zeichnungen von ihr. Wie sie Bobby nach dem Unfall rettete. Oder als sie das erste Mal ein Rind untersuchte. Wie sie schließlich Eddys Erbe fand und mit Geldscheinen in der Hand herumwedelte. Alle Bilder zeigten Stationen aus ihrem gemeinsamen Leben mit Bobby.

»Das ist eine wirklich süße Idee«, sagte sie gerührt. »Ich danke euch.«

»Nicht so schnell«, warf Bobby ein. »Das beste Bild hast du nämlich noch gar nicht gesehen.« Sie griff wieder nach Eves Hand und zog sie zurück in den Aufenthaltsraum, wo Ron und ein Mädchen mit Sauer-stoffflasche an einer Wand standen und Schnüre in den Händen hielten. Eves Blick glitt zur Decke, und sie entdeckte ein Betttuch, welches dort aufgerollt hing und mit den Schnüren befestigt war.

»Setz dich«, forderte Bobby und schob ihr einen Stuhl hin.

Als Eve Platz genommen hatte, knetete sie nervös ihre Hände. Sie ahnte, was jetzt kam und hätte am liebsten auf der Stelle losgeheult. Bobby gab den Kindern ein Zeichen, woraufhin sie an den Schnüren zogen und sich das Bettlaken auseinanderrollte, bis das Bild darauf sichtbar wurde. Es zeigte zwei Frauen in weißen Kleidern, die sich Ringe ansteckten. Über der Malerei stand in großen Lettern: Willst du mich heiraten?

Wie auf Kommando flossen die Tränen. Eve lachte und weinte gleichzeitig. Mittlerweile hatten sich alle Kinder sowie das Personal in dem Raum versammelt und blickten Eve gespannt wartend an.

»Das ist das Schönste, was je einer für mich gemacht hat«, schniefte sie, erhob sich und nahm Bobby in die Arme. »Ja, du verrücktes Huhn. Ja, ich will dich heiraten!«

In den nächsten Tagen schien Eve zu schweben, aber auch Bobby war durchweg gut gelaunt. Wie bei jedem anderen Paar, welches den Bund fürs Leben einging, war die Hochzeit Thema Nummer eins. In Eve erwachte wieder das junge Mädchen, das pausenlos darüber nachdachte, wie sie den schönsten Tag ihres Lebens feiern wollte. Die Trauung sollte am Heiligen Abend stattfinden, es würde also eine Winterhochzeit werden.

Für Eve kein Problem, sie hatte schnell das passende Kleid gefunden. Schlichter, cremeweißer Satin, enganliegend, mit einer kleinen Schleppe und einem Bolerojäckchen aus flauschigem Kunstpelz. Eine kirchliche Hochzeit kam weder für Bobby noch für Eve infrage, doch bevor sich Eve mit einem einfachen Besuch beim Standesamt abfinden musste, wartete Kerry mit einer Überraschung auf.

»Ich bin ordiniert und befugt, Trauungen durchzuführen«, warf sie salopp in die Runde, als die vier sich zum Essen beim Italiener trafen und die Verlobung von Bobby und Eve feierten. »Habe damals so einen Internetwisch ausgefüllt, als mein Bruder und Pewee geheiratet haben. Ihr könnt also heiraten, wo ihr wollt, ich darf euch trauen.«

»Oh Kerry!« Eve jubelte so laut, dass die anderen Gäste sich nach ihr umdrehten. »Du bist ab sofort meine persönliche Heldin. Darauf müssen wir anstoßen.« Sie gab dem Kellner ein Zeichen und bestellte eine Flasche Champagner, doch Kerry winkte ab.

»Für mich bitte nicht. Ich habe es am Magen.« Sie wechselte einen kurzen Blick mit Matt, der die Schultern zuckte und sich ein Grinsen nicht verkneifen konnte. »Okay«, sagte Kerry gedehnt und ihre Augen blitzten. »Ich habe nichts am Magen, sondern etwas im Bauch, weswegen ich keinen Alkohol trinken darf.«

»Oh mein Gott, einen Tumor?«, fragte Bobby völlig ernst und zog ein betretendes Gesicht.

»Einen was?« Kerrys Stimme wurde schrill und sah hilflos in die Runde. »Bobby, ich bin schwanger!«

»Oh«, machte Bobby. »Ohhh!« Sie wurde rot. »Na, wer denkt denn an sowas?«

»Menschen, die nicht immer das Schlimmste befürchten und die eventuell bei einer verheirateten Frau, die keinen Alkohol trinkt, daran denken, sie könne einen Braten in der Röhre haben«, erwiderte Kerry säuerlich.

Matt und Eve konnten sich nicht mehr zurückhalten und lachten aus vollster Kehle.

»Herzlichen Glückwunsch, euch zwei«, meinte Eve, als sie sich wieder eingekriegt hatte. »Das ist so schön, dass ich gleich weinen muss.«

Bobby betrachtete ihre Frau in spe nachdenklich von der Seite. Sie wusste, selbst wenn sie Amy adoptierten, sie eine Familie wurden, würde Eve immer etwas fehlen: ein eigenes Kind. Auch wenn sie dieses Thema nicht mehr ansprach, Bobby konnte es in ihren Augen sehen. Jetzt, in diesem Moment. Diese Sehnsucht, dasselbe zu fühlen, was Kerry gerade fühlte. Für den Moment waren sie zwar glücklich, doch vielleicht würde dieser eine Punkt ewig an Eve nagen? Sie räusperte sich, als sie ins Gespräch einbezogen wurde und Matt fragte, was sie bei der Hochzeit tragen wollte.

»Das muss ich erst noch herausfinden«, gestand sie. »Kein Kleid - so viel ist sicher. Ein Rauschgoldengel in der Beziehung reicht.« Eve verpasste ihr einen Seitenhieb, was Bobby geflissentlich ignorierte. »Ich will aber auch nicht wie die klischeehafte Lesbe in einem weißen Anzug erscheinen, oder noch besser: in einem Baumfällerhemd. Es gibt bei uns kein maskulin/feminin-Ding!«

»Wir werden schon was finden.« Eve schien zuversichtlich und lächelte Bobby an. »Ich brauche dieses Kleid auch nicht. Wenn Kerry uns traut, können wir die Feier auch auf der Ranch machen und da wäre so ein Brautkleid doch etwas overdressed, oder?«

Matt lehnte sich entspannt zurück und genoss sein Bier, während unter den Frauen eine lautstarke Debatte über Brautkleidung entbrannte. Er fühlte sich wie Charly, der seine Engel beobachtete. Mit jeder dieser Frauen hatte er eine Geschichte, die richtige fürs Leben hatte er geheiratet.

Eve fuhr an diesem Abend ausnahmsweise nicht ins Krankenhaus, sondern fiel in einen tiefen Schlaf, sobald ihr Kopf das Kissen berührt hatte. Bobby drückte ihr lächelnd einen Kuss auf die Stirn. In diesen Momenten war Eve nicht die Überfrau, die alle Probleme mit Links meisterte. Nein, sie war ein normaler Mensch, dessen Reserven auch zur Neige gingen. Und genau diese Momente waren es, die Bobby brauchte, um sich zu beweisen. In denen sie Eve unterstützen konnte. Dem Internet sei Dank, hatte sie sich problemlos bei einer Samenbank angemeldet und konnte - während Eve selig schlummerte - durch die Profile der Spender scrollen. Überrascht stellte sie fest, dass Eve sich ebenfalls dort registriert hatte. Nach etwa einer Stunde hatte sie drei potenzielle Spender gefunden und druckte die Profile aus. Bobby wusste nicht genau, welchen Typ Mann Eve bevorzugte, also hatte sie drei völlig unterschiedliche Herren ausgesucht. Nummer eins hatte Ähnlichkeit mit

Matt - wie Bobby fand. Dunkelblondes, leicht gewelltes Haar, ein freundliches Lächeln, blaue Augen, Grübchen und er hatte ausgesprochen schöne Zähne. Als Beruf gab er Medizinstudent an, war also ein helles Köpfchen. Nummer zwei besaß schulterlanges Haar, einen kleinen Spitzbart und gab an, Schauspieler zu sein. Vielleicht mochte Eve die schönen Künste? Nummer drei war nicht mehr ganz so jung, leicht ergraute Schläfen, aber ein sanftmütiges Lächeln und gütige braune Augen. Er war Professor für Ethik, als weitere Besonderheiten stand dort etwas von Humanist und Veganer. Auch wenn Bobby Veganismus für pure Folter hielt, es schien dem Mann nicht geschadet zu haben und es musste sich ja nicht unbedingt auf das Kind übertragen. Ein Veganer auf einer Rinderfarm könnte durchaus für Spannungen sorgen.

Bobby gähnte und streckte sich. Sie würde Eve die Entscheidung überlassen, auch wenn sie selbst bereits einen Favoriten hatte. Es war schließlich auch ihr Kind, genauso wie Amy vielleicht schon ihr Kind war. Noch immer bekam Bobby bei dem Gedanken daran, bald wirklich eine Familie zu gründen und für einen Mini-Menschen Verantwortung tragen zu müssen, Magenflattern, aber es wurde jeden Tag besser. Ihre panische Angst war verschwunden, weil sie sich sicher war, dass Eve - egal, was passierte - immer an ihrer Seite sein würde.

Als sie das Schlafzimmer betrat, schmunzelte sie. Eve lag auf dem Rücken und schnarchte wie ein Holzfäller. Wahrscheinlich hatte sie sich nicht einmal gedreht und schlief wie ein Stein. Leise schlüpfte Bobby unter die Decke, zog Eve an sich heran, die augenblicklich ruhiger wurde und sich an Bobby kuschelte.

»Wir bekommen das hin, Babe«, flüsterte sie und küsste Eves Scheitel. »Und wir werden ganz ausgezeichnete Mütter werden.«

Eve erwachte am nächsten Morgen als Erste und fühlte sich ausgeruht und voller Energie. Die Nacht zuhause hatte sie gebraucht, um neue Kraft zu tanken. Bobbys Locken lugten unter der Bettdecke hervor und an ihrem regelmäßigen Atem merkte Eve, dass sie noch tief und fest schlief. Seit Bobby nicht mehr Vorarbeiterin war, stand sie auch nicht mehr in aller Herrgottsfrühe auf, und das schien ihr sichtlich zu gefallen. Zuerst hatte Eve Bedenken, dass der Job Bobby fehlen würde, aber genau das Gegenteil war der Fall. Natürlich trugen sie auch weiterhin die Verantwortung für die Ranch, aber Bobby hatte gelernt, zu delegieren. Es war keine One-Woman-Show mehr, sie waren ein Team und Bobby schien sich nicht nur gefügt zu haben, sondern sie stand mit beiden Beinen dahinter.

Als Eve in der Küche Kaffee zubereitete, klingelte das Telefon. Normalerweise hätte sie es schellen lassen, weil sie vor dem ersten Kaffee keine Störungen leiden konnte. Doch seit es Amy gab, stand Eve vierundzwanzig Stunden auf Abruf. Als sie den Anruf entgegennahm und sich tatsächlich das Krankenhaus meldete, rutschte ihr Herz kurz in die Hose.

»Entschuldigen Sie die frühe Störung, Doktor

Dearing.« Es war Schwester Nancy und sie klang sehr aufgeregt. »Amy ... sie atmet!« Nancy lachte. »Sie atmet selbstständig.«

Eve brauchte einige Sekunden, um zu begreifen, was sie hörte. Kaffee ... sehnsüchtig starrte sie auf die Maschine und sog den frischen Duft ein. Ihr Gehirn befand sich noch im Schlafmodus, doch so langsam sickerte die Information zu ihr durch.

»Was?«, rief sie. »Wann? Ich meine, wie? Keine Maschinen mehr?«

»Nein. Sie hat sich in den frühen Morgenstunden gegen den Tubus gewehrt und als wir ihn gezogen hatten, atmete sie von alleine.«

Eve schossen Freudentränen in die Augen, gleichzeitig war sie am Boden zerstört. Ausgerechnet in dieser für Amy lebenswichtigen Nacht, hatte sie sich eine Auszeit genommen und nur an ihre Bedürfnisse gedacht.

»Doktor Dearing?«, fragte Nancy vorsichtig nach.

»Alles gut.« Eve schniefte lachend. »Wir kommen später vorbei. Das sind die besten Neuigkeiten überhaupt. Danke, Nancy. Danke für alles.«

Eve legte den Hörer auf. Sie zitterte etwas, aus Freude und aus Bestürzung. Ihre Gefühle schienen Purzelbäume zu schlagen. Amy kam durch! Sie würde leben! Am liebsten wäre sie kreischend durchs Haus gerannt, doch sie besann sich und trank in aller Ruhe ihren Kaffee. Jetzt trennten sie nur noch die Zustimmung der Adoptionsbehörde. Eve fasste sich ans Herz und atmete schnell. Zu schnell! Sie würde bald heiraten, und wenn alles glattlief, wäre sie schon bald Mutter. Plötzlich und für einen kurzen Moment erschien ihr dieser ganze Plan total verrückt. Zum ersten Mal spürte Eve Bobbys Ängste. Konnte sie ein Kind großziehen? Ein Kind, das vielleicht auf Dauer geschädigt war? Sicher, Amy atmete, die letzten Tests hatten keinen Hinweis darauf geliefert, dass sie blind war, ihre Organe arbeiteten so, wie sie es sollten, aber was die Folgeschäden anging ... sie mussten es abwarten, sich überraschen lassen. Auf alles gefasst sein. Würden sie das durchstehen? Könnten sie Amy ein Leben bieten, was ihrer gerecht wurde, wenn der Ernstfall eintrat? Dann gab es noch Jenny, die dann auch hier leben würde ... Die schwarzen Wolken wollten über Eve zusammenbrechen. Bisher hatte sie gedacht, sie könne alles schaffen. Sie hatte für dieses Kind gekämpft, hatte sich Bobby entgegengesetzt und behauptet, alles wäre gut, wenn sie nur ein Kind liebten. Sie hatte außer acht gelassen, dass sie als lesbisches Paar sowieso schon schief angesehen wurden, wenn sie jetzt noch ein eventuell behindertes Kind hatten, was sollte dann werden?

»Guten Morgen, Fastehefrau.« Bobby drückte ihr einen Kuss auf die Wange, und bereitete sich einen Tee zu.

»Ich kann das nicht, Bobby. Was habe ich mir nur gedacht?« Eve blickte hysterisch durch Bobby hindurch, die sich langsam zu ihrer Lebensgefährtin umdrehte und gähnte.

»Was kannst du nicht? Wie siehst du überhaupt aus? Ist was passiert?«

»Amy!«, brüllte Eve unvermittelt los und Bobby zuckte zusammen. »Du hattest mit allem so recht. Wir als Mütter, haha, das ist ... das ist ... Bobby, lass uns die ganze Sache abblasen. Noch können wir zurück, es schadet niemand. Ich will unser altes Leben wiederhaben.«

Bobby starrte Eve mit offenem Mund an, dann trat sie an sie heran und schüttelte sie kräftig durch.

»Komm klar, Eve! Du hast eine Panikattacke. Hier wird gar nichts abgeblasen. Wir heiraten Weihnachten und werden ein süßes, kleines Mädchen adoptieren. Wo wir gerade dabei sind - sollten wir nicht langsam anfangen, ein Kinderzimmer einzurichten? Lass uns später shoppen fahren, ja?«

»Hörst du mir nicht zu?« Verzweifelt stieß Eve Bobbys Hände weg. »Ich kann das nicht. Das ist verrückt. Wir können kein Kind großziehen. Du hattest mit allem so recht und es tut mir leid, dass ich nicht auf dich gehört habe.«

Der Teekessel pfiff im Hintergrund, doch daran störte sich Bobby nicht. Sie kniete sich vor Eve und nahm liebevoll deren Hände in ihre.

»Ich hatte mit gar nichts recht, du dumme Frau. Du hattest recht! Wir schaffen das, Eve. Gemeinsam - denn das ist doch das, was wir wollen, oder nicht? Ein gemeinsames Leben. Ich bin immer für dich und Amy da und auch für alle weiteren Kinder, die noch kommen - das wollte ich nur mal am Rande erwähnen«, fügte sie hinzu, als sie Eves erschrockenen Gesichtsausdruck sah. »Du hast mir gezeigt, was im Leben wichtig ist und jetzt, wo ich anfange, das zu kapieren, willst du alles zunichtemachen? Du spinnst! Du bist Doktor Eve Dearing, du schaffst alles, weißt du das denn nicht?«

»Du hast deine Zähne noch nicht geputzt!«

»Nein«, hauchte Bobby extra nah an Eves Gesicht, sodass diese trotz alledem schmunzeln musste.

»Sie atmet alleine«, sagte sie, als sie sich wieder etwas gefasst hatte.

»Wer? Amy?« Bobbys Augen strahlten. »Und dann hockst du hier herum und bringst mich mit deiner Attacke zum Wahnsinn? Los, hopp hopp, ab in die Klamotten, wir fahren ins Krankenhaus.« Bobby lächelte Eve an. »Du weißt, dass es das Richtige ist, oder?«

Eve nickte und sah auf ihre Hände.

»Na also. Ich erlaube dir einen Nervenzusammen- bruch pro Jahr, aber dann denkst du bitte wieder rational und kämpfst weiter, okay?«

»Jaaaa«, antwortete Eve gedehnt. »Du bist mir etwas zu vernünftig geworden! Wo ist die Bobby geblieben, die wegen jeder Kleinigkeit ausrastet?«

»Tja«, sagte Bobby und rümpfte die Nase. »Die habe ich fortgeschickt. Ich bin schließlich erwachsen, verantwortungsvoll und bald Mutter! Du solltest dir ein Beispiel an mir nehmen!«

Eve lachte und drückte Bobbys Hände.

»Alles wieder gut?«, fragte Bobby. »Krise abgewen- det?«

»Ja!« Eve sah Bobby in die Augen. »Ja! Lass uns unsere Kleine besuchen!«

»Sie können Amy auf den Arm nehmen, wenn Sie wollen«, sagte die Krankenschwester. »Das tut ihr gut und sie spürt menschliche Nähe. Bei Müttern wird das nackt gemacht, wir nennen das Kängurumethode. So hat das Frühchen optimalen Körperkontakt. Ich weiß nicht, ob Sie ...«

»Ja, wir wollen das machen«, sagte Bobby spontan. »Ich will das machen, wenn du nichts dagegen hast«, meinte sie an Eve gewandt.

»Gerne.« Eve sah Bobby lächelnd dabei zu, wie diese ihr Shirt auszog und sich im BH auf den Stuhl setzte, darauf wartend, dass die Schwester Amy aus dem Inkubator holte und ihr in die Arme legte.

Eve schlug eine Hand vor den Mund, weil sie sonst losgeheult hätte und auch Bobby hatte glasige Augen, als sie dieses kleine Menschenbündel im Arm hielt.

»Eve ..., das ist ... wow. Es ist unbeschreiblich.« Vorsichtig berührte sie die winzigen Finger, strich mit dem Daumen über das zarte Gesicht. »Komm«, sagte sie und zog Eve mit der freien Hand zu sich heran, sodass sie Amy auch ganz nah war.

Bobby wirkte, als hätte sie nie etwas anderes getan. Als wäre sie dafür bestimmt, dieses Baby im Arm zu halten, es zu beschützen und bis in alle Ewigkeit zu lieben.

»Schau dir ihre Füße an«, lachte Bobby und weinte gleichzeitig, etwas, dass Eve bei ihr noch nie gesehen hatte. »Sie ist so ... perfekt! Und so niedlich. Teufel noch mal, diese Babybiester haben echt was Magisches, oder? Ich hock hier und heule, das ist doch ...«

»Das ist Liebe, Bobby. Babys haben diese Wirkung.«
Eve legte Bobby eine Hand auf die Schulter. »Endlich
fühlst du das, was ich fühle.«

Abwechselnd hielten sie Amy im Arm, und konnte
kaum genug bekommen.

»Wie gut sie duftet«, schwärmte Bobby. »Riech mal
ihr Köpfchen.«

So schwärmten sie weiter, bis die Schwester Amy zu
ihrem wohlverdienten Schlaf zurück ins Bettchen legte.

»Am liebsten würde ich sie schon mitnehmen«,
meinte Bobby. »Ich bin verliebt, Eve. Ist das zu glauben?«

»Dann lass uns jetzt einkaufen gehen, damit du
deinen Rausch noch etwas genießen kannst.«

Lachend und schwatzend fuhren sie ins Einkaufszen-
trum und suchten dort den passenden Laden auf. Beide
waren wie erschlagen von dem Angebot, was sich ihnen
bot und sie merkten schnell, dass sie ohne die Hilfe
eines Profis aufgeschmissen waren.

»Hältst du es nicht für etwas voreilig, wenn wir die
Sachen kaufen? Immerhin wissen wir doch noch gar
nicht, ob wir Amy bekommen«, gab Bobby zu Bedenken,
hielt aber schon einen niedlichen weißen Strampler in
den Händen, auf dem in silberner Glitzerschrift stand:
Meine Mama ist die Beste! Eves Augen funkelten
amüsiert, doch sie verkniff sich jeglichen Kommentar.

»Na ja, wir können uns ja wenigstens informieren.
Und vielleicht die ein oder andere Kleinigkeit kaufen,
denn sie braucht ja auch im Krankenhaus etwas zum
Anziehen.«

»Und Kuscheltiere.« Bobby rannte los und besorgte einen Einkaufswagen. Gleichzeitig tauchte wie aus dem Nichts eine Verkäuferin auf, die ihnen mit Rat und Tat zur Seite stand und ihnen natürlich alles Mögliche und Unmögliche aufschwatzte. Am Ende ihres Einkaufes schleppten die beiden Frauen jeweils zwei bis zum Rand gefüllte Tüten zum Auto. Klein-Amy war jetzt stolze Besitzerin diverser Plüschtiere, zwei pink-farbenen Schnullern und so viel Garderobe, dass sie mit Sicherheit das bestangezogenste Baby auf der Station sein würde. Außerdem hatten sie ein Tragetuch besorgt, Mützchen und Bobby hatte winzige Babyschuhe erstanden, die sich an den Rückspiegel des Wagens hängte.

»Ich mutiere zur Kitschqueen«, sagte sie. »Ich will darüber aber kein Wort hören, verstanden?«

»Natürlich nicht«, grinste Eve.

»Wie wollen wir das mit der Zimmeraufteilung regeln?«, fragte Bobby, während sie durch den Stadtverkehr lenkte. »Ich meine, Amy braucht ein eigenes Zimmer und am besten, wir haben sie in der Nähe.«

»Ich kann das Büro räumen und mit meinem Kram nach unten ziehen«, überlegte Eve. »Der Raum ist zwar klein, aber für ein Baby wird er wohl reichen.«

»Oder ...«, warf Bobby ein, »wir ziehen in das kleine Zimmer und Amy bekommt unser Schlafzimmer. Dort hat sie mehr Platz.«

»Sie ist ein Baby. Wie viel Platz braucht so ein Säugling schon?«

Bobby antwortete nicht, sondern warf Eve nur einen geheimnisvollen Blick zu.

Eben noch amüsierten sie sich und genossen den Tag, als Kerry anrief und mit einem Schlag alles zunichtemachte. Die Porters hatten Klage eingereicht und wollten das alleinige Sorgerecht für Amy durchboxen. Zornig warf Bobby ihr Handy durch den Raum.

»Ich lass nicht zu, dass sie uns unser Baby wegnehmen«, brüllte sie und hieb mit der Faust auf die Wand ein. »Jenny hat doch diesen Wisch geschrieben, reicht das denn nicht?«

»Beruhige dich«, sagte Eve beschwichtigend. »Es ist doch noch gar nichts entschieden. Kerry meinte, dass wir immer noch gute Chancen haben. Zur Not muss Jenny eben aussagen. Allerdings ...«

»Allerdings was?« Bobby wirbelte herum und Eve konnte die Angst förmlich greifen, die Bobby ausstrahlte.

»Allerdings wäre es von Vorteil, wenn wir bereits verheiratet wären. Also sollten wir vielleicht doch die Standesamtvariante in Betracht ziehen. Eine Feier können wir doch trotzdem später noch machen.«

»Nein!« Bobby schüttelte energisch den Kopf. »Ich will, dass du die Hochzeit bekommst, die du dir gewünscht hast. Wir bleiben bei unserem Plan, basta.«

»Aber Bobby ...« Eve seufzte hilflos. »Du kannst nicht alles haben. Überleg dir, was die wichtiger ist: Amy oder eine tolle Hochzeit.«

»Beides.« Bobby trat etwas ruhiger an Eve heran und fasste sie bei den Händen. »Lass mich das regeln, okay? Auf meine Weise.«

»Bobby ...«, wagte Eve einen Einwand, doch Bobby legte ihr einen Finger auf die Lippen.

»Vertraust du mir?«, sagte sie leise.

»Schon, aber ...«

»Kein aber! Ich verlasse mich nicht mehr darauf, dass andere unsere Probleme lösen.« Sie ließ Eve los, schnappte sich ihre Jacke und stürmte aus dem Haus hinaus.

»Bobby«, wagte Eve einen letzten, verzweifelten Versuch, sie zurückzuhalten, doch Bobby hatte schon den Wagen angelassen und brauste vom Hof.

Mit hängenden Schulter sah Eve der Staubwolke nach. Wenn irgendetwas auf Bobby-Art geregelt wurde, verhieß es noch mehr Probleme. Besonnenheit - eine Charaktereigenschaft, die Bobby gänzlich fehlte. Eve war auf das Schlimmste gefasst, doch nun war sie erst einmal dazu gezwungen, abzuwarten und darauf zu hoffen, dass Bobby die Angelegenheit nicht verschlimmerte.

Kapitel 14

»Ich möchte bitte mit Jenny Porter sprechen.« Bobby legte dem Beamten ihren gesamten Tascheninhalt auf ein Tablett, wartete auf das Surren der elektronischen Glastüre und begab sich in den Bereich, in dem die Gefangenen ihren Besuch empfingen. Jenny saß noch immer in U-Haft, erst in drei Tagen würde sich herausstellen, wie es mit ihr weiterging.

Bobby lief auf und ab, bis Jenny erschien und überrascht die Brauen hob.

»Bobby! Ist etwas passiert?«

Sie hatte sichtlich abgenommen und sah mitgenommen aus. Wie sollte es ihr dann erst ergehen, wenn sie wirklich eine Strafe über Jahre hinweg absitzen musste?

»Deine Eltern«, kam Bobby ohne Umschweife zum Thema und setzte sich an den Tisch Jenny gegenüber, einen streng dreinblickenden Wachmann im Nacken. »Sie haben das Sorgerecht für Amy eingeklagt.«

»Diese Arschlöcher!« Jenny beugte sich vor und wischte sich eine wirre Strähne aus dem Gesicht. »Das dürft ihr nicht zulassen, wirklich nicht!«, flehte sie und griff nach Bobbys Hand. »Was kann ich tun?«

»Als Erstes kannst du mir das Hotel nennen, in dem sie untergekommen sind. Ich will versuchen, vernünftig mit ihnen zu reden.«

Jenny lachte bitter auf.

»Vernünftig? Meine Mutter ist zu dumm, ein Loch in den Schnee zu pinkeln und mein Vater ... er ist ein

Scheißkerl. Na ja, eigentlich ist er das nicht, aber er lässt einfach alles zu, was meine Mutter treibt. Weißt du, wie meine Kindheit aussah? Sie waren nie zuhause, ich bin quasi in den Kneipen unserer Stadt aufgewachsen. Zwischen all den verkrachten Existenzen und Säufern habe ich mit meinen Puppen gespielt. Mit acht Jahren konnte ich bereits besser Billard spielen, als die meisten Männer - was meine Eltern natürlich ausnutzten und mich zwangen, um Kohle zu spielen. Wer denkt denn auch daran, dass ein Kind einen Erwachsenen abzocken könnte? Meine ersten sexuellen Erfahrungen habe ich ebenfalls mit einem dieser Typen gemacht - meinen Eltern war es egal. Sie faselten ständig davon, irgendwann groß rauszukommen. Mein Vater war damals nur ein kleiner Angestellter in einem Autohaus, dann gewannen sie im Lotto und alles änderte sich. Plötzlich richtete man die Aufmerksamkeit auf meine Familie, ich sollte mich fügen und so tun, als seien wir eine scheißnormale Familie.« Sie lachte wieder. »Auf einmal taten meine Eltern so, als sei ich das Wichtigste für sie - natürlich nur nach außen hin. Ich wurde vorgeführt wie ein dressierter Affe, bis ich dann irgendwann abgehauen bin. Bobby, glaub mir, sie wollen Amy nur adoptieren, um daraus auch wieder Kapital zu schlagen. Es macht sich doch super für die »Könige« von Topeka, dem Enkelkind ihrer armen, verirrten Tochter ein Zuhause zu bieten.«

Wütend ballte Bobby ihre Hände zu Fäusten. Diese Menschen würden Amy nicht bekommen, niemals! Und wenn sie dafür das Kind entführen und in Kanada leben musste, aber das würde sie nicht zulassen.

»Gib mir die Adresse, ich werde das regeln«, versprach sie.

»Hyatt Regency, die Zimmernummer musst du erfragen. Mach sie fertig, Bobby!«

Bobby nickte grimmig und erhob sich.

»Wir sind wie versprochen am Montag bei der Verhandlung dabei.«

»Danke.« Jenny nagte an ihrer Unterlippe. »Wie geht es Amy?«, fragte sie leise und sah Bobby von unten heraus an.

»Gut. Sie atmet seit letzter Nacht alleine. Sie wird es schaffen, Jenny. Du wirst sie aufwachsen sehen und wir werden ihr ein schönes Zuhause geben.«

»Ich weiß, deswegen habe ich Eve ja auch als Vormund eingetragen. Ich wusste, dass ihr die Kleine nicht im Stich lasst. So, und jetzt trete meinen Eltern in den Arsch, verstanden?«

Es war natürlich das beste Hotel in der Stadt, welches sich die Porters für ihren Aufenthalt ausgesucht hatten. Aber auch die Tatsache, dass diese Leute in Geld schwammen, konnte nicht darüber hinwegtäuschen, wie einfach gestrickt und skrupellos sie waren. Als Bobby dem Ehepaar gegenüberstand, musterte sie die beiden mit offenem Mund und konnte sich nicht entscheiden, ob sie lachen oder weinen sollte. Aufgemöbelt wie eine schlechte Dolly Parton Kopie, befand Misses Porter sich im Restaurant des Hotels und gab einem Kamerateam lauthals Befehle. Bobby stutzte. Kamerateam?

»Ich bin wegen Amy hier«, sagte sie, als die Porters sie ebenfalls von oben bis unten gemustert hatten. Der Kameramann kam ihr aufdringlich zu nahe, über ihrem Kopf schwebte ein Mikrofon. »Was soll dieser Scheiß?«, entfuhr es Bobby und sie schlug mit der Hand nach dem Mikrofon.

»Das ist das Team, was uns für unsere neue Show begleitet«, antwortete Misses Porter.

»Show? Was für eine Show?«

»Sie werden es ja wohl schon gehört haben, Miss ...?«

»Hale. Roberta Hale.«

»Miss Hale, richtig, Sie sind ja der andere Teil des Lesbengespanns, was uns unser Enkelkind vorenthält.« Ihre süffisante Miene änderte sich schlagartig in eine weinerliche Fratze, als sie sich zur Kamera drehte. »Das muss man sich mal vorstellen. Mein eigen Fleisch und Blut soll bei Fremden aufwachsen. Welche liebende Großmutter würde das zulassen?«

»Jetzt machen Sie mal einen Punkt, Lady.« Bobby schubste Misses Porter etwas zur Seite. »Was soll der ganze Humbug?«

»Wir drehen eine Sendung für unseren Regionalsender, die auch schon eine Show über unseren Lottogewinn und das Leben danach gedreht haben. Wir sind berühmt, Miss Hale. Ich sagte es bereits Ihrer Lebensgefährtin, dass wir uns nicht so leicht geschlagen geben, nicht wahr, Frank?«

Mister Porter nickte zustimmend, überließ seiner überkandidelten Frau aber weiterhin das Wort.

»Und jetzt vermarkten Sie Ihre unschuldige und

kranke Enkeltochter?« Bobby rang nach Fassung. »Das Leben der Kleinen hängt am seidenen Faden, niemand weiß, ob sie durchkommt oder welche Folgeschäden sie davonträgt. Wir wissen nicht einmal, ob sie jemals sehen oder hören kann. Von ihren geistigen Fähigkeiten mal ganz abgesehen. Meine Frau ist Tag und Nacht bei Amy und Sie geben allen Ernstes das Opfer? Ihre Tochter hat mir erzählt, wie sie vernachlässigt wurde, also stellen Sie sich nicht so dar, als wären Sie die Eltern des Jahrhunderts.« Sie bebte und war kurz davor, dieser Frau die Faust ins Gesicht zu rammen und gleichzeitig dem Typen hinter sich das Mikrofon dort einzuführen, wo es richtig wehtat. »Nehmen Sie dieses Ding aus meinem Gesicht«, brüllte sie den Mann an.

»Oh, mein Gott.« Misses Porter fasste sich theatralisch ans Herz. »Haben Sie das aufgenommen?«, herrschte sie den Kameramann an, dem die Situation sichtlich unangenehm war. »Zu solchen Furien soll meine Enkeltochter? Sie sollten dringend etwas gegen Ihren Jähzorn unternehmen, meine Beste.«

Bobby kochte vor Wut. Zornige Tränen schossen ihr in die Augen. Wie hatte sie annehmen können, die Sache auf eigene Faust regeln zu können? Vermutlich hatte sie alles nur verschlimmert, weil sie die Kontrolle verloren hatte.

»Misses Porter«, versuchte sie, einen ruhigen Ton anzuschlagen. »Jenny hat am Montag ihre Verhandlung und egal, wie das Urteil ausfällt, sie wird danach bei uns leben und eine Arbeit aufnehmen. Auch wenn sie ihre Rechte an Amy abgegeben hat, so könnte sie doch dabei sein, wie die Kleine heranwächst. Ich will Ihnen nicht zu nahe treten, aber Sie sind nicht mehr die Jüngsten. Was geschieht mit Amy, sollte sie wirklich geistigen oder körperlichen Schaden erlitten haben? Haben Sie die Kraft und die Nerven, dem Kind gerecht zu werden?«

»Das ist ...« Misses Porter lachte auf. »Hast du das gehört, Frank? Nicht mehr die Jüngsten! Was erlauben Sie sich eigentlich? Sie wollen meine missratene Tochter aufnehmen? Bitte, tun Sie das. Aber wundern Sie sich nicht, wenn Sie Ihnen das Leben genauso zur Hölle macht, wie uns. Alles haben wir für dieses Kind getan und wie hat sie es uns gedankt?« Sie wischte sich die obligatorische Träne aus dem Augenwinkel. »Nein, Miss Hale. Jenny kann machen, was sie will, aber die Kleine kommt zu uns. Wir werden uns schon um sie kümmern, und sollte es wirklich so sein, wie Sie sagen, gibt es dafür spezielle Einrichtungen.«

»Sie wollen Amy in ein Heim stecken?«, brüllte Bobby wieder los und machte einen Schritt auf ihr Gegenüber zu. »Sie bekommen Amy nur über meine Leiche, Lady. Sehen Sie sich vor!« Damit drehte sie sich um, und hörte noch, wie Misses Porter irgendwas von »dreckiger Lesbe« schimpfte. Bobby schloss kurz die Augen, kämpfte gegen die Tränen an und bestieg verzweifelt ihren Wagen. Was hatte sie bloß getan? Was hatte sie sich und Eve angetan? Es schien alles verloren, so wie sie sich aufgeführt hatte, hatte sie den Porters direkt in die Hände gespielt. Sie hatten alles aufgenommen! Wahrscheinlich würde schon bald eine sehr zornige Bobby über die Bildschirme flimmern.

»Verdammter Mist!« Wieder und wieder hieb Bobby auf das Lenkrad ein, bis ihre Hände schmerzten. Der Schaden war angerichtet und ihr stand jetzt die Aufgabe bevor, Eve zu beichten, dass sie wieder einmal alles verbockt hatte. Gerade, als sie den Wagen starten wollte, sah sie im Rückspiegel, wie Mister Porter vor das Hotel trat und sich eine Zigarette anzündete. Er war alleine, ohne seine verkannte Schauspielerehefrau. Bobby biss sich auf die Unterlippe. Sollte sie, oder sollte sie nicht? Noch ehe sie den Gedanken zu Ende gedacht hatte, befand sie sich auf dem Weg zu Frank Porter. In ihr keimte ein kleines Fünkchen Hoffnung, dass er zugänglicher als seine Frau war, immerhin hatte er sich die ganze Zeit im Hintergrund gehalten.

»Mister Porter«, rief sie ihm winkend zu. »Kann ich Sie einen Moment sprechen.«

Sie sah, wie er im Begriff war, seine Zigarette wegzuwerfen, daher beschleunigte sie ihre Schritte.

»Mister Porter, bitte. Nur einen Augenblick.«

Frank Porter blieb und wartete, bis Bobby ihn erreicht hatte.

»Danke«, schnaufte sie. »Ich möchte Sie inständig bitten, sich die Sache noch mal zu überlegen. Ist es denn auch Ihre Meinung, dass es zu Amys Besten ist, wenn Sie sie nehmen? Wenn Sie die Kleine im Fernsehen präsentieren, als sei sie ein Rassehund?«

»Meine Frau hat sich das in den Kopf gesetzt«, sagte er, nachdem er einige Sekunden auf den Boden gestarrt hatte. Plötzlich ließ er die Schultern hängen. »Es ist alles auf ihrem Mist gewachsen, denken Sie denn, ich

223

finde es gut, dass wir keine ruhige Minute mehr haben, seit diesem Gewinn? Wollen Sie wirklich meine Meinung hören, Miss Hale? Nein, ich finde nicht, dass es zu Amys Besten wäre. Aber meine Frau ...« Er schüttelte den Kopf. »Sie müssen nicht denken, dass wir Jenny nicht geliebt haben ... immer noch lieben. Wir haben vieles falsch gemacht und ich weiß, dass meine Frau sehr darunter leidet. Mit dem Geld, den TV-Auftritten und all der Aufmerksamkeit kompensiert sie so einiges. Sie sollten Amy bekommen, Miss Hale. Ich will nicht noch einmal von vorne anfangen, schon gar nicht mit einem kranken Kind und ich glaube, eigentlich will meine Frau das auch nicht. Wir hätten Großeltern sein sollen - Jenny hätte sich um Kind kümmern sollen - aber das sind alles Wunschträume, nicht wahr? Unsere Tochter sitzt im Knast, unsere Enkelin soll unser Kind werden. Es ist alles verkehrt und verdreht.« Er warf die abgebrannte Kippe auf den Boden und trat sie aus.

Er hatte viel gesagt, aber irgendwie auch nichts.

»Was soll das jetzt bedeuten?«, fragte Bobby ungeduldig.

»Ich werde mit meiner Frau reden, Miss Hale. Versprechen kann ich nichts, das sage ich Ihnen sofort. Wir haben das Kind noch nicht einmal gesehen, wir wissen im Grunde gar nicht, wofür wir hier kämpfen.«

»Das ist zumindest ein Anfang. Ich danke Ihnen.«

Frank Porter nickte zustimmend.

»Grüßen Sie Jenny von mir, wenn Sie sie das nächste Mal sehen«, rief er Bobby nach, als sie zurück zu ihrem Auto ging.

»Wo bist du?«, fragte Eve in den Hörer. Bobby war nicht nach Hause gekommen und sie machte sich langsam Sorgen.

»Im Krankenhaus«, antwortete Bobby. »Eve ... es könnte sein, dass ich Mist gebaut habe.« Sie hörte, wie Eve am anderen Ende der Leitung seufzte. »Kommst du her, dann erzähle ich dir alles.«

»Bin schon auf dem Weg«, sagte Eve und drückte das Gespräch weg.

Sie hatte es geahnt. Bobby handelte meistens in guter Absicht, doch es ging grundsätzlich nach hinten los. Eve schaute auf ihre Füße und schüttelte den Kopf.

»Ahhh«, rief sie genervt, um sich ihrem Ärger Luft zu machen. Doch sie besann sich, atmete durch und schob eine innerliche Sekundenmeditaion ein. Sie wollte Bobby keinen Vorwurf machen und das wäre auch nicht fair gewesen. Bobby liebte Amy genauso wie sie selbst, ihre Herangehensweise war nur manchmal etwas brachial. Aber wäre dem nicht so, wäre es nicht Bobby und Eve hätte sich nicht in sie verliebt.

Bevor sie fuhr, meldete sie sich noch bei Beth ab, hoffend, dass dieser Zustand bald endlich ein Ende fand. Dieses Hin und Her zwischen Ranch, den Kids und dem Krankenhaus zerrte an aller Nerven. Sie konnten Beth nicht länger zumuten, sich um alles zu kümmern - es war ja auch gar nicht ihre Aufgabe, auch wenn sie sich nie beschwerte.

»Bald«, sagte Eve zu sich selbst, als sie mit ihren Dodge vom Hof fuhr. »Bald ist alles vorbei.«

Amy lag friedlich schlafend in Bobbys Arm, als Eve eintraf. Sie blieb einige Minuten im Türrahmen stehen und beobachtete das friedliche Bild. Es war unvorstellbar, dass Bobby bis vor ein paar Monaten fast schon allergisch auf das Thema Kinder regierte. Sie wirkte, als hätte sie nie etwas anderes getan.

»Hey du«, sagte Eve, als Bobby aufsah. Lächelnd schwenkte sie die Tüte mit den Kuscheltieren. »Die hast du zuhause vergessen.«

»Na, da wird aber heute Nacht jemand besonders gut behütet schlafen«, sagte Bobby. »Willst du sie nehmen?« Eve winkte ab und legte einen gelben Plüschelefant in das Wärmebettchen. Mittlerweile brauchte Amy keinen Inkubator mehr.

»Ich seh schon, das ist eine ganz große Liebe zwischen euch beiden.«

Bobby lächelte gequält.

»Was das angeht ...«

»Du warst bei den Porters, stimmt's?« Als Bobby schuldbewusst nickte, schloss Eve die Augen. »Okay, ich habe mir geschworen, ich werde nicht sauer sein. Sag mir nur, dass du niemanden umgebracht oder windelweich geprügelt hast.«

»Hab ich nicht, was denkst du von mir?«, erwiderte Bobby entrüstet. »Gut, ich war kurz davor, aber ich habe mich zusammengerissen. Das glaubst du mir nicht, Eve. Diese beiden Freaks vermarkten die Adoption als Daily Soap fürs Fernsehen.«

Eve zog sich einen Stuhl heran und Bobby hatte ihre ungeteilte Aufmerksamkeit. Sie erzählte, was passiert war.

»Ich konnte doch nicht ahnen, was die beiden treiben. Hast du eine Ahnung, wie ich mich gefühlt habe, als dieser Knilch mir ständig das Mikro fast ins Gesicht geschlagen hat und Misses Porter immer dann die Kamera mitlaufen ließ, wenn ich etwas Unpassendes gesagt habe?«

»Mach dir keine Gedanken. Es kommt, wie es kommen soll. Wenn das Universum Amy für uns vorgesehen hat, werden wir sie bekommen.«

»Das Universum?« Bobby hob die Augenbrauen. »Machen wir jetzt in Esoterik?«

»Ach, was weiß ich. Lass uns über etwas anderes reden, ja? Ich möchte mal einen Abend ohne Probleme erleben.«

»Bin ganz bei dir.«

Eve sah Amy zärtlich an.

»Sie ist richtig süß geworden, oder? Ihre Haut ist nicht mehr so blass.«

»Sie sieht immer noch aus wie ein Alien, mach dir nichts vor.« Bobby gluckste, bis Eve ihr gegen den Arm schlug.

»Du weckst sie noch auf«, zischte sie.

»Wollen wir den Namen Amy behalten? Ich habe mich irgendwie daran gewöhnt.«

»Ich finde ihn schön, warum also nicht? Wir können ihr ja noch einen hübschen Zweitnamen geben.«

»Elisabeth«, sagte Bobby spontan. »Ich hatte nie wirklich eine Mutter, Beth war die Einzige, die sich um mich gekümmert hat. Ich denke ...«

»Das ist eine wundervolle Idee«, unterbrach Eve sie. »Wir haben ihr so viel zu verdanken und Elisabeth ist ein wunderschöner Name.«

Sie waren versunken in ihre Gedanken, als jemand Eve eine Hand auf die Schulter legte.

»Guten Abend, Doktor Dearing.«

»Schwester Nancy.« Eve strahlte die Krankenschwester an.

»Ich wollte Amy frisch machen und zurück ins Bettchen legen. Sie dürfen gerne dabei sein und zusehen. Damit Sie es beim nächsten Mal selber machen können.«

Zusammen machten die Frauen die kleine Amy bettfertig, sie bekam noch jeweils von Bobby und Eve einen Kuss auf die Stirn und dann hängte Schwester Nancy ihr die Nahrung an.

»Sie macht sich wirklich bemerkenswert gut. Ich glaube, sie weiß, was sie für tolle Mütter bekommt. Gute Nacht, Doktor Dearing, Miss Hale. Wenn Sie etwas brauchen, Sie wissen ja, wo Sie mich finden.«

»So«, sagte Eve, als sie alleine waren. »Wir müssen dringend über dein Outfit bei der Hochzeit reden. Heute kannst du mir nicht entwischen.«

Bobby rollte mit den Augen und zog die Wolldecke, die Nancy ihr gebracht hatte, höher ans Kinn.

»Ich kauf mir eine neue Jeans, ehrlich!« Sie sah Eve mit einem Dackelblick an, der aber gnadenlos niedergeschmettert wurde.

»Nichts da.« Eve holte ihren Laptop aus der Tasche. »Wir gehen jetzt Onlineshoppen, ob du willst oder nicht.«

Bobby gab sich geschlagen und durchforstete mit Eve die Brautmoden-Onlineportale. Stunde um Stunde verging, in denen sie sich stritten, Bobby resigniert den Kopf in den Händen verbarg und Eve zur Stärkung Kaffee besorgte. Nach drei Stunden endlich waren sie sich einig, auch wenn sich Bobby durchringen musste, den Button für den Warenkorb zu drücken. Eve grinste in sich hinein.

»Du wirst so atemberaubend schön aussehen.« Sie klatschte vor Freude in die Hände, während Bobby sie finster anstarrte.

»Das mache ich nur dir zuliebe, das weißt du hoffentlich. Du bist mir was schuldig, Darling.«

»Alles was du willst.«

»Ha!« Bobby lachte auf. »Du wirst winseln, glaub mir. So, du hast mir so einen Fummel angedreht, ich suche dir jetzt deine Hochzeitsunterwäsche aus und glaub mir, ich lasse mich auf keine Diskussionen ein.«

»Na dann, Miss Hale. Tun Sie das, was Ihnen gefällt«, grinste Eve und sie lachten leise.

Kapitel 15

Am Montag fuhren sie zu Jennys Verhandlung. Starr saß sie auf ihrem Platz, den Blick konzentriert auf den Richter geheftet, bis er das Urteil sprach: Ein halbes Jahr Gefängnis, die restlichen zwei Jahre auf Bewährung.

»Es hätte schlimmer kommen können«, sagte sie zum Abschied. »Wir sehen uns dann in einem halben Jahr.«

Sie wirkte gefasst, aber das Urteil erschien schon sehr hart, zumal sie bei der Straftat noch minderjährig war. Doch so bekam Jenny die Möglichkeit, über einiges nachzudenken und die versprochene Therapie zu machen. Ihren Platz auf der Ranch hatte sie nach ihrer Haftstrafe sicher.

Eine Woche später traf Bobbys Hochzeitsoutfit ein. Ein Hosenanzug, der leicht den Körper umspielte, mit weiten Hosen und einem Oberteil aus Chiffon, mit weiten Ärmeln, die nach unten hin geschlitzt waren. Bobby hatte das Teil an den Schrank gehängt und betrachtete es seit geraumer Zeit. Die Arme angewinkelt, eine Hand unter dem Kinn abgestützt.

»Das ist so lächerlich«, murmelte sie. »Was soll das darstellen?« Es klopfte verhalten an der Tür und Bobby öffnete sie ungestüm und zerrte Matt ins Zimmer.

»Was gibt es für eine Krise? Vor allem ... in eurem Schlafzimmer? Was ist los, Bobby?«

»Da!« Bobby zeigte auf das Kleidungsstück an ihrem Schrank.

»Was ist das?« Matt starrte sie verständnislos an.

»Das soll ich zur Hochzeit tragen«, flüsterte sie im Verschwörerton. »Das da! Guck es dir an!«

»Bobby!« Matt fuhr sich durchs Haar und stemmte die Hände in die Hüften. »Du weißt schon, dass ich Geld verdienen muss, oder? Ich meine, hallo? Du rufst mich an, brüllst etwas von einer Krise und ich - da ich ja Tierarzt bin, wie dir sicherlich nicht entfallen ist - komme herbeigestürmt, weil ich denke, eines deiner Tiere liegt im Sterben. So war es früher mal, bevor ich anscheinend zum Modeberater avanciert bin. Also was soll der Stress?«

»Da ist der Stress.« Wieder deutete Bobby auf den Hosenanzug.

»Das sieht doch toll aus«, sagte Matt und sah Bobby von der Seite an. »Okay, ich kann mir dich jetzt nicht wirklich darin vorstellen, aber so ganz allgemein gesehen sieht es wirklich toll aus. Zieh es an, wenn du eine ehrliche Meinung von mir willst.«

Bobby schnaufte ungehalten, schnappte sich die Kleidung und verzog sich ins Bad. Es dauerte, bis sie wieder erschien - in Socken und mit hängenden Schultern.

»Ich seh aus wie ein Trottel«, maulte sie.

»Na, wenn du so dastehst, ja, dann stimmt das. Gehören da nicht irgendwelche hohen Schuhe zu? Hast du sowas? Absätze, Bobby. Pumps.«

Sie schüttelte ihre Locken. Daran hatte sie überhaupt nicht gedacht. *Oh Eve, das wirst du mir doppelt und dreifach büßen*, dachte sie sauer.

»Okay, nimm welche von Eve - nur mal so, damit es

das Bein streckt.« Matt hielt einen Moment inne. »Wenn du irgendwem hier von erzählst, bringe ich dich um, das ist dir klar, oder?«

»Aber sicher.« Bobby lachte amüsiert auf. »Für einen Kerl hast du verdammt viel Ahnung von Frauenklamotten.«

»Halt einfach die Klappe, sonst verschwinde ich sofort und ich glaube, du bist verdammt noch mal auf meine Hilfe angewiesen!«

»Schon gut.« Bobby hob beschwichtigend die Arme und pustete sich eine Locke aus dem Gesicht. Sie holte aus Eves Schrank ein Paar Pumps hervor, die ihr eine Spur zu groß waren.

»Viel besser«, lobte Matt. »Deine Haare ...«

»Was ist mit meinen Haaren?«

»Na ja, du solltest einen Friseur aufsuchen, der sie irgendwie hübsch aufsteckt. So siehst du aus ... keine Ahnung, wie Bobby eben.«

»Ist das schlecht?« Bobby verschränkte die Arme.

»Nein, ist es nicht. Aber es ist deine Hochzeit. Warum fragst du mich das eigentlich alles? Könnte Eve dir nicht besser helfen?«

»Ohh, du kennst doch den Brauch. Eine Braut darf eine Braut nicht vor der Hochzeit sehen.«

»Ich habe das irgendwie anders in Erinnerung, aber okay. Das ist total schräg, weißt du das? Du bist total schräg.« Matt schüttelte den Kopf. »Ich rufe jetzt Kerry an, die kann sich dann um alles Weitere hier kümmern. Ich fühle mich nicht sehr wohl in dieser Rolle, das verstehst du hoffentlich nicht falsch. Aber ich bin Landtierarzt, ich mache harte Männersachen, ich beschäftige mich nicht mit Mode.«

Bobby lachte aus vollster Kehle, bis sie die Beine kreuzen musste, weil sie fürchtete, sich einzunässen.

»Sind wir heute etwas homophob?« Sie zwinkerte Matt zu. »Tja, mein Freund, Pech gehabt. Du wirst Trauzeuge auf einer Lesbenhochzeit. Ich hoffe, das schadet deinem Image nicht.«

»Bobby.« Matt zog ein schuldbewusstes Gesicht. »Du weißt, dass ich immer hinter euch stehe, ganz egal, was die Leute sagen. Aber ich kann meine eigene Frau nicht bei der Klamottenauswahl beraten, wie soll ich es dann bei dir? Hatte ich schon erwähnt, dass Kerry sehr schwanger ist und somit auch sehr empfindlich? Ich habe das Gefühl, ich werde von Östrogenen überschüttet und jetzt fängst du auch noch an und willst meinen Rat in Stylefragen, statt mit mir einen trinken zu gehen.«

Bobby grinste und breitete ihre Arme aus.

»Komm her!«, sagte sie und drückte Matt an sich. »Du bist mein bester Freund und ich habe immer viel zu viel von dir verlangt. Danke, dass du immer da bist. Und ja, ich bin im Moment total neben der Spur. Diese Frau ... Eve, du kennst sie flüchtig, raubt mir den letzten Nerv.«

Matt gluckste, bis beide vor Lachen Tränen in den Augen hatten.

»Morgen Abend zu Smitty?«, fragte Bobby.

»Aber so was von. Wir müssen doch deinen Junggesellinnenabschied feiern.«

Gemeinsam mit Matt und Archie verbrachte Bobby einen feucht-fröhlichen Abend in ihrer Stammkneipe, während Eve spontan Beth und Kerry eingeladen hatte. Kerrys Bauch wölbte sich schon sichtbar unter ihrem weiten Strickpullover.

»Es wird ein Junge«, verkündete sie stolz und präsentierte den beiden Frauen die neusten Ultrashallbilder, auf denen das Geschlecht eindeutig sichtbar war. »Bevor ihr jetzt wild herumrechnet ... ich war schon vor der Hochzeit schwanger.« Sie grinste, als die beiden anderen Frauen sich beschämt ansahen.

Natürlich drehten sich die meisten Gespräche um Kinder und die bevorstehende Hochzeit. Eve, die für andere immer einen Masterplan parat hatte, war ein nervöses Wrack, wenn sie an ihren großen Tag dachte, und war froh, Beth und Kerry als seelische Unterstützung an ihrer Seite zu haben.

»Die allerbeste Neuigkeit habe ich euch aber noch gar nicht berichtet und eigentlich wollte ich es dir und Bobby gleichzeitig sagen, aber ich halte es kaum noch aus.« Kerry grinste verschmitzt und zauberte aus ihrer Tasche einen großen, braunen Umschlag hervor, den sie Eve feierlich überreichte. »Die Porters haben ihre Klage zurückgezogen und verzichten auf das Sorgerecht und somit auf sämtliche Ansprüche an Amy.«

Ungläubig las Eve das Schriftstück, welches eine beglaubigte Verzichtserklärung des Ehepaares war. Hatte Bobby mit ihrer Aktion doch richtig gehandelt? Ganz egal, welchen Beweggrund die Porters für ihren Rückzug hatten, Eve fiel ein ganzer Fels vom Herzen.

»Das heißt ...?«

»Das heißt, dass es nur noch eine Formalität ist, dass ihr Amy bekommt«, beendete Kerry Eves Satz.

»Wir werden Mütter.« Diese Worte klangen im ersten Moment so befremdlich, dass Eve für einen Augenblick Angst bekam. Doch in der nächsten Sekunde atmete sie erleichtert auf, hob ihr Glas und stieß mit den anderen an.

»Es wird also bald mit der Ruhe hier vorbei sein.« Beth schmunzelte. »Ich freue mich wahnsinnig für euch und für mich natürlich auch - schließlich werde ich Großmutter.«

Lachend und unendlich erleichtert gratulierten sie sich gegenseitig. So viel war in den letzten drei Jahren geschehen und die letzten Monate waren mehr als turbulent gewesen. Auch wenn Eve sich damals ihre Zukunft gänzlich anders vorgestellt hatte, bekam sie jetzt doch das, was sie sich immer erträumt hatte. Eine eigene Familie, eine perfekte Hochzeit mit dem Menschen, den sie über alles liebte. Freunde, auf die sie in jeder Lebenslage zählen konnte. Einmal mehr wurde ihr bewusst, wie richtig damals ihre Entscheidung gewesen war, auf Bird Creek zu bleiben. Sie hatte etwas gewagt, sich ins Ungewisse gestürzt und sie hatte gewonnen. Nachdenklich lauschte sie dem Gespräch zwischen Beth und Kerry. Hatte Eddy seinerzeit gewusst, dass sie genau die Richtige war, um sein Erbe fortzuführen? Saß er im Himmel und sah auf sie und Bobby hinab? Gab er seinen Segen? Das musste er wohl, denn Eve fühlte sich verdammt gesegnet.

Nachdem die anderen beiden Frauen gegangen waren, setzte sich Eve an den Computer und teilte Lynn die großartigen Neuigkeiten mit. Ihre ehemalige Angestellte hatte zugesagt, zur Hochzeit zu erscheinen und ihre Treuzeugin zu sein, was Eve ganz besonders freute. Sie hatte auch ihre Schwester Peyton eingeladen, jedoch noch keine Antwort erhalten. Es schmerzte Eve, dass Peyton nach wie vor so abweisend auf ihre Beziehung reagierte, aber sie richtete den Blick nach vorne. Sie konnte niemanden zwingen, sich über ihr Glück zu freuen. Ihre Familie war jetzt hier und die war das Wichtigste in ihrem Leben.

Je näher die Hochzeit rückte, desto aufgeregter wurden Eve und Bobby. Sie trafen letzte Vorbereitungen - wie etwa die Auswahl der Schuhe, die Bobby tragen wollte. Eve redete mit Engelszungen auf sie ein, wenigstens an diesem wichtigen Tag hohe Absätze zu tragen, doch Bobby stellte sich stur.

»Eve«, sagte sie und nahm dabei Eves Gesicht in die Hände, in den Augen einen Blick, der keinerlei Widerspruch zuließ, »du weißt, dass ich dich liebe. Aber wenn du mich zwingst, Schuhe zu tragen, in denen ich nicht mal laufen kann, ist diese schöne Sache zwischen uns vorbei, klar?«

»Aber ...«, nuschelte Eve.

»Sssscht, kein aber. Alleine dir zuliebe werde ich diesen merkwürdigen Fummel anziehen, aber das Schuhthema lassen wir ganz schnell unter den Tisch fallen. Ich werde dich jetzt loslassen und hoffe, du respektierst meinen Entschluss.« Als Eve ihr Gesicht wieder für sich hatte, funkelte sie Bobby an.

»Du hast wirklich eine Macke. Was gedenkst du denn zu diesem wunderschönen Hosenanzug zu tragen? Deine Arbeitsstiefel?«

»Eve!«, rief Bobby genervt. »Wenn es nach mir ginge, würde ich dieses Ding gar nicht anziehen.«

»Okay.«

»Du sollst aufhören ... Moment ... Okay?«

»Ja, es ist okay. Wenn du dich so absolut unwohl damit fühlst, dann lass es bleiben. Zieh an, was du möchtest.« Eve hob die Schultern.

»Oooh, ich weiß, was du vorhast.« Bobby verschränkte die Arme. »Du willst mir ein schlechtes Gewissen einreden, damit ich nachgebe. Weißt du was? Ich werde diesen blöden Hosenanzug tragen und ich werde verdammt scharf darin aussehen.«

»Ist mir egal. Du musst es nicht mir zuliebe tun.«

Bobby hob einen Zeigenfinger, fuchtelte Eve damit vor dem Gesicht herum und machte auf dem Absatz kehrt.

»Mach dich auf was gefasst, meine Liebe. Ich werde dir sowas von die Show stehlen.«

Als sie abgerauscht war, grinste Eve in sich hinein. Das klappte doch immer wieder! Sie wollte Bobby gar nicht ändern, aber wenn sie ihr die Kleiderauswahl überlassen hätte, wäre sie hundertprozentig tatsächlich in ihrer Jeans aufgetaucht. Allerdings hatte Eve noch eine Überraschung im Ärmel. Sie folgte Bobby ins Schlafzimmer, wo diese auf dem Bett hockte und mit verbitterter Miene auf den Chiffon-Anzug starrte. Ohne ein Wort zu sagen, öffnete Eve ihren Kleiderschrank, fischte einen cremefarbenen, enganliegenden Hosenanzug heraus und warf ihn Bobby auf den Schoß.

»Da, du verrückte Nudel. Denkst du ernsthaft, ich zwinge dich dazu, dieses Teil zu tragen?«

Mit große Augen bestaunte Bobby den neuen Anzug, den sie auf der Stelle anprobierte. Die Hose war gerade geschnitten, lag eng am Bein an und ließ Spielraum für jegliche Art von Schuhen. Der kurze, auf Taille geschnittene Blazer saß wie angegossen und sah trotz seiner Schlichtheit sehr elegant aus.

»Besser?«, fragte Eve mit verschränkten Armen.

»Viel besser.« Bobby grinste. »Der Anzug ist der Wahnsinn! Hast du den extra für mich gekauft?«

»Natürlich. Ich kenne dich doch.«

»Danke!« Bobby flog Eve um den Hals und küsste sie stürmisch. »Das war sehr grausam von dir!«

»Ich weiß.« Eve lachte schelmisch. »Aber untersteh dich, Turnschuhe dazu anzuziehen, verstanden?«, mahnte sie, woraufhin Bobby einen Schmollmund machte.

»Schon gut. Ich fahre später in die Stadt und werde mir sehr hübsche Mädchenschuhe kaufen, versprochen.«

Bevor Bobby ihren Plan in die Tat umsetzen konnte, schneite unerwarteter Besuch vom Jugendamt herein. Ein strengdreinblickender Herr und eine rundliche Beamtin, die sich das Umfeld ansehen wollten, in dem Amy aufwachsen würde.

»Wir haben gar nicht mit Ihnen gerechnet«, sagte Eve völlig perplex und strich sich die Haare glatt. »Sie müssen das Chaos entschuldigen, wir stecken gerade mitten in den Hochzeitsvorbereitungen.«

»Keine Sorge, das interessiert uns nicht«, antwortete der Mann mit sonorer Stimme und kritzelte gleichzeitig irgendwas in sein Notizbuch. »Sie und Miss Hale werden also heiraten?« Er sah Eve und Bobby über den Rand seiner Brille hinweg an.

»Richtig. In drei Tagen.« Eves Hände waren schweiß-nass.

»Ah ja.« Wieder machte er sich Notizen. »Dürfen wir die Räumlichkeiten sehen, die für das Kind vorgesehen sind?«

»Aber sicher.« Eve trat zur Seite und ließ die Besucher ins Haus, die sich alles ganz genau ansahen.

»In der oberen Etage finden Sie das Zimmer. Wenn ich vorgehen darf.«

Eve führte die Beamten die Treppe hinauf, Bobby lief nervös hinterher.

»Es ist leider noch rein gar nichts vorbereitet«, sagte sie. »Wir haben erst vor wenigen Tagen erfahren, dass die leiblichen Großeltern ihre Sorgerechtsklage zurück-gezogen haben. Sie verstehen sicherlich, dass wir vorher nicht tätig werden wollten.«

»Es ist alles in Ordnung«, antwortete die Frau. »Misses Connor hat uns bereits unterrichtet. Wir wollen nur prüfen, ob das Kindeswohl sichergestellt ist.«

»Bitte«, meinte Eve und stieß die Schlafzimmertüre auf. »Dieser Raum ist für Amy gedacht. Er ist geräumig, bietet viel Licht und liegt direkt den Räumlichkeiten gegenüber, die wir beziehen werden. Wir haben bereits eine Liste gemacht, was wir alles brauchen. Sie wissen schon, eine Sicherheitsabsperrung für die Treppe und so.« Eve lächelte, obwohl ihre Nerven flatterten.

Die Beamten warfen nur einen kurzen Blick in das Zimmer und gingen dann wieder nach unten.

»Wer wird für das Kind sorgen, wenn Sie mit Ihrer täglichen Arbeit beschäftigt sind?«

»Oh, hier springt dauernd jemand herum. Amy wird nicht alleine sein«, lachte Bobby, verstummte aber, als sie Eves Blick bemerkte.

»Beth - Misses Elisabeth Brewster, unsere Haushälterin. Sie kümmerte sich schon um Bobby und auch die uns anvertrauten Jugendlichen sind bei ihr in guten Händen, ebenso wie es Amy sein wird. Sie können gerne mit Misses Brewster reden.«

»Sie leiten ein von uns unterstütztes Projekt, Doktor Dearing«, überging der Beamte das Gesagte. »Die Jugendlichen, die Sie betreuen, kommen oftmals aus schlechten familiären Verhältnissen und haben eine kriminelle Vergangenheit. Denken Sie, diese Arbeit kollidiert mit der Erziehung des Kindes Amy?«

»Absolut nicht. Bisher hatten wir nie Probleme mit den Kids«, erwiderte Eve.

»Ach?« Der Beamte warf einen Blick in seine Unterlagen. »Ist es nicht so, dass es erst vor wenigen Monaten einen Vorfall mit Drogen gab?«

»Nein ... Ja. Es waren keine Drogen. Ein Mädchen hatte versehentlich Schmerzmittel zu hoch dosiert, aber das war nur eine Ausnahme.« Eve wurde fast hysterisch.

»Woher bekam sie denn diese Mittel? Es sind doch Minderjährige, also werden sie keinen Zugang zu verschreibungspflichtigen Medikamenten haben, oder?«

»Nein, natürlich nicht. Wir besitzen derartige Medikamente gar nicht.«

»Also woher bekam das Mädchen es dann?«

Eve und Bobby wechselten einen Blick. Dieses Verhör lief gerade völlig aus dem Ruder.

»Von Jenny Porter.«

»Der leiblichen Mutter des Kindes Amy?«

»Richtig«, gab Eve zerknirscht zu. »Sie hat hier gearbeitet, wir wussten zu diesem Zeitpunkt nicht, dass sie schwanger war.«

»Miss Porter verbüßt jetzt eine Haftstrafe?«

»Ja.«

Der Beamte nickte, schrieb wieder etwas in sein Buch und verließ - gefolgt von seiner Kollegin - das Haus.

»Sie werden von uns hören. Auf Wiedersehen, die Damen. Ich wünsche Ihnen schöne Weihnachten.«

»Das lief ja mal echt bescheiden«, sagte Bobby, als die zwei Herrschaften weggefahren waren. »Die wollen uns jetzt doch keinen Strick aus der Sache mit Jenny drehen? Wenn die rauskriegen, dass sie nach ihrer Haft auch noch hier wohnt ...« Sie schüttelte den Kopf und lehnte sich an den Türrahmen. »So ein Mist!«

»Ja«, antwortete Eve leise. »Das ist richtiger Mist. Wollen die noch vor den Feiertagen ein Fleißsternchen verdienen, oder was?« Ärgerlich zog sie Bobby ins Haus und schloss die Türe. »So ein ... ein ... ahh!«

»Arschloch?«, half Bobby auf die Sprünge. »Sag es doch einfach. Es tut nicht weh.«

»Arschloch!« Eve kicherte. »Arschloch, Arschloch, Arschloch!« Sie atmete aus.

»Besser?«

»Ein wenig. Wir sollten nicht die Nerven verlieren. Es liegt nicht mehr in unserer Hand. Entweder soll es so sein, oder eben nicht.«

»Aber darüber zerbrechen wir uns jetzt nicht den Kopf, okay? In drei Tagen sind wir verheiratet, ist das zu glauben?« Bobby schob Eve in die Küche, platzierte sie auf einen Stuhl und stellte die Kaffeemaschine an. »Es gibt noch so viel zu besprechen. Welchen Nachnamen wird Amy haben, hast du dein Ehegelöbnis fertig, wollen wir noch ein zweites Kind?«

»Was?«

»Was?« Bobby zog unschuldig die Brauen nach oben und knabberte an einem Fingernagel.

»Was war das mit dem Kind?«, fragte Eve entgeistert.

»Kind?«

»Bobby!«

»Ja, schon gut!« Bobby setzte sich Eve gegenüber. »Ich habe mir überlegt, ob es nicht gut für Amy wäre, wenn sie mit Geschwistern aufwächst.«

»Aha. Red weiter, ich versuche, dir zu folgen.«

»Bevor du gleich loswetterst, ich weiß, dass es der denkbar ungünstigste Zeitpunkt ist, aber ich dachte, es bringt dich vielleicht auf andere Gedanken. Ich bin bei einer Samenbank angemeldet - wie du ja übrigens auch, wie ich feststellen durfte - und habe einfach nur mal so die Profile durchstöbert. Ich finde einfach, jetzt wo wir heiraten und Amy bekommen - zu neunundneunzig Prozent bekommen - ist es an der Zeit, über ein weiteres Kind nachzudenken. Du wirst nicht jünger und Amy hat nichts von einem Geschwisterchen, wenn sie fünf ist.«

»Oh Bobby ...« Eve schwankte zwischen Fassungslosigkeit und Erheiterung, wobei die Fassungslosigkeit überwog. »Du kannst doch nicht ... Wir können nicht ...« Verdammt, sie hatte so recht!

»Bevor du etwas sagst, sieh dir die Kandidaten erst einmal an. Ich habe drei herausgesucht. Du solltest die Idee nicht sofort verwerfen.« Bevor Eve antworten konnte, war Bobby schon aus der Küche geflitzt.

Seufzend holte sie sich einen Kaffee. Vor Monaten hatte sie mit genau diesem Gedanken gespielt, aber da gab es Amy noch nicht. Sicher, auf der einen Seite würde es Amys Entwicklung guttun, wenn sie Geschwister hätte. Auf der anderen Seite wäre es eine zusätzliche Doppelbelastung. Konnten sie das schaffen? Sie waren beide völlig unerfahren und jetzt sollten es direkt zwei Kinder sein? Unwillkürlich berührte Eve ihre Leibesmitte. Seit sie denken konnte, hatte sie sich ein eigenes Kind gewünscht. Hatte Bobby genau wegen dieses Themas in die Arme einer anderen getrieben und jetzt, wo die Möglichkeit bestand, zögerte sie.

Warum eigentlich?, fragte sie sich. *Warum sollten wir nicht zwei Kinder haben?*

Abgehetzt kam Bobby zurück, knallte Eve die Profile der Männer vor die Nase und öffnete den Laptop, den sie direkt mitgebracht hatte.

»Ich weiß nicht, auf was du stehst, aber ich kann dir alles besorgen. Groß, klein, mit Haare oder ohne.« Sie faltete die Hände und sah Eve eindringlich an. »Sprich mit mir, welche Männer gefallen dir?«

Prustend vor Lachen über Bobbys Zuhältermanier, warf Eve einen Blick auf die ausgesuchten Männer.

»Nein und absolut nein. Der hier.«

»Der Medizinstudent. Ich wusste es.« Bobby rieb sich die Hände.

»Müssen wir das heute entscheiden?« Eve rieb sich die Schläfen. »Ich bin total erledigt.«

»Nein, natürlich nicht.« Bobby klappte den Laptop wieder zu. »Aber du denkst darüber nach, ja?«

»Versprochen!« Eve drückte Bobby einen Kuss auf die Wange und ging dann ins Schlafzimmer, wo sich mit einem lauten Ächzen aufs Bett fallen ließ.

Konnten sie es mit zwei Kindern schaffen? Es war alles so verwirrend. Zuerst hatte sich Bobby einfach gegen alles gesperrt und nun drängte sie förmlich darauf, sich einen Stall voll Kinder zuzulegen. Eve wollte darüber nachdenken und in Ruhe eine Entscheidung treffen. Nach der Hochzeit, denn die stand im Augenblick im Vordergrund und es gab noch jede Menge zu tun. Als Erstes würde Eve damit anfangen, endlich ihr Gelöbnis zu verfassen.

Kapitel 16

»Raus aus den Federn, heute ist unser Tag.« Wie ein Feldwebel marschierte Bobby durchs Zimmer, riss die Vorhänge auf und öffnete die Fenster.

Eve reckte sich und sog die frische Luft in ihre Lungen.

»Wenn du weiterhin so brüllst, überlege ich mir noch mal, ob das wirklich unser Tag wird.« Sie zwinkerte Bobby zu.

»Ich kann nichts dafür. Ich bin so nervös, dass ich alle paar Minuten zur Toilette renne.« Bobby zog Eve lachend die Bettdecke weg. »Komm, die Kids haben uns ein fulminantes Frühstück zubereitet. In einer Stunde kommt die Stylistin - wir haben einen straffen Zeitplan.«

»In einer Stunde?« Eve schoss in die Höhe. »Und dann weckst du mich erst jetzt?« Entsetzt blickte sie auf den Wecker auf ihrem Nachttisch, nur um in der nächsten Sekunde erleichtert aufzuatmen. »Bobby, die Stylistin kommt um zehn Uhr, nicht um neun. Aber danke, jetzt bin ich wach.« Sie reckte sich gähnend und schwang die Beine aus dem Bett. Draußen strahlte die Sonne von einem wolkenklaren Himmel und obwohl es kalt war, versprach es ein schöner Tag zu werden. Das perfekte Hochzeitswetter.

Nach einer erfrischenden Dusche war Eve zu allem bereit. Im Wintergarten war der Tisch gedeckt, als kämen noch drei Personen zum Frühstück. Und als hätten sie es geahnt, dass der Tisch sich füllte, trudelte nur zehn Minuten später Lynn aus Chicago ein. Eve war völlig aus dem Häuschen.

»Ich dachte, du wolltest erst gegen Mittag kommen«, rief sie überrascht.

»Ich habe einen früheren Flug genommen, um dich zu überraschen.« Lynn grinste.

»Na, das ist dir gelungen.« Eve drückte ihre Freundin an sich. »Komm, ich stelle dir alle vor.«

Nachdem sie sich gestärkt hatten, traf die Stylistin ein und verwandelte Eve und Bobby in Lockenwickler-monster. Bobby hatte den Wunsch geäußert, ihre Haare lang und glatt zu tragen, was bei ihren störrischen Naturlocken nicht ganz so einfach war. Doch die Friseurin verstand offenbar ihr Handwerk und erfüllte Bobby diesen Wunsch.

Eve bekam eine klassische Hochsteckfrisur, in die künstliche Blümchen eingearbeitet wurden. Auch beim Make-up wählte Eve die klassische, zurückhaltende Variante, während Bobby *Smokey Eyes* geschminkt wurden und sie in Kombination mit dem glatten Haar sehr verführerisch aussehen ließen. Sie konnte sich an ihrem eigenen Spiegelbild kaum sattsehen.

»Ich sehe so gut aus, dass ich befürchte, ich entwickle eine narzisstische Ader«, witzelte sie. »Du bist aber auch nicht von schlechten Eltern.« Beinahe tröstend tätschelte sie Eves Schulter und grinste dabei breit.

»Nicht von ...?« Eve funkelte Bobby durch den Spiegel an. »Ich finde, du kannst dich glücklich schätzen, so eine Bombe wie mich zu bekommen.«

»Du bist wunderschön.« Bobby beugte sich zu Eve

hinunter und gab ihr einen Kuss auf die Wange. »Nicht so scharf wie ich, aber trotzdem schön«, flüsterte sie ihr kichernd ins Ohr und sucht dann schleunigst das Weite, als Eve einen Lockenwickler nach ihr warf.

»Wow.«Lynn stand in der Türe und sah lächelnd auf Eve, deren Fingernägel gerade lackiert wurden. »Hättest du das vor ein paar Jahren für möglich gehalten? Du als wunderschöne Braut und bald schon Mutter. Ich mit Zwillingen, die mir den letzten Nerv rauben.«

»Ich finde, das Leben hat es gut mit uns gemeint, auch wenn ich hin und wieder unsere gemeinsame Zeit in der Praxis vermisse«, antwortete Eve mit leiser Wehmut.»Es hat sich so viel verändert, die letzten Jahre sind wie im Flug vergangen. Hat Beth dir dein Zimmer gezeigt?«

»Ja, ich habe schon ausgepackt und werde mich jetzt gleich auch mal in Schale schmeißen. Für alles andere haben wir in den nächsten Tagen noch Zeit. Ich habe mir nämlich gedacht, ich bleibe ein paar Tage länger. Die Jungs sind bei meinen Eltern gut aufgehoben. Peter wollte so gerne mitkommen, aber er hat leider keinen Urlaub bekommen.«

»Oh, das ist toll, dass du nicht sofort wieder abreist. Dann kannst du Amy kennenlernen.«

»Darauf freue ich mich schon. Aber heute konzentrierst du dich nur auf dich und Bobby. Es ist euer Tag, also genießt es.«

Eves Magen zog sich wohlig zusammen. Sie würde heute heiraten und den Rest ihres Lebens mit dem Menschen verbringen, den sie über alles liebte. Mit dem sie lachen, weinen und streiten konnte. Der ihr das Gefühl gab, das einzig Wichtige im Leben zu sein.

»Würdest du mich bitte kurz entschuldigen?« Eve erhob sich und lief zu Bobby, die im Schlafzimmer in Unterwäsche auf und ab lief und ihr Gelöbnis übte.

»Wir nehmen den Medizinstudenten«, sagte Eve.

»Du willst es also wirklich machen?«

»Ja, unbedingt.« Eve lächelte und nah Bobby bei den Händen. »Wir beide schaffen alles, oder?«

»Auf jeden Fall.« Bobby gab Eve einen Kuss. »Jetzt verschwinde, sonst komme ich noch auf dumme Gedanken und ziehe die Hochzeitsnacht vor«, murmelte sie. »Ich muss mich fertig machen, Matt kommt gleich und ich möchte ihn ungern in meiner Unterwäsche begrüßen. So heiß wie ich heute aussehe, kommt der Kerl noch auf dumme Gedanken.« Sie gluckste fröhlich und gab Eve einen Klaps aufs Hinterteil.

»Du bist unmöglich. Eine unmögliche, zugegeben wahnsinnig heiß aussehende Person.« Eve verließ kichernd das Schlafzimmer. Es lag heute so viel Positives in der Luft, so viel Liebe. Sie fühlte sich wie ein Teenager, der bis über beide Ohren in seinen Schwarm verknallt war. Heute waren sie wieder jung und ohne Probleme. Heute war es egal, was die Welt dazu sagte, dass sich zwei Frauen das Ja-Wort gaben.

Obwohl sie sich eigentlich auch hätte anziehen müssen, machte Eve in ihrem Bademantel einen Kontrollgang. Im Garten standen die Stühle für die Gäste bereit, geschmückt mit bunten Blumengirlanden und weißen Schleifen. Der gesamte Bereich war mit

Pavillons bestückt, in denen sich Heizlaternen befanden, damit die Gäste am Abend nicht froren. Beth und die Kids waren gerade dabei, die Buffettische einzudecken, und die Getränkeliferanten karrten bereits Bierfässer an. In einem Bereich standen lange Tische, an denen die Gäste essen konnten. In einem anderen Bereich durfte getanzt werden. Jetzt fehlte nur noch die Torte, die Eve bestellt hatte. Bei der Dekoration hatten sie auf schlichte Eleganz zurückgegriffen, alles wirkte sehr feminin und zeitlos.

Eve schritt durch die Stuhlreihen, zupfte hier und da eine Schleife zurecht und kontrollierte den Grill, den Archie am Abend bedienen würde. Dann folgte sie Beth in die Küche und sah ihr über die Schulter, als diese die Salate in Glasschüsseln füllte und die selbstgebackenen Brote aus dem Ofen holte.

»Eve, Liebes, was tust du hier?« Beth bemühte sich um einen freundlichen Ton. »Könntest du bitte aus meiner Küche verschwinden und dich umziehen? Ich weiß, du bist ein Kontrollfreak, aber wir kommen ganz gut ohne dich zurecht!«

Eve zog einen Schmollmund, gehorchte aber wortlos und ließ Beth - die noch irgendwas vor sich hin murmelte - ihre Arbeit machen.

Sowohl Eve als auch Bobby waren so aufgeregt, dass sie gleichermaßen schwitzten und froren. Nebeneinander saßen sie auf dem Sofa im Wohnzimmer und warteten darauf, dass Archie und Beth sie abholten, um sie gemeinsam zu Kerry zu führen, die die Trauung abhielt.

Sie lauschten den Stimmen, die von draußen hinein-drangen, dann wurde es still und Musik setzte ein. Sie hatten sich für eine Piano - Cello Version von *A thousand years* entschieden, die aus der aufgebauten Musikanlage schallte. Fast gleichzeitig atmeten sie tief ein und aus, blickten einander an und lächelten.

»Jetzt wird es ernst«, sagte Eve. »Bereit?«

Bobby nickte, griff Eves eiskalte Hand und schüttelte sich wie ein Sportler, der vor einem großen Kampf seine Muskeln lockert. Beth und Archie stießen zu ihnen, fein herausgeputzt und frisiert, und schritten dann gemeinsam mit dem Brautpaar durch die Reihen der Gäste, zu dem Rosenbogen, unter dem sie stehen sollten. An Eves Seite stand Lynn in einem violetten Abendkleid mit Wasserfallkragen, zu Bobbys Rechten befand sich Matt, der ihr Trauzeuge war. Kerry, deren schwarzer Hosenanzug deutlich am Bauch spannte, lächelte die beiden nervösen Frauen an, und begann mit ihrer Rede.

»Wir haben uns heute hier versammelt, um zwei wunderbare Menschen auf ihren Weg in eine gemeinsame Zukunft zu begleiten. Die meisten von euch kennen Bobby und Eve wesentlich länger als ich, dennoch liebe ich diese beiden Frauen, wie meine Schwestern. Selten habe ich ein Paar gesehen, das so perfekt zueinander passt, welches Schwierigkeiten gemeinsam meistert, ohne dabei den anderen aus den Augen zu lassen. Es ist mit Sicherheit eine ungewöhnliche Beziehung, dennoch haben sie es verdient, genauso glücklich wie jeder andere zu werden. Eve,

Bobby - es werden noch einige Stromschnellen euren Weg erschweren, aber zusammen werdet ihr jede Hürde meistern. Ich wünsche euch alles Glück dieser Welt.«

In Eves Augen schimmerten bereits Tränen, doch sie blieb tapfer - auch als Bobby sich zu ihr drehte und das Wort an sie richtete.

»Als wir uns kennenlernten, dachte ich, Himmel noch mal, warum wird mir so eine Strafe auferlegt?« Ihre Rede wurde kurz von Gelächter unterbrochen. »Aber mir wurde schnell klar, dass mehr in dir steckt, als rosa Glitzer und ein versnobtes Stadtmädchen. Ich wünschte, Eddy wäre heute hier und könnte sehen, wir er unsere Wege zueinander gelenkt hat. Ich liebe dich von ganzem Herzen, Eve und nichts macht mich glücklicher, als heute hier mit dir zu stehen und diese Liebe vor Zeugen zu besiegeln.« Sie drehte sich kurz zu Matt um, der ihr den Ring überreichte, den sie für Eve gekauft hatte. »Ich habe lange gesucht, um den richtigen Ring zu finden, aber als ich diesen sah, wusste ich, dass er an deinen Finger gehört.« Bobbys Hände zitterten etwas, als sie Eve den Ring ansteckte.

Eve unterdrückte ein Lachen, bevor sie sprach.

»Warum ich lachen muss, erklärt sich gleich von selbst, aber dieser Ring zeigt mir, dass wir zueinander gehören. Wir hatten einige schwierige Phasen, mussten uns zusammenraufen und sind oft unterschiedlicher Meinung, dennoch gibt es keinen Menschen, mit dem ich solche Phasen lieber durchstehe, als mit dir. Ich weiß, dass ich mich immer auf dich verlassen kann, dass du der Mensch bist, der mir Halt gibt. Du hast mir zu Anfang die Hölle auf Erden bereitet, aber du hast es auch geschafft, dass ich gelernt habe, zu mir selbst zu stehen. Bobby, ich liebe dich mehr, als alles andere und ich bin glücklich, den Rest meines Weges an deiner Seite zu gehen.« Sie warf Lynn einen kurzen Blick zu, die ihr daraufhin etwas in die Hand drückte. »So, und jetzt wird dir gleich klar, warum ich lachen musste.« Sie öffnete ihre Hand, zeigte Bobby die Kette, die sich darin befand und schaffte es tatsächlich, dass Bobby Tränen in die Augen schossen.

An einer schlichten Silberkette baumelte fast derselbe Ring, den sie selbst am Finger trug.

»Ich muss dir wohl nicht die Bedeutung verraten, oder?« Sie zwinkerte Bobby zu und legte ihr die Kette um den Hals.

»Das ist nicht fair«, schniefte Kerry. »Ich bin schwanger und verdammt emotional. Ihr beide schafft es, dass ich gleich losheule.«

Lachend fassten sich Bobby und Eve an den Händen.

»Kraft des mir durch das Internet und der Staaten Texas und Oklahoma verliehenem Amtes, erkläre ich euch für rechtmäßig verheiratet. Ihr dürft euch jetzt endlich küssen!«

Bobby und Eve saßen mit einer fröhlich quakenden Amy im Auto vor dem Gefängnis und warteten auf Jenny, die aus der Haft entlassen wurde. Die Adoption war mittlerweile rechtskräftig und Amy entwickelte sich zu einem normalen Baby, ohne irgendwelche Einschränkungen, auch wenn sie weiterhin sehr klein für ihr Alter war.

Eve war im vierten Monat schwanger und erst am Tag zuvor hatten sie erfahren, dass es wieder ein Mädchen werden würde. Auf einen Namen hatten sie sich ganz schnell geeinigt: Edwina, Eddy zu Ehren. Ohne ihn würden sie heute nicht hier sitzen. Letztendlich hatte sich Bobby durchgesetzt und das Schlafzimmer zu einem Kinderzimmer umbauen lassen, in dem beide Kinder Platz hatten. Wenn sie größer wurden, sollten die beiden Zimmer im Untergeschoss zu den Kinderzimmern werden. Bisher gestaltete sich das Leben als Mütter als ungewohnt, aber sie beide genossen jede Minute davon. Bobby war ganz vernarrt in Amy und entpuppte sich als Übermutter. Für Eve stand fest, dass sie es auch mit einer ganzen Armee von Kindern aufnehmen konnten - wenn sie das denn wollten.

Matt und Kerry waren inzwischen glückliche Eltern eines gesunden Jungen namens Sam geworden und auch sie dachten bereits über weitere Kinder nach.

Jenny trat durch das Gefängnistor und hob die Hand zum Gruß. Sie hatte in den vergangenen Monaten damit begonnen, ihren Schulabschluss nachzuholen und mit Eve und Bobby vereinbart, wenn sie den Abschluss in der Tasche hatte, einige Fächer auf dem College zu belegen. Sie würde auf der Ranch hart anpacken und alles lernen, was Bobby und die Arbeiter ihr beibringen konnten. Sie wollte sich ändern und blickte zuversichtlich in die Zukunft.

»Bereit für ein neues Leben?«, fragte Bobby, als Jenny in den Wagen einstieg.

»Bereit!«, antwortete Jenny. »Lasst uns eine Farm führen.«

Über die Autorin:

Nathalie C. Kutscher, gebürtig aus dem Ruhrgebiet, lebt seit einigen Jahren in Mecklenburg-Vorpommern.

Die Autorin schreibt in verschiedenen Genres, u.a. als Eden Barrows und Ava Pink und ist seit 2017 stellvertretende Verlagsleitung beim Telegonos-Verlag, wo sie auch die meisten ihrer Bücher veröffentlicht.

Weitere Bücher der Autorin:

Oklahoma Hearts

Die etwas pummelige Tierärztin Eve hat die Nase voll! Genug von ihrer ständig nörgelnden Schwester, genug von der Einsamkeit und vor allem genug von Männern. Da kommt ihr eine geerbte Rinderfarm in Oklahoma gerade recht. Eve beschließt, Chicago für eine Weile zu verlassen, um die Ranch gewinnbringend zu verkaufen, doch sie hat die Rechnung ohne die taffe Vorarbeiterin Bobby gemacht. Zwischen den Frauen entbrennt ein erbitterter Kampf um das Anwesen, doch Eve muss einsehen, dass sie in Oklahoma vielleicht mehr findet, als nur das große Geld. Der ansässige Tierarzt Matt ist auf ihrer Seite und macht ihr auch noch schöne Augen, doch Bobby, die verhasste Rivalin, lässt Eve auch nicht völlig kalt.

„Claire"

Die Malerin Claire Sawyer geht 1919 zum Studieren nach New York. Schnell freundet sie sich mit Josephine an, die das genaue Gegenteil der schüchternen Claire ist. Obwohl die beiden sich näher kommen, ahnt Claire, dass Josephine Geheimnisse hat, die ihrer Beziehung immer wieder im Weg stehen. Um ihre Liebe dennoch aufrechtzuerhalten, verheiratet sich Claire mit einem Mann, doch ihr Leben wird immer wieder auf den Kopf gestellt, nicht zuletzt deswegen, weil Josephine sich in den Kreisen der Mafia aufhält.

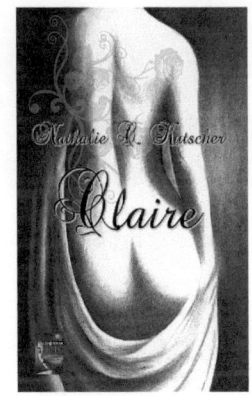

Eine Liebesgeschichte, die in den wilden Zwanzigern beginnt und Jahrzehnte überdauert.

„Fallen Angel"

Jaden Ruchaud, knallharter Anwalt aus Toronto, hat im Leben alles erreicht. Doch ihm ist nicht nur seine Menschlichkeit, sondern auch die Liebe seiner Frau Anna abhandengekommen. Als er angeschossen wird und aus dem Koma erwacht, beginnt er, sein Leben zu überdenken. Auf einer Reise quer durch Kanada landet er in einem verschlafenen Nest, trifft dort auf sehr merkwürdige Menschen und lernt den Einsiedler Crazy Duke kennen, der scheinbar die Antwort auf alle Fragen ist. Jaden erfährt nicht nur, dass Gott Vegetarier ist, sondern erlangt auch die Erkenntnis, dass der Grat zwischen Himmel und Hölle sehr schmal ist. Wie weit wird er gehen, um seine geliebte Anna wiederzufinden?

Wir freuen uns auf Ihren Besuch!

www.telegonos.de